Unverkäufliches Leseexemplar
Erscheinungstermin: 25. 8. 1997

SEAMUS DEANE
IM DUNKELN LESEN

Aus dem Englischen von
Giovanni Bandini
und Ditte König

Carl Hanser Verlag

Die Originalausgabe erschien erstmals 1996
unter dem Titel *Reading in the Dark*
bei Jonathan Cape in London.

1 2 3 4 5 01 00 99 98 97

ISBN 3-446-19101-1

Satz: Reinhard Amann, Aichstetten
Druck und Bindung: Clausen & Bosse, Leck
Printed in Germany

The people were saying no two were e'er wed,
But one had a sorrow that was never said.
»She Moved Through the Fair«

Die Leute, sie sagten, kein Paar gab es je,
Wo eins nicht verschwieg ein heimliches Weh.

ERSTER TEIL

ERSTES KAPITEL

Treppe

Februar 1945

Auf der Treppe herrschte eine klare, einfache Stille.

Es war eine kurze Treppe, vierzehn Stufen insgesamt, mit Linoleum belegt, das so häufig gebohnert worden war, daß sein ursprüngliches Muster wie eine undeutliche Erinnerung aussah. Elf Stufen führten einen bis zum Absatz, wo die Treppe einen Knick machte und die Kathedrale und der Himmel immer im Fensterrahmen hingen. Drei weitere Stufen führten zum knapp zwei Meter langen Gang.

»Rühr dich nicht«, sagte meine Mutter vom Gang aus. »Geh nicht an dem Fenster vorbei.«

Ich stand auf der zehnten Stufe, sie oben im Gang. Ich hätte sie berühren können.

»Da ist etwas zwischen uns. Ein Schatten. Rühr dich nicht.«

Das hatte ich gar nicht vor. Ich stand da wie gebannt. Aber ich konnte keinen Schatten sehen.

»Da ist jemand. Jemand Unglückliches. Geh wieder die Treppe hinunter, Sohn.«

Ich stieg eine Stufe tiefer. »Wie kommst du dann runter?«

»Ich bleib ein Weilchen hier, dann verschwindet's schon.«

»Woher weißt du das?«

»Ich spür's, wenn's wieder weg ist.«

»Was, wenn's nicht weggeht?«

»Es geht immer weg. Ich komm gleich.«

Ich stand da und sah zu ihr hinauf. In diesem Augenblick liebte ich sie. Sie war klein, sie war beunruhigt, aber sie hatte nicht wirklich Angst.

»Ich könnt bestimmt zu dir rauf, in zwei Sprüngen.«

»Nein, nein. Gott bewahre. Es ist schon schlimm genug, daß ich es spüre; ich will nicht, daß du es auch spürst.«

»Ich hab nichts dagegen, es zu spüren. Das ist ein bißchen wie der Geruch von nassen Sachen, nicht?«

Sie lachte. »Nein, kein bißchen. Red dir nichts ein. Geh einfach nach unten.«

Ich ging aufgeregt hinunter und setzte mich vor den Herd mit seinem roten Feuer und dem schwarzen Graphitstaub. Bei uns spukte es! Wir hatten einen Geist, sogar mitten am Nachmittag. Ich hörte, wie sie sich oben bewegte. Das Haus war ein einziges spinnwebfeines Zittern. Einerlei, wo ich hinging, es gab vor mir nach und zog sich hinter mir wieder zusammen. Ein bißchen später kam sie runter, ganz weiß im Gesicht.

»Hast du irgendwas gesehen?«

»Nein, nichts, gar nichts. Es sind nur die Nerven deiner alten Mutter. Alles Einbildung. Da ist überhaupt nichts.«

Bevor sie noch etwas sagen konnte, war ich oben am Fenster, aber es war nichts da. Ich starrte in die schmutzig-nasse Dunkelheit. Ich hörte die Uhr im Schlafzimmer ticken und den Wind durch den Schornstein atmen und sah den neutralen Schimmer des Geländers in meiner Hand verschwinden, als ich mit den Fingern darüber strich. Vier Stufen vor der Küchentür spürte ich jemanden hinter mir, drehte mich um und sah eine Dunkelheit, die aus dem Fenster trat.

Meine Mutter weinte leise vor dem Herd. Ich ging rein und setzte mich neben sie auf den Fußboden und starrte in die Röte, die hinter dem Eisengitter eingesperrt war.

Verschwinden

September 1945

Leute mit grünen Augen, erzählte man uns, standen den Feen nah; sie blieben nur für ein Weilchen hier, um nach einem Menschenkind zu suchen, das sie mitnehmen konnten. Wenn wir jemals jemandem mit einem grünen und einem braunen Auge begegneten, sollten wir uns bekreuzigen, weil das ein Menschenkind war, das die Feen in Besitz genommen hatten. Das braune Auge war das Zeichen dafür, daß es einmal ein Mensch gewesen war. Wenn es starb, würde es in die Feenhügel kommen, die hinter den Bergen von Donegal lagen, nicht in den Himmel, das Fegefeuer, die Vorhölle oder die Hölle wie wir anderen. Ich fand diese seltsamen Bestimmungsorte sehr aufregend, besonders, wenn ein Priester in das Haus eines Sterbenden kam, um die Sterbesakramente zu spenden, das Sakrament der Letzten Ölung. Das war, damit der Mensch nicht in die Hölle kam. Die Hölle war ein tiefer Ort. Man fiel dahinein, überschlug sich in der Luft immer wieder, bis die Schwärze einen in einen ungeheuren Flammenstrudel hineinsog und man für immer verschwand.

Meine Schwester Eilis war das älteste von uns Kindern. Sie war zwei Jahre älter als Liam; Liam war der nächste, zwei Jahre älter als ich. Dann kamen in Abständen von einem oder zwei Jahren die anderen – Gerard, Eamon, Una, Deirdre. Eilis und Liam nahmen mich mit in Duffy's Zirkus, wo wir den berühmten Bamboozelem sahen, einen Zauberer, der verschwinden konnte. Das Zelt war so hoch, daß die Tragemasten in der Dunkelheit über den Trapezscheinwerfern zusammenzulaufen schienen. Ich stand im Schatten der Bänke, an den Fuß eines der seilumwickelten Masten gelehnt, und betrachtete ihn, mit seinen Schaftstiefeln, seinem Zylinder, der rotweißgestreiften Hose, die sich um seine Taille blähte, und einem roten Frack aus Satin, den er beim Applaus hinten hochwarf, so daß es aussah, als stünde er plötzlich in Flammen, und dann, wenn der schwarze Zylinder zum Vorschein kam, als ob er plötzlich gelöscht worden wäre. Er zog Edelsteine und Spielkarten und Ringe und Kaninchen aus der Luft, aus seinem Mund, aus seinen Taschen und Ohren hervor. Als alles aufgehört hatte zu verschwinden, lächelte er uns hinter seinem dicken Schnurrbart an, blähte seinen Streifenbauch, tippte an seinen Hut, wedelte mit seinem Flammenfrack und verschwand in einer Rauchwolke und einem Knall, bei dem wir alle einen Satz machten. Aber sein Schnurrbart blieb, lächelte verkehrt herum in der Luft, da, wo er gewesen war.

Alle lachten und klatschten. Dann verschwand auch der Schnurrbart. Alle lachten noch lauter. Ich warf Eilis und Liam einen verstohlenen Seitenblick zu. Sie lachten. Aber waren sie sich wirklich im klaren, was passiert war? War mit Mr. Bamboozelem auch alles in Ordnung? Ich sah nach oben in die Dunkelheit und fürchtete halb, ich würde seine Stiefel und seinen gestreiften Bauch sehen, die in das Dunkel über den Trapezleuchten davonschwebten. Liam lachte und nannte mich einen Trottel. »Er ist durch eine Falltür verschwunden«, sagte er. »Er ist da drinnen«, sagte er und zeigte auf die Plattform mit Rädern unten dran, die gerade von zwei Männern hinausgeschoben wurde, während ein Clown mit Mr. Bamboozelems Hut in der Hand trübselig hinterherlatschte und sich die Tränen aus den Augen wischte. Alle lachten und klatschten, aber ich hatte ein mulmiges Gefühl. Wie konnten sie sich alle so sicher sein?

Eddie

November 1947

Es war ein strenger Winter in diesem Jahr. Der Schnee deckte die Luftschutzbunker zu. Nachts war das Feld, vom Treppenfenster aus gesehen, ein weißes Paradies aus Einsamkeit, und ein sternklarer Wind ließ die Scheibe wie offenes schwarzes Wasser zittern und das Eis auf dem Fenstersims schnarchen, während wir schliefen und der Schatten wachte.

In dem Winter platzte der Boiler, und das Feuer wurde vom Wasser hinterrücks erstochen. Es verschied in einer Wolke von Rauch und wütendem Gezisch. Es war trostlos. Kein Wasser, keine Heizung, so gut wie kein Geld, Weihnachten vor der Tür. Mein Vater rief meine Onkel zusammen, die Brüder meiner Mutter, damit sie ihm bei der Reparatur halfen. Drei kamen – Dan, Tom, John. Tom war der Wohlhabende; er war Bauunternehmer, und die anderen arbeiteten für ihn. Er hatte einen Goldzahn und lockiges Haar und trug einen Anzug. Dan war dürr und zahnlos, sein Gesicht zog sich um den Mund herum faltig zusammen. John hatte ein heiseres, krankhaftes Raucherlachen. Während sie arbeiteten, redeten sie, erzählten eine Geschichte nach der anderen, und ich kniete am Tisch auf einem Stuhl, schaukelte damit vor und zurück und hörte zu. Sie kannten Geschichten von Glücksspielern, Trinkern, harten Männern, Hochstaplern, Meistermaurern, Boxkämpfen, Fußballspielern, Polizisten, Priestern, Spukhäusern, Exorzismen, politischen Morden. Es gab wichtige Ereignisse, auf die sie immer wieder zurückkamen, wie die Nacht, als es in der Brennerei die große Schießerei zwischen der IRA und der Polizei gab und Onkel Eddie verschwand. Das war im April 1922. Eddie war der Bruder meines Vaters.

Er war Jahre später in Chicago gesehen worden, sagte einer.

In Melbourne, sagte ein anderer.

Nein, sagte Dan, er war bei der Schießerei ums Leben gekommen, in die explodierenden Whiskeyfässer gefallen, als das Dach einstürzte.

Auf jeden Fall war er nie wieder zurückgekommen, auch wenn mein Vater überhaupt nicht darüber redete. Die Onkel verweilten immer eine Zeitlang bei dieser Geschichte, als warteten sie darauf, daß er irgendwie darauf einging oder sie unterbrach und etwas Entscheidendes sagte. Aber er tat's nie. Er stand entweder auf und ging raus, um Kohlen zu holen, oder aber wechselte so schnell wie möglich das Thema. Es war für mich immer eine Enttäuschung. Ich hätte mir gewünscht, daß er die Geschichte für sich beanspruchte und ihnen ins Wort fiel. Aber bei Gesprächen hielt er sich immer zurück, besonders, wenn es um diese eine Sache ging.

Dann war da noch die Geschichte vom großen Exorzismus, bei dem Pater Brownes schwarzes Haar über Nacht weiß geworden war. Der Geist, sagten sie, war der eines Seemanns, dessen Frau sich, während er auf See war, mit einem anderen Mann eingelassen hatte. Als er zurückkehrte, weigerte sie sich, weiter mit ihm zusammenzuleben. Also mietete er sich auf der anderen Straßenseite ein Zimmer und starrte jeden Tag hinüber auf sein ehemaliges Zuhause und ging praktisch nie aus. Dann starb er. Eine Woche später stürzte sich der Liebhaber auf der Treppe zu Tode. Noch vor Ablauf eines Jahres wurde die Ehefrau im Schlafzimmer tot aufgefunden, mit einem Ausdruck des Entsetzens im Gesicht. Die Fenster des Hauses ließen sich nicht öffnen, und über der Treppe hing ein heißer, ranziger Geruch, von dem einem das Essen wieder hochkam. Pater Browne war der Exorzist der Diözese. Als er hinzugezogen wurde, sagten sie, schaffte er es erst beim fünften Versuch, mit vorgehaltenem Kruzifix und auf lateinisch schreiend, auch nur über die Schwelle zu kommen. Als er erst einmal drin war, begann der große Kampf. Das Haus dröhnte, als wäre es aus Blech. Der Priester trat dem Geist auf der Treppe furchtlos entgegen, trieb ihn wie ein verlöschendes Feuer vor sich her und bannte ihn in die Scheibe des Fensters auf dem Treppenabsatz. Dann tröpfelte er Wachs von einer geweihten Kerze auf den Riegel. Niemand, sagte er, dürfe dieses Siegel, das jeden Monat erneuert werden mußte, jemals aufbrechen. Und wenn jemand, der dem Tod nahe war oder sich im Zustand der Todsünde befand, sagte er, nachts in die Nähe dieses Fensters kam, würde er darin das verzerrte, glühende Gesicht eines schmerzgepeinigten Kindes sehen. Es würde schluchzen und darum flehen, vom Teufel, der es eingesperrt hielt, befreit zu werden. Aber wenn man den Riegel wegschob, würde der Teufel wie ein Licht in den Leib des Betreffenden fahren, und der Betreffende würde dann besessen und für immer verloren sein.

Mit dem Teufel konnte man es nie aufnehmen.

Der Boiler war repariert, und sie gingen weg – und der große weiße Winter häufte sich wieder um das rote Feuer auf.

Unfall

Juni 1948

Im darauffolgenden Sommer sah ich, wie ein Junge aus der Blucher Street von einem zurücksetzenden Lastwagen getötet wurde. Er stand am Hinterrad, bereit, hinten aufzuspringen, sobald der Lastwagen losfuhr. Aber der Fahrer schaltete plötzlich in den Rückwärtsgang, und der Junge kam unter das Rad, während die Männer, die an der Straßenecke herumstanden, sich umdrehten und anfingen zu schreien und loszurennen. Es war zu spät. Er lag da in der Dunkelheit unter dem Laster, mit ausgestrecktem Arm und Blut, das von allen Seiten heraussickerte. Der Lastwagenfahrer brach zusammen, und die Mutter des Jungen tauchte auf und starrte unentwegt zu ihm und setzte sich dann plötzlich hin, als die Leute sich vor sie hinstellten, um den schrecklichen Anblick zu verdecken.

Ich stand auf der Brüstungsmauer über Meenan's Park, keine zwanzig Meter entfernt, und ich konnte das Polizeiauto sehen, das von der Kaserne am Ende der Straße herangefahren kam. Zwei Polizisten stiegen aus, und einer von ihnen bückte sich und sah unter den Lastwagen. Er richtete sich wieder auf, schob sich die Mütze ins Genick und rieb sich die Hände an den Oberschenkeln. Ich glaube, ihm war schlecht. Seine Qual erreichte mich durch die Luft wie ein Geruch; mir wurde leicht schwindlig, und ich setzte mich auf die Brüstung. Der Lastwagen schien wieder einen Ruck zu machen. Der zweite Polizist hatte ein Notizbuch in der Hand, und er ging zu jedem einzelnen der Männer, die an der Ecke gestanden hatten, als es passierte. Sie drehten ihm alle den Rücken zu. Dann kam der Krankenwagen.

Monatelang sah ich immer wieder den Lastwagen, der zurückstieß, und Rory Hannaways Arm, der herausklappte, als er überrollt wurde. Jemand erzählte mir, daß einer der Polizisten sich auf der anderen Seite des Lastwagens übergeben hatte. Als ich das hörte, wurde mir wieder schwindlig, und gleichzeitig tat mir der Mann leid. Aber das schien unrecht zu sein; jeder haßte die Polizei, sagte uns, wir sollten uns von ihr fernhalten, das sei ein übler Haufen. Also sagte ich nichts, vor allem weil ich für Rorys Mutter und den Lastwagenfahrer, die ich beide kannte, kaum etwas empfand. Bereits ein Jahr darauf erzählte mir Danny Green, während wir uns in einem Kornfeld vor der Polizei versteckten, die uns dabei überrascht hatte, wie wir einen Baum für das alljährliche Feuer am fünfzehnten August, dem Fest von Mariä Himmelfahrt, umhackten, in allen Einzelheiten, wie der junge Hannaway von einem Polizeiauto umgefahren worden sei, das nicht einmal angehalten hatte. »Dreckskerle«, sagte er und putzte die Klinge seiner Axt mit feuchtem Gras blank. Ich zog das Abschleppseil straffer um meine Taille und sagte nichts; irgendwie verscheuchte die Geschichte dieses unterschwellige Gefühl von Treulosigkeit, das ich die ganze Zeit verspürt hatte. Die Folge war, daß ich in dem Augenblick echtes Mitleid mit Rorys Mutter zu empfinden begann und mit dem Lastwagenfahrer, der seitdem nicht mehr gearbeitet hatte. Das gelbgrüne Korn zischte, als das Polizeiauto unten auf der Straße langsam vorbeifuhr. Es war schon dunkel, als wir den Baum einbrachten und dabei die Seitengassen mit seinen kräftigen Zweigen sauberkämmten.

Füße

September 1948

Das Plastiktischtuch hing so weit herunter, daß ich nur ihre Füße sehen konnte. Aber ich konnte die Geräusche hören und auch etwas von den Gesprächen, obwohl ich so fertig war, daß ich sehr wenig von dem mitbekam, was sie sagten. Außerdem winselte unser Collie, Smoky, die ganze Zeit; jedesmal, wenn er unter seinem Fell zitterte, wurde ich taub gegen ihre Worte und achtete auf die Geräusche, die sie machten.

Smoky hatte mich unter dem Tisch gefunden, als das Zimmer sich mit Füßen füllte, die kreuz und quer herumstanden, und er hatte sich zwischen ihnen durchgeschlängelt und sich an mich gekuschelt. Auch er spürte das Grauen. Una. Meine jüngere Schwester, Una. Sie brachten sie ins Krankenhaus, und dann würde sie sterben. Ich konnte das Getrampel der Füße der Sanitäter hören, die versuchten, sie auf einer Trage die Treppe hinunterzumanövrieren. Sie würden sie hoch über das Geländer stemmen müssen; die Biegung war zu eng. Ich hatte die roten Griffstangen der Trage gesehen, als die blanken Schuhe der Sanitäter in der Mitte des Zimmers aufgetaucht waren. Der eine hatte sie festgehalten, zusammengefaltet, senkrecht, mit den Griffstangen auf dem Boden neben seinen glänzenden schwarzen Schuhen, und in der Spitze von dem einen Schuh war eine ganz kleine Röte gewesen, als er die Griffe der Trage auf das Linoleum setzte. Das Linoleum war so blank gebohnert, daß auch in ihm entsprechende rote Flecke zu sehen waren, verkehrt herum unter der Oberfläche begraben. An dem Morgen war Una so heiß gewesen, daß ich, bleich und verschwitzt, wie sie war, an versunkene Feuer wie diese hier hatte denken müssen. Ihre Augen glänzten vor Schmerz und Druck, von innen her aufgeblasen.

Das war eine neue Krankheit. Die Namen der anderen – Diphtherie, Scharlach oder *scarlatina,* Polio, Influenza – mochte ich sehr; ich mußte dabei an italienische Fußballspieler oder Rennfahrer oder Opernsänger denken. Jede von ihnen hatte ihren eigenen Geruch, besonders die Diphtherie: Die desinfizierten Laken, die über der Schlafzimmertür hingen, hauchten ihren scharfen Duft in die Luftzüge, die einem auf der Treppe eisig um die Fußknöchel strichen. Der Mumps, der nach der Diphtherie kam, war nicht so schlimm; konnte er auch gar nicht sein: Das Wort war komisch, und alle hatten ein ganz verquollenes Gesicht, als hätten sie gerade eine furchtbare Schlägerei hinter sich. Aber das hier war eine neue Krankheit. Meningitis. Das war ein Wort, an dem man herumbeißen mußte, um es zu sagen. Es hatte etwas Schreckliches und Zischendes an sich. Wenn ich es sagte, konnte ich spüren, wie Unas Augen die ganze Zeit größer wurden und leichter, als würde von ihrem Gehirn aus Helium hineingepumpt. Sie würden noch platzen, dachte ich, wenn sie nicht einen Weg fanden, diesen ganzen reinen Heliumschmerz herauszulassen.

Sie hatten das Ende der Treppe erreicht. Alle Füße bewegten sich in diese Richtung. Ich sah, daß die Brüder meiner Mutter da waren. Ich erkannte die braunen Schuhe von Onkel Manus: Die Absätze waren abgelaufen, und er wippte leicht vor und zurück. Onkel Dan und Onkel Tom hatten identische Schuhe, schwer und mit Schlamm und Zement verkrustet, weil sie von der Baustelle in Creggan gekommen waren. Die von Dan waren allerdings schmutziger, denn Tom war der Polier. Aber es waren keine guten Schuhe. Dan hatte ein Knie auf einen Stuhl gestützt. Er hatte Gerüstöl an den Socken. Er mußte Netzriegel in Öl getunkt haben. Einmal hatte er mich aufgefordert, den Arm ganz in den Eimer zu stecken, um einen Riegel zu finden, der ihm reingefallen war, und als ich ihn wieder herauszog, schwarz bis zum oberen Muskel, tropfte mir das glitschige Öl die Haut hinunter und runzelte sich an meinem Handgelenk. Ich streute mir handvollweise Sägespäne darauf und verwandelte meinen Arm in einen hellen Hafermehlärmel, der ganz dunkel wurde, bevor Dan sagte, ich sollte ihn abwaschen.

Aber am längsten betrachtete ich die Füße meiner Mutter und meines Vaters. Sie trug flache Schuhe, die zum Flicken gemußt hätten, und ihre Füße waren immer geschwollen, so daß ich sogar von dort aus sehen konnte, wie das Schuhleder in ihren Knöcheln versank, aus diesem Blickwinkel ganz darin verschwand. Es polterte und lärmte wieder, und ihre Füße verzogen sich in die Diele, hinter der Trage, und halb schluchzte sie, halb betete sie, während ihr die Arbeitsschuhe meines Vaters, riesig, mit um die Knöchel geschnürten Senkeln, dichtauf folgten. Dann gingen alle hinaus, und das Zimmer war leer.

Smoky zitterte unter seinem Fell und winselte, als ich ihn wegschob. Es war kalt mit all den offenen Türen und der Herbstluft, die allmählich dunkel wurde. Una würde sterben. Sie war erst fünf, kleiner als ich. Ich versuchte, mir vorzustellen, wie das wäre ohne sie. Sie würde ganz bestimmt in den Himmel kommen. Würden wir ihr nicht fehlen? Was konnte man im Himmel schon tun außer lächeln? Sie hatte ein herrliches Lächeln.

Alle kamen wieder rein. Es wurde nicht viel geredet. Mein Vater stand in der Nähe des Tisches. Ich konnte den Hafen an seiner Latzhose riechen, das Aroma von Horizonten, an denen Schiffe zu Staubkörnchen schrumpften und verschwanden. Jeden Tag, wenn er sich zum britischen Flottenstützpunkt aufmachte, wo er als Hilfselektriker arbeitete, hatte ich das Gefühl, daß er auswärts ging, wie wir von jemandem sagten, der ins Ausland ging; und jeden Abend, wenn er zurückkam, war ich erleichtert, daß er es sich anders überlegt hatte. Tom schob gerade eine Wasserwaage in eine lange Beintasche seines amerikanischen Overalls. Wo würde das Augenbläschen der Wasserwaage jetzt hingehen? In den Holzenden verschwinden, aus dem kleinen eingezeichneten Kreis herausfallen, wo es eigentlich hingehörte? Der Kreis würde groß und leer sein. Dan hob seinen Mantel auf, der von einem Stuhl auf den Boden gefallen war. Ich konnte die Dermatitisflecken an seinen Fingern und Knöcheln sehen. Er war gegen den Putz allergisch, mit dem er auf dem Bau täglich zu tun hatte. Nächsten Monat würde er von der Arbeit wegbleiben, die Hände ganz schorfig und wund. Aber bis dahin würde Una schon längst tot sein.

Alle gingen außer meinen Eltern. Mein Vater war wieder an den Tisch gekommen. Meine Mutter stand vor dem Küchenbord, vielleicht einen Meter von ihm entfernt, und ihre Schuhe standen dicht nebeneinander und sahen sehr klein aus. Sie weinte immer noch. Die Stiefel meines Vaters gingen auf sie zu, bis sie ganz nah dran waren. Er sagte irgend etwas. Dann ging er noch näher heran, stand fast auf ihren Schuhen, die auseinanderrückten. Einer seiner Schnürstiefel stand jetzt zwischen ihren Füßen. Da war ihr Schuh, dann sein Stiefel, dann ihr Schuh, dann sein Stiefel. Ich sah Smoky an, und der leckte mir das Gesicht ab. Er küßte sie. Sie weinte noch immer. Ihre vier Füße veränderten ihre Lage, und ich dachte, sie würde gleich umfallen, weil ein Schuh sich für eine Sekunde vom Boden hob. Dann fanden sie das Gleichgewicht wieder und standen einfach nur so da. Alles war still, und ich hielt den Atem an. Smoky kroch unter dem Tisch hervor und setzte sich vor den Herd.

Das war mein erster Todesfall. Als der Priester die ersten drei Schaufeln Lehm auf den Sarg fallen ließ, schien das scheppernde Geräusch durch den ganzen abschüssigen Friedhof zu hallen, und mein Vater drehte das Gesicht zur Seite, als hätte er einen Schlag bekommen. Wir standen alle am Rand des Grabes aufgereiht, das braun und schmal war, so schmal, daß die Seile, die sie durch die Griffe des Sargs gezogen hatten, um ihn in die enge Grube hinunterzulassen, mit graubrauner Erde befleckt wieder hochkamen. Einer der Totengräber drapierte sie um einen Grabstein, bevor er anfing, den großen Haufen Lehm auf den Sarg zu schaufeln. Der Lehm kam bis hoch an den Rand, als würde er gleich überkochen. Wir bändigten ihn mit Blumen und preßten zum Abschied unsere Hände darauf, so wie wir sie auf den glänzenden Sargdeckel gepreßt hatten und die Nacht davor auf Unas wächserne Hände, während der Totenwache, wo eine Kerze gebrannt und es nichts zu trinken gegeben hatte. Als wir zurückkamen, war die Kerze aus, und meine Mutter wurde von Tanten und Nachbarinnen getröstet, die alle denselben ernsten und entschlossenen Ausdruck von Mitleid und Strenge zur Schau trugen, so daß sogar die Hübschen und die

Nicht-so-Hübschen alle gleich aussahen. Die Männer nahmen ihre Mützen ab und blickten in die Ferne. Niemand schien dem anderen ins Gesicht zu sehen. Die Kinder tauchten hier und da auf, das Gesicht schiefgehalten, hinter oder zwischen Erwachsenen, gebannt, wie Engel, die ins Licht starrten. Ich ging hinauf ins Schlafzimmer, wo Una gelegen hatte, und setzte mich auf ein Bett und sah ihres an und vergrub dann mein Gesicht in dem Kissen, wo ihr Schmerz gewesen war, wollte weinen und weinte nicht, sagte ihren Namen im Kopf auf, aber sprach ihn nicht aus, schnüffelte nach etwas von ihr, aber fand nur den Duft von Baumwolle, Seife, eines Lebens, das ausgespült und verschwunden war. Als ich Geräusche auf der Treppe hörte, kam ich heraus und sah meine Onkel, die das dritte Bett aus dem Parterrezimmer über das Geländer hievten. Sie sagten, ich solle Platz machen, manövrierten es in das Zimmer hinein und stellten es neben das Bett, in dem sie krank gelegen hatte. Das Totenwachbett war besser; es hatte ein Kopfteil. Jetzt würde Deirdre oder Eilis ein eigenes haben.

Una kam ein einziges Mal zurück, ein paar Wochen später, Anfang Oktober. Meine Mutter hatte mich gebeten, das Grab zu besuchen und Blumen darauf zu legen. Es würden Wildblumen sein müssen, weil Blumen aus dem Geschäft zu teuer waren. Ich dachte nicht mehr daran, bis es fast vier Uhr war und es schon langsam dunkel wurde. Ich rannte zum Friedhof und hoffte, er würde nicht zusein. Aber es war zu spät, das Tor war abgesperrt. Ich rannte das Sträßchen hinauf, das entlang der Ostmauer verlief, bis ich die Ecke erreichte, wo die Mauer oben ungefähr einen halben Meter weggebrochen war. Da konnte man leicht hinüberklettern, und drinnen gab es eine vernachlässigte Ecke, wo das Gras hoch stand und wo ich früher Blumen gesehen hatte. Aber da war keine einzige, nicht einmal an der kümmerlichen Hecke am Fuß der Mauer – nicht eine Beere, nicht eine Schote. Ich rupfte etwas langes Gras aus und versuchte, es zu flechten, aber es war zu naß und glitschig. Ich warf die langen Halme in die Luft, die schon mit Dunkelheit gesprenkelt war, und sie fielen auseinander und verschwanden.

Als ich die schmalen Wege entlangrannte, die die Gräber voneinander trennten, verlief ich mich mehrere Male, bevor ich das frische Grab fand und die verwelkten Blumen als diejenigen wiedererkannte, die wir kurze Zeit vorher dagelassen hatten. Ich rupfte die Kränze auseinander in der Hoffnung, ein paar nicht ganz so welke Blumen zu finden, aber es gab sehr wenige. Eine zerrissene Rose, eine Chrysantheme, so fest geschlossen wie eine Nuß, ein paar Schwertlilien, die nicht mehr waren als feuchte Stengel mit einem Anflug von Blau – das war alles. Aber ich schaffte es nicht, sie mit den Drahtstückchen aus den ursprünglichen Kränzen zusammenzubinden, also scharrte ich eine Kuhle in den Boden, steckte die Blumen alle miteinander hinein und trat dann die Erde ringsum fest. Dabei wiederholte ich die ganze Zeit ihren Namen. Una, Una, Una, Una, Una. Es war dunkel, und ich fühlte mich schuldig und einsam, und Angst hatte ich auch. »Ich muß gehen«, sagte ich zum Boden, »ich muß gehen. Ich lass dich nicht gern allein, aber ich muß gehen, Una.« Die Mauer kam mir sehr weit weg vor. Ich stand auf und wischte mir die Hände an den Strümpfen ab. »Ich komm bald wieder.« Ich rannte los, lief die dunklen Wege entlang, lief im Zickzack um Grabsteine und große Glasglocken mit luftlosen Blumen, keltische Kreuze, Statuen auf hohen Sockeln, einsame, leere Grabstellen, ein anderes, sogar noch frischeres Grab, wo die Blumen selbst in dem verschrumpften Licht, das die Bäume näher heranrücken ließ, noch etwas Farbe hatten. Sie, es war Una, kam für einen Augenblick den Weg hinunter direkt auf mich zu, in ihrem gewohnten Schottenrock und dem Pulli, das Haar mit Schleifchen zusammengebunden, und ihr Lächeln war süßer denn je. Noch während ich ihren Namen sagte, war sie nicht mehr da, ich rannte weiter, sagte wieder ihren Namen, erschrocken jetzt, bis ich die Mauer erreichte und vom abgebröckelten oberen Rand aus auf die düstere Hügelflanke und ihre schwere Last von Toten zurücksah. Dann rannte ich wieder, bis ich die Laternen an der Lone Moor Road erreichte, und kratzte mir an der Bordkante den Schlamm von den Schuhen und rieb ihn, so gut es ging, von meinen Sachen.

Ich ging langsam nach Haus. Ich war spät dran, aber jetzt spielte es auch keine Rolle mehr, wenn es noch ein bißchen später wurde. Ich wußte nicht, ob ich davon erzählen würde oder nicht; das hing davon ab, was man mich fragte. Ich wußte, daß es meine Mutter sehr mitnehmen würde, aber andererseits tröstete es sie vielleicht auch, zu wissen, daß Una noch immer da war, auch wenn es mir lieber gewesen wäre, wenn sie nicht ganz allein auf diesem Friedhof herumgewandert wäre.

Liam, mein älterer Bruder, nahm mir die Entscheidung ab. Ich traf ihn auf der Straße und erzählte es ihm sofort. Zuerst war er belustigt, aber dann wurde er wütend, als ich mich laut fragte, ob ich es meiner Mutter erzählen sollte.

»Bist du nicht ganz bei Trost oder was? Du würdest sie in den Wahnsinn treiben. Sie ist sowieso schon verrückt, wenn sie dich um diese Jahreszeit nach Blumen schickt. Jeder, der auch nur halbwegs bei Verstand wäre, hätte ja gesagt und nichts getan. Jedenfalls, du hast nichts gesehen. Du sagst nichts. Man kann dich wirklich nicht allein lassen.«

Ich lag die ganze Nacht da und dachte an sie und hörte wieder den langen gequälten Schrei meiner Mutter, als die Familie gerade bis zur Hälfte des Rosenkranzes gekommen war. Alle schreckten hoch, und Smoky kroch wieder unter den Tisch. Ich wünschte mir, ich hätte zu ihm hinkönnen, aber wir standen alle einfach nur so da, während sie weinte und sich die Haare raufte und sich fast von den tröstenden Armen meines Vaters losriß. Ihre ganzen Gesichtszüge waren so verzerrt, daß ich sie beinah nicht wiedererkannte. Ihr zuzuhören war, wie nachts im Wind zu stehen. Sie weinte die ganze Nacht. Von Zeit zu Zeit hörte ich wieder ihren Schrei, so verzweifelt, daß er weit entfernt zu sein schien, und ich dachte an Una auf dem Friedhof, wie sie unter all diesen hohen Steinkreuzen stand, im Haar die roten Bänder.

Im Dunkeln lesen

Oktober 1948

Der erste Roman, den ich las, hatte einen grünen Pappeinband und war zweihundertsechzehn Seiten lang. Auf das Vorsatzblatt hatte meine Mutter ihren Mädchennamen geschrieben. Ich starrte darauf. Die Tinte war verblaßt, aber die Buchstaben waren ganz klar zu erkennen. Sie wirkten fremd auf mich, als stellten sie jemanden dar, der sie gewesen war, bevor sie die Mutter wurde, die ich kannte, jemanden, der möglicherweise nicht einmal derselbe Mensch war, der die Einkaufszettel schrieb und jede Woche die Lebensmittelrechnung zusammenzählte und die Augen verdrehte und etwas vor sich hin murmelte, was ich für Gebete und Anrufungen hielt. Unter ihren Namen hatte sie *Eucharistischer Kongreß, Dublin, 1932* geschrieben. Ich wußte nicht, was ein Eucharistischer Kongreß war, und wenn ich fragte, kamen mir die Antworten sehr vage vor. Sie schienen sich alle um Sankt Patrick und einen Grafen John McCormack zu drehen, der ein Kirchenlied mit dem Titel *Panis Angelicus* immer und immer wieder gesungen hatte, soweit ich verstand, fast das ganze Jahr 1932 über.

Der Roman hieß *The Shan Van Vocht,* was die phonetische Wiedergabe eines irischen Ausdrucks war, der »Die arme alte Frau« bedeutet, ein traditioneller Name für Irland. Er handelte von der großen Rebellion von 1798, woher fast die Hälfte der Lieder stammten, die wir zu Mariä Himmelfahrt um die Augustfeuer herum sangen. Auf den ersten Seiten saßen Leute in einer rauhen, stürmischen Winterregennacht um ein großes offenes Herdfeuer und unterhielten sich flüsternd über die Gefahren der Rebellion. Ich las den Anfang immer und immer wieder von vorn. Draußen war das schlechte Wetter; drinnen war das Feuer, lauernde Gefahr, ein Liebespaar. Diese Mischung hatte etwas Köstliches, fand ich, wenn ich im Bett lag und las, während meine Brüder schliefen und sich unter dem Licht hin und her bewegten, das auf ihre Augenlider schien und ihre

Träume beeinflußte. Die Heldin hieß Ann, und der Held hieß Robert. Sie war zu gut für ihn. Wenn sie flüsterten, war sie es, die die ganzen interessanten Dinge sagte. *Er* faselte immer nur vom Sterben und daß er sie nie vergessen würde, und das, obwohl sie da direkt vor ihm saß mit ihren dunklen Haaren und ihren tiefen goldbraunen Augen und ihrer olivfarbenen Haut. Also redete ich statt dessen mit ihr und sagte ihr, wie schön sie sei und daß ich überhaupt nicht bei der Rebellion mitmachen würde, sondern einfach da sitzen bleiben und ihr ins Ohr flüstern und ihr klarmachen würde, daß *jetzt* für immer war und nicht irgendwann in der Zukunft, wenn das Schießen und Metzeln vorbei sein würde und man das, was vom Leben übriggeblieben war, damit zubringen würde, dem Nachtwind zuzuhören, wie er über Friedhöfe und kahle Hänge hinwegheulte.

»Herrgott, mach endlich das Licht aus. Du liest ja nicht mal, du Blödmann.«

Und Liam drehte sich herum und stieß mir die Knie ins Kreuz und fluchte vor sich hin. Dann machte ich das Licht aus, stieg wieder ins Bett und lag, das Buch noch immer aufgeschlagen, so da und malte mir noch einmal alles aus, was ich gelesen hatte, wie sich die ganze Sache im einzelnen weiterentwickeln konnte, und der Roman entfaltete sich im Dunkeln und ließ Raum für unendliche Möglichkeiten.

Der Englischlehrer las uns einen mustergültigen Aufsatz vor, den zu unserer Überraschung ein Bauernjunge geschrieben hatte. Er beschrieb darin, wie seine Mutter den Tisch für das Abendbrot deckte und dann mit ihm zusammen wartete, bis sein Vater vom Feld zurückkam. Sie stellte einen blauweißen Krug voll Milch hin, eine zugedeckte Schüssel mit Pellkartoffeln und eine rotgeränderte Butterschale mit einem Stück Butter, in dessen Oberfläche ein Schwan mit heruntergebogenem Kopf eingeprägt war. Das war die ganze Mahlzeit. Alles war so schlicht, besonders die Art, wie sie warteten. Sie saß mit den Händen im Schoß da und erzählte ihm von jemandem weiter die Straße hinauf, der einen Luftpostbrief aus Amerika bekommen hatte. Sie sagte ihm, daß sein Vater müde sein würde, aber so müde er auch sein mochte, er würde nicht ohne ein Lächeln sein, bevor er sich wusch, und er würde nicht so unmanierlich sein, zu vergessen, das Tischgebet zu sprechen, bevor sie zu essen anfingen, und daß er, der Junge, darauf achten sollte, wie der Vater lächeln würde, wenn die Hefte und Bücher für die Hausaufgaben hervorgeholt wurden, denn Gelehrsamkeit sei ein Wunder für ihn, besonders das Latein. Danach würde es keine Gespräche mehr geben, nur das Ticken der Uhr und den summenden Teekessel und die Porzellanhunde, die sich wie immer über den Kaminsims hinweg gegenseitig ansahen.

»Also das«, sagte der Lehrer, »das heißt schreiben. Das heißt, einfach die Wahrheit sagen.«

Ich schämte mich, denn mein Aufsatz war voll von langen oder ausgefallenen Wörtern gewesen, die ich im Lexikon gefunden hatte – »zyanenfarben«, »azurn«, »phantasmagorisch« und »unerbittlich« – und die allesamt Himmel und Meere beschrieben, die ich nur mit der Ann aus dem Roman gesehen hatte. Ich hatte nie gedacht, daß solches Zeug es wert sein könnte, beschrieben zu werden. Das war gewöhnliches Leben – keine Rebellionen oder Liebesgeschichten oder gefährliche nächtliche Fluchten über die Hügel. Und trotzdem fielen mir die beiden immer wieder ein, Mutter und Sohn, wie sie in dem flämischen Interieur dieses Aufsatzes warteten, mit dem Krug Milch und der Butter auf dem Tisch, während hinter und über ihnen diese zerbrechlichen vermummten Gestalten aus der Rebellion standen, zischelnd über dem lodernden Feuer und unter dem sehnsüchtigen hohen Wind.

Großvater

Dezember 1948

Bruder Regan zündete in seinem dunklen Klassenzimmer gerade eine Kerze am Fuß der Statue der Heiligen Jungfrau an. Regan duldete keine Deckenbeleuchtung, wenn er in der Grundschule seine Weihnachtsansprache hielt. Regan war klein, adrett, sparsam. Er war kurz zuvor auf Unas Begräbnis gewesen, wie auch mehrere andere Christliche Brüder aus der Grundschule.

»Jungen«, sagte er.

Nachdem er »Jungen« gesagt hatte, hielt er kurz inne und sah uns an. Dann schlug er die Augen nieder und hielt den Blick gesenkt, bis er noch einmal, lauter, sagte: »*Jungen.*«

Diesmal wurde es vollkommen still.

»Einige von euch hier, einer oder zwei von euch vielleicht, kennen den Mann, über den ich heute sprechen werde. Vielleicht wißt ihr nicht, daß ihr ihn kennt, aber das spielt keine Rolle.

Vor über fünfundzwanzig Jahren, während der Unruhen in Derry, wurde dieser Mann verhaftet und des Mordes an einem Polizisten angeklagt. Der Polizist war eines Nachts, auf seinem Weg nach Haus, über die Craigavon Bridge gegangen. Es war eine unfreundliche Nacht, November neunzehnhunderteinundzwanzig. Die Zeit: zwei Uhr früh. Der Polizist war außer Dienst; er trug Zivilkleidung. Zwei Männer gingen in die entgegengesetzte Richtung, auf der anderen Seite der Brücke. Als der Polizist fast die Mitte der Brücke erreicht hatte, wechselten diese zwei Männer auf seine Straßenseite. Sie schlenderten vor sich hin und redeten beiläufig miteinander. Sie hatten ihre Hüte tief in die Stirn gezogen und den Kragen ihrer Mäntel hochgeklappt, denn es war naß und kalt. Als sie an dem Polizisten vorbeikamen, sagte einer von beiden ›Gute Nacht‹, und der Polizist erwiderte den Gruß. Und dann fühlte er sich plötzlich von hinten gepackt und vom Boden gehoben. Er versuchte, um sich zu treten, aber einer der Männer hielt seine Beine fest. ›Das ist für Neil McLaughlin‹, sagte einer. ›Verrotten sollst du in der Hölle, in die du gleich kommst, du mörderisches ...‹«

Regan schüttelte den Kopf, um zu verhindern, daß ein Kraftausdruck über seine Lippen kam. Dann fuhr er fort.

»Sie hoben ihn auf die Brüstung und hielten ihn eine Minute lang wie einen Holzklotz da fest und ließen ihn ins Wasser hinunterstarren – zwanzig, fünfundzwanzig Meter weiter unten. Dann stießen sie ihn hinunter, und er fiel, und das Licht der Straßenlampen glänzte auf seinem nassen Mantel, bis er aufklatschend im Schatten verschwand. Sie hörten ihn um sich schlagen, und er schrie einmal. Dann ging er unter. Seine Leiche wurde drei Tage später angeschwemmt. Niemand hatte seine Angreifer gesehen.

Sie gingen nach Haus und sagten nichts. Eine Woche später wurde ein Mann verhaftet und des Mordes beschuldigt. Er wurde vor Gericht gestellt. Aber das einzige Indiz, das die Polizei hatte, war die Tatsache, daß er der Freund und Arbeitskollege Neil McLaughlins war, der einen Monat vorher von einem Polizisten ermordet worden war. Es wurde erzählt, daß McLaughlin, bevor er auf der Straße gestorben war, wo man ihn beim Verlassen des Zeitungsgebäudes, in dem er arbeitete, niedergeschossen hatte, diesem Mann, der jetzt in Haft saß, den Namen des Mörders zugeflüstert habe. Und dieser Mann hatte vor Zeugen Rache geschworen, hatte geschworen, den Polizisten – nennen wir ihn Billy Mahon – für den Tod seines Freundes büßen zu lassen. Es hatte natürlich keinen Sinn, vor Gericht zu gehen, es würde nie Gerechtigkeit geübt werden; jeder wußte das, besonders in den damaligen Zeiten. Also dachte die Polizei vielleicht, sie könnte ein Geständnis aus ihm herausprügeln, aber er blieb bei seiner Geschichte. In der betreffenden Nacht sei er nicht einmal in der Stadt gewesen. Er habe sich im Auftrag seiner Zeitung in Letterkenny aufgehalten, über dreißig Kilometer weit weg, und es gebe mehrere Personen, die das bezeugen könnten. Der Fall wurde niedergeschlagen. Die Leute wunderten sich, auch wenn sie an die Unschuld des Mannes glaubten. Unschuld war damals für einen Katholiken keine Garantie. Ebensowenig ist sie es heute.

Nun, ich war damals nicht einmal in der Stadt. Aber einer der Priester, mit dem ich mittlerweile befreundet bin, war zu der Zeit ein junger Kurat. Er erzählte mir die Geschichte des Angeklagten. Dieser Mann genoß Ansehen in örtlichen Sportskreisen, und er hatte auf verschiedene Weise mitgeholfen, Gelder für die Bauvorhaben der Gemeinde zu sammeln. Eines Abends, in der Sakristei der Long Tower Church, hier gerade um die Ecke, erzählte dieser Mann dem Priester, er sei seit zwanzig Jahren nicht zur Beichte gegangen. Er habe etwas auf dem Gewissen, was keine Buße tilgen könne. Der Priester ermahnte ihn, auf die unendliche Gnade Gottes zu vertrauen. Er bot sich an, ihm die Beichte abzunehmen; er bot sich an, jemand anders zu finden, einen Mönch, den er unten in Portglenone kannte, zu dem der Mann gehen könnte im Fall, daß er nicht bei jemandem beichten wollte, den er persönlich kannte. Aber nein, er wollte nicht hingehen. Keine Buße, sagte er, würde irgend etwas nützen, weil er in seinem Herzen keine Reue über das, was er getan habe, verspüren könne. Aber er wollte es jemandem erzählen; nicht als Beichte, sondern nur im Vertrauen.

Also erzählte er dem Priester von seiner Verhaftung. Er erzählte ihm, wie er mißhandelt worden sei – Gummiknüppel, Fausthiebe, Tritte, Drohungen, ihn von der Brücke zu werfen. Er erzählte, er habe all diese Mißhandlungen ertragen und habe nicht einen einzigen Augenblick gewankt.

Der Priester erklärte ihm, dieses unerschütterliche Festhalten an seiner Aussage sei ein Beweis für die Kraft, die ein Mensch aus dem Bewußtsein schöpfe, im Recht zu sein.

Der Mann sah den Priester erstaunt an. Und dann sprach er die folgenden Worte, Worte, die der Priester niemals vergessen hat: ›Ja glauben Sie denn, das war's, was ich Ihnen erzählen wollte? Die Geschichte von meiner Unschuld? Um Gottes willen, Pater, verstehn Sie nicht? Ich war nicht unschuldig. Ich war schuldig. Ich habe Mahon getötet, und wenn er in diesem Augenblick durch die Tür käme, würde ich es wieder tun. Deswegen kann ich nicht beichten. Mir fehlt der Kummer, der Vorsatz, es nicht wieder zu tun. Ich bereue nichts. Mahon hatte meinen besten Freund auf der Straße erschossen, wegen nichts und wieder nichts. Er war ein betrunkener Polizist mit einer Pistole, auf der Suche nach einem Katholiken zum Erschießen, und er hat die Frau dieses Mannes mit zwei kleinen Kindern zurückgelassen und wäre ungeschoren davongekommen für den Rest seines Lebens; wäre wahrscheinlich wegen vorbildlichen Verhaltens im Dienst befördert worden. Und als er so dalag und das Blut aus ihm herauslief, sagte mir Neil, daß es Mahon gewesen war. »Billy Mahon, Billy Mahon, der Polizist«, das war's, was er sagte. Und im selben Augenblick mußte ich zurück in den Hauseingang laufen und seine Leiche da auf der Straße liegenlassen, weil sie anfingen, von der Stadtmauer aus auf die Straße zu schießen. Und ich bedaure es nicht, daß ich Mahon erwischt und ihm gesagt habe, wofür das war, bevor ich ihn von dieser Brücke geworfen habe, und er wußte, nur eben zu spät, wer ich war, als ich gute Nacht zu ihm sagte. Es war wirklich gute Nacht. Ein mörderisches ...‹« – Regan senkte den Kopf – »›weniger.‹

Seht, Jungen, was in der Geschichte, die mir der Priester erzählte und die ich euch eben wiedererzählt habe, geschehen ist. Ein Mann ist in die Grube gefahren, ohne seine Sünde gebeichtet zu haben. Und bedenkt, welche weiteren Untaten im Zusammenhang mit diesem Ereignis begangen wurden. Die ganze Situation macht die Menschen böse. Böse Menschen machen die ganze Situation. Und heutzutage geschehen ähnliche Dinge. Einige von euch Jungen könnten den Wunsch verspüren, sobald sie die Schule verlassen haben, sich daran zu beteiligen, weil sie aufrichtig glauben, daß sie dann auf der Seite des Rechts stehen, für die Wahrheit kämpfen werden. Aber, Jungen, ich will euch etwas sagen: Es gibt einen Richter, der alles sieht, alles weiß und nie ungerecht ist; es gibt einen Richter, dessen Strafen und Belohnungen alle menschliche Vorstellungskraft übersteigen; es gibt ein Gesetz, das höher steht als die Gesetze der menschlichen Gerechtigkeit, weit höher steht als das Gesetz der Vergeltung, dauerhafter ist als die Gesetze irgendeines Staates. Dieser Richter ist Gott, dieses Gesetz ist das Gesetz Gottes, und die Sache, um die es dabei geht, ist eure unsterbliche Seele.

Wir leben, Jungen, in einer Welt, die untergehen wird. Wir haben ebensowenig Bestand wie die Schatten, die diese Kerze auf die Wände dieses Zimmers wirft. Unrecht, Tyrannei, Freiheit, nationale Unabhängigkeit sind Dinge, die gleichfalls dahinschwinden werden, weil sie keine absoluten Dinge sind, und das einzig lebenswerte Leben ist ein Leben, gelebt im Lichte des Absoluten. Ich weiß, daß es manche gibt, die glauben, daß der arme Mann, der diesen Mord beging, im Recht war und daß er vor einem allbarmherzigen Gott Gnade finden wird für das, was er getan hat. Das mag sein. Ich hoffe inbrünstig, daß es so ist, denn wer könnte sich ein Urteil über Gottes Barmherzigkeit anmaßen? Aber dasselbe gilt auch für den Polizisten: Er könnte ebensosehr von Schuldgefühlen geplagt worden sein wie sein Mörder; er könnte sich gleichfalls gerechtfertigt haben; er könnte sich der Reue versperrt und keinerlei Seelenfrieden gefunden haben; er könnte sich selbst vergeben oder vor Gott Vergebung gefunden haben. Es ist nicht an uns zu richten. Aber es ist an uns, zu unterscheiden, den Unterschied zu erkennen zwischen dem Unrecht, das uns angetan wird, und dem gleichen Unrecht, das *wir selbst* tun; zu wissen, daß unser vergängliches Leben, wie entstellt, wie zerrissen, wie elend es auch sein mag, zugleich auch ein Wunder und Geschenk Gottes ist; daß wir wohl versuchen dürfen, es zu verbessern, es aber nicht zerstören dürfen. Wenn wir es in einem anderen zerstören, zerstören wir es in uns selbst. Jungen, da ihr ein weiteres Jahr hinter euch laßt, nähert ihr euch um ebensoviel dem Eintritt in eine Welt voller Unrecht, Beleidigung, Unbill, Arbeitslosigkeit, eine Welt, in der die Ungerechten Macht ausüben und die Unwissenden herrschen. Aber es gibt einen inneren Frieden, dem nichts etwas anhaben kann; den keine Beleidigung verletzen, keine Verderbnis entweihen kann. Haltet an ihm fest; er ist, was eure kindliche Unschuld einst war und was eure Erwachsenenreife einst sein soll. Haltet an ihm fest. Ich segne euch alle.«

Und er erhob die Hand und machte das Kreuzeszeichen über unseren Köpfen und durchquerte das Zimmer, blies die Kerze aus, während die Glocke im Turm der Kapelle wie verrückt läutete, und bat, man möge das Licht einschalten. Er ging stumm hinaus, während die Kerze am Fuß der Statue hinter ihm herqualmte, stumpig in ihrem dicken Faltenwurf aus Wachs.

»Das war dein Großvater«, sagte McShane zu mir. »Ich kenn diese Geschichte auch. Er hat bei der Zeitung gearbeitet, und er war mit McLaughlin befreundet. Mein Vater hat mir das alles erzählt.«

Ich lachte ihn aus. Ich hatte die Geschichte auch schon gehört, aber ich hätte das nicht vor versammelter Mannschaft zugegeben. Nicht, wenn der Vater meiner Mutter darin verwickelt war. Wußte Regan Bescheid? War es wirklich mein Großvater, der das getan hatte, der kleine Mann, der den ganzen Tag im Unterhemd herumsaß, kränklich aussah und kaum ein Wort sagte? Und überhaupt, es war doch nur eine Sage. Ich hatte etwas davon gehört, als ich viel kleiner war und nachts manchmal oben auf dem Gang lag und den Erwachsenen zuhörte, wie sie in der Küche redeten, und ich hatte mich über das Geländer hinausgelehnt und mir vorgestellt, es wäre der Rand der Brüstung und ich fiele, fiele hinunter in den Fluß der Diele, so taub und glänzend wie ein Holzklotz.

Pistole

Januar 1949

In diesem dunklen Winter gab es zwei Polizeiautos, schwarz und schwarz, die wie Raumschiffe aus dem frühmorgendlichen Licht der Straße gelandet zu sein schienen. Ich sah ihr schimmerndes Metall in den lackierten Fensterscheiben des Hauses nebenan gespiegelt, als sie uns mitnahmen. Aber zuerst kam die Haussuchung. Eine grelle Gestalt in einem weißen Regenumhang kam ins Schlafzimmer herein, stellte sich mit dem Rücken an die Wand und schaltete das Licht ein und aus. Er brüllte dabei, aber ich war benommen vor Schreck und konnte nur sehen, wie sein Mund auf- und zuging. Ich zog mich unter dieser dünnen Membran aus Stille an. Ich wußte, daß sie die Pistole suchten, die ich am vorigen Nachmittag in der unteren Schublade vom Kleiderschrank im Zimmer nebenan gefunden hatte, wo meine Schwestern schliefen.

Es war eine lange, kühle Pistole, blauschwarz und schwer, und ich hatte sie hinten rausgeschmuggelt, um sie ein paar Jungs aus der Fahan Street zu zeigen, oben in der Nähe der alten Stadtmauer. Sie waren zum Fußballspielen rübergekommen, und danach hatten wir über Politik diskutiert. Man hatte mich gewarnt, die Pistole nie auch nur zu erwähnen; wie man mir erzählte, hatte sie mein Vater von einem jungen deutschen Matrosen geschenkt bekommen, dessen U-Boot am Ende des Krieges in den Hafen geschleppt worden war. Er wurde mit rund dreißig anderen in Wellblechbaracken unten am Hafen gefangengehalten, und mein Vater brachte ihm mittags immer Extrasandwiches oder Milch, als er mithalf, die Baracken zu verkabeln, damit's Licht und Wärme gab. Bevor er wegging, schenkte der junge Matrose meinem Vater die Pistole als Andenken. Aber weil wir Cousins hatten, die im Gefängnis saßen, weil sie zur IRA gehörten, waren wir eine gezeichnete Familie und mußten vorsichtig sein. So jung, wie ich war, hatte ich eine Dummheit begangen.

Während wir uns um die Pistole geschart hatten, sie in der Hand gewogen, damit gezielt, sie an unseren Unterarmen gemessen hatten, hatte ich gespürt, daß wir beobachtet wurden. Fogey McKeever, der als Polizeispitzel bekannt war, stand am Ende der Gasse und sah zu uns herüber. Er war ein junger Mann von ungefähr Zwanzig mit einem offenen Gesicht, einem strahlenden Lächeln und weit auseinanderstehenden runden Augen. Er sah wie die Ehrlichkeit in Person aus. Er hatte gesehen, wie ich die Pistole wieder ins Haus gebracht hatte.

Ich wartete zehn Minuten ab und trug sie dann, in eine alte Zeitung gewickelt, wieder hinaus und vergrub sie in einem der Steingräben weiter oben auf dem Feld. Ich war so sicher, daß das genügen würde, daß ich die ganze Sache schon vor dem Schlafengehen wieder vergessen hatte. Aber jetzt war die Polizei da, und das Haus wurde auseinandergenommen. Das Linoleum wurde vom Boden gerissen, die Dielen mit der Brechstange hochgestemmt, der Kleiderschrank lag mit den Türen nach unten in der Mitte des Zimmers, und die zerfetzte Tapete hing in Streifen von den Wänden.

Wir wurden nach unten und in der Mitte des Zimmers zusammengetrieben, während die Küche durchsucht wurde. Ein Polizist öffnete eine Dose mit australischen Pfirsichen und schüttete die gelben Krummsäbelschnitze und den zuckrigen Sirup über den ganzen Fußboden. Ein anderer ging hinaus auf den Hof und schlitzte, während er den Schuppen durchwühlte, einen Zementsack auf. Er kam in einer weißen Wolke zurückgestampft, mit Stiefeln, die am schmierigen Linoleum festpappten, und Zement, der in weißen Flocken von ihm herunterrieselte. Ich war noch immer in die Stille eingehüllt. Gegenstände schienen schwerelos durch das ganze Zimmer zu schweben. Jeder hatte Schweiß oder Tränen im Gesicht. Dann saßen mein Vater, Liam und ich in den Polizeiautos, und das Morgenlicht hatte schon die Hausdächer erreicht, ein polierter Glanz auf den Schieferplatten, der verschwand, als wir um die Ecke bogen und die paar hundert Meter zur Polizeikaserne fuhren.

Wo war die Pistole? Ich hatte sie gehabt, ich war damit gesehen worden, wo war sie? Polizisten mit riesigen Gesichtern bückten sich zu mir hinunter und befragten mich, zuerst leise, dann immer lauter und lauter. Sie befahlen meinem Vater, sich an einen Tisch zu setzen und sich dann mit ausgebreiteten Armen weit vornüberzubeugen. Dann schlugen sie ihn mit kurzen, dicken, roten Gummiknüppeln auf Nacken und Schultern. Er sagte es ihnen, aber sie glaubten ihm nicht. Also schlugen sie auch uns, Liam und mich, vor seinen Augen, an der anderen Seite des Tisches. Ich erinnere mich an den Schweiß und die Wut auf seinem Gesicht, während er zusah. Als sie mich für einen Augenblick mit dem Kinn auf den Tisch drückten, sah ich zu ihm auf. Zwinkerte er mir zu? Oder hatte er Tränen in den Augen? Dann knallte mein Kopf von den Schlägen so fest auf den Tisch, daß ich mir fest in die Zunge biß.

Noch lange Zeit danach wachte ich regelmäßig in den frühen Morgenstunden schwitzend auf und fragte mich immer und immer wieder: »Wo ist die Pistole? Wo ist sie? Wo ist die Pistole?« Dann rieb ich den Schlaf und die Angst weg, die wie Spinnweben auf meinem Gesicht lagen. Wenn hinten auf der Straße ein Licht aufblinkte, stellte sich sofort wieder das Bild des Polizeiwagens ein, und mein Haar fühlte sich wie gestärkt an und meine Hände schwitzig. Der Polizeigeruch sog allen Sauerstoff aus der Luft, so daß ich atemlos dasaß, mit keuchender Brust.

ZWEITES KAPITEL

Feuer

Juni 1949

Es war eine Stadt der Freudenfeuer. Die Protestanten hatten davon mehr als wir. Sie hatten den zwölften Juli, wo sie den Sieg der protestantischen Armeen in der Schlacht am Boyne feierten, im Jahr 1690; dann hatten sie den zwölften August, wo sie die Befreiung der Stadt von der Belagerung durch eine katholische Armee im Jahr 1689 feierten; dann hatten sie, am achtzehnten Dezember, die Verbrennung von Lundys Bild. Lundy war der Verräter gewesen, der versucht hatte, dem katholischen Feind die Stadttore zu öffnen. Wir hatten nur die Feuer vom fünfzehnten August; das war ein kirchliches Fest, aber wir machten es auch zu einem politischen, um den Feuern des Zwölften etwas entgegenzusetzen. Unsere Feste waren jedoch keine offiziellen Feierlichkeiten wie die protestantischen. Die Polizei zwang uns manchmal, die Feuer zu löschen, oder versuchte, uns schon vorneweg daran zu hindern, alte Autoreifen zu sammeln oder Bäume umzuhacken. Feuer fand ich herrlich: herrlich, davon zu hören, und herrlich, es selbst zu sehen. Erregt und erregend, verwandelte es die graue Luft und die grauen Straßen. Wenn Mitte August zur Feier des Festes der Himmelfahrt Unserer Lieben Frau am Fuß der abschüssigen parallelen Straßen, an der Steinmauer über dem Park die Feuer entzündet wurden, rötete sich der Nachthimmel um die von den Gummireifen aufsteigenden schwarzen Rauchfahnen, die von Zeit zu Zeit explodierten und hohe Sopranzungen von Paraffinfeuer ausstießen. Ihr beißender Gestank wich allmählich dem angenehmeren Geruch langsam brennender Bäume, der über die abschüssigen Zeilen dichtgedrängter kleiner Häuser hinstrich, die geschotterten Straßen hinunter, die von der asphaltierten Lone Moor Road abfielen: für uns die Grenze zwischen der eigentlichen Stadt und dem Land, das sich sechs Kilometer weiter nach Donegal hinein ausbreitete. In den frühen Morgenstunden waren die Leute, die auf Bänken und Küchenstühlen um das Feuer herum saßen, noch immer am Singen; manchmal knackte ein Fenster eines der nahe gelegenen Häuser im Hitzekrampf; das Polizeiauto, das die ganze Zeit zweihundert Meter weg in der äußeren Dunkelheit gestanden hatte, schaltete die Scheinwerfer an und glitt davon; die Schatten auf der Giebelwand schrumpften, während die Feuer bis auf die eigenen roten Gedärme herunterbrannten. Das Fest von Mariä Himmelfahrt neigte sich dem sechzehnten August zu, und Solosänger begannen, sich gegen den Chorgesang der Runde durchzusetzen. Es markierte das Ende des Sommers. Die blassen Bronzetöne der Dämmerung ließen schon an den Herbst denken, und die Sterne verblaßten im heller werdenden Licht, während die Leute widerwillig ihre Stühle nach Hause schleiften.

Die zerstückelten Straßen lagen rings um die verfallene Brennerei verstreut, wo Onkel Eddie gekämpft hatte, und litten unter einer langen schmerzlichen Abwesenheit. Mit der Brennerei war auch der Geruch von verdunstetem Whiskey und erhitztem Backstein verschwunden, das düstere Glühen, das die geduckten Häuser wie ein bernsteinfarbener Sonnenuntergang überwölbt haben mußte. Nun hatten wir statt dessen die hohe gotische Kathedrale, die zusammen mit ihrem Pfarrhaus das Viertel als ein immerwährender Grausteinwinter überragte und das verlassene Areal überblickte, das mir wie ein treuloser und trostloser Ort erschien, entfärbt, bleich und kahl inmitten des Durcheinanders von kleinen Häusern, ungepflasterten Straßen und der riesigen Schuttmoräne, die vom Fuß der Stadtmauer einen abschüssigen Damm hinabgerutscht war, dahin, wo unser Territorium anfing. An frühen Winterabenden huschten Leute wie Schatten unter den schwachen Straßenlaternen vorüber, Stimmen sagten gute Nacht und waren dann weg.

Es gab zwei offene Flächen in der Nähe unseres Hauses.

Hinter unserer Häuserzeile stieg das Feld in Richtung Lone Moor Road auf; es endete in einem Fahrweg, der eine Abwärtskurve in Richtung Blucher Street machte und dann geradeaus weiter zur dreihundert Meter entfernten Polizeikaserne führte. Entlang der Fahrstraße verlief eine Mauer mit einer flachen Brüstung, die auf der einen Seite nur anderthalb Meter, auf der anderen vier Meter hoch war. Auf dieser anderen Seite war Meenan's Park, obwohl die älteren Leute ihn noch immer Watt's Field nannten, nach dem Eigentümer der Brennerei. Wir konnten einfach über die Mauer steigen und uns auf die andere Seite hinunterfallen lassen; aber die Mauer lief am unteren Ende der Straßen – Limewood, Tyrconnell, Beechwood und Elmwood Street – entlang und wies an jeder Straße einen rechteckigen Durchgang auf, der über eine Treppe zum Park hinunterführte. Eine Reihe von Luftschutzbunkern trennte den oberen Teil des Parks von den offenen Flächen dahinter, wo wir Fußball spielten. Nachts waren Park und Feld pechschwarz. Die einzige Beleuchtung war eine einzelne zweieinhalb Meter hohe gebogene Laterne am Ende jeder der Straßen. Man sagte uns, wir dürften nie nachts im Park spielen, weil Daddy Watts Geist dort umging, um sich für den Brennereibrand zu rächen, der ihn ruiniert hatte. Wer ihn gesehen hatte, sagte, er sei nur eine schwarze Gestalt, die wie ein Schatten durch den Park irrte, daß diese Gestalt aber einen Mund habe, der sich öffnete und ein rotes Feuer sehen ließ, das darin wütete.

Um die Ruinen der Brennerei zu erreichen, brauchten wir nur die Blucher Street zu überqueren und die Eglinton Terrace langzugehen, quer durch den Schlund der Bogside, rechts am städtischen Schlachthof vorbei, wo die Straße mit dem Kot der Kühe, Schweine und Schafe übersät war, die von den hohen Lastwagen mit den Lattenrostaufbauten da hineingetrieben wurden. Dort lag, riesig und backsteinern, geschwärzt und heruntergekommen, die Brennerei und bedeckte eine Fläche, so groß wie ein ganzer Häuserblock. Die schwarzen Stümpfe ihrer Dachbalken stachen in den Himmel. Manchmal hörte ich, wenn ich da vorbeiging, aus dem Schlachthof das entsetzte

Quieken von Schweinen. Es klang so menschlich, daß ich mir vorstellte, sie würden gleich Worte finden und um Gnade schreien. Und der Lärm hallte durch die hohle Brennerei, heulte durch die eingebrochenen Fußböden, schmiegte sich innen an den geschwärzten Backstein. Ich hatte gehört, daß die Leute, als die Schießerei losgegangen war und der Polizeikordon sich immer enger zusammengezogen hatte, aus ihren Häusern gerannt waren. Auf der Straße, am oberen Ende der Bogside, hatte die Menge angefangen, Rebellenlieder zu singen, aber die Polizei hatte über ihre Köpfe hinweg gefeuert, und die Menge war auseinandergelaufen. Die IRA-Schützen hatten vom Dach oder den Fenstern des Obergeschosses aus einzelne Schüsse abgegeben, jeder Schuß wie das Aufflammen eines Streichholzes vor dem Himmel. Sie waren in der Minderzahl gewesen, umzingelt, verloren. Es war ihr letzter, hoffnungsloser Protest gegen die Gründung des neuen Staates gewesen. Dann kam die Explosion, und das ganze Gebäude hatte gebebt und war in Flammen aufgegangen. Niemand wußte, wann oder ob überhaupt das Gebäude repariert oder abgerissen und durch ein anderes ersetzt werden würde. Es war ein ausgebrannter Hohlraum im Herzen des Viertels.

Die Stadt lag überwältigt da, umarmt vom großen schlafenden Licht des Flusses und des Grüns jenseits der Grenze. Ab und zu wachte sie auf, wie jemand, der schreiend aus einem Traum hochschreckt, als protestiere sie dagegen, daß man sie im Stich ließ. Einmal, auf dem Höhepunkt eines Krawalls am St.-Patricks-Tag, verleiteten wir die Polizei, die einen Festumzug mit gezogenem Schlagstock angegriffen und uns bis weit in unser Territorium hinein gejagt hatte, dazu, uns von der Lone Moor weiter hangabwärts bis zum Stanley's Walk zu verfolgen, der langen Straße, die parallel zu unserer verlief. Da, wo die Straße einen Abwärtsbogen machte, hatten wir ein halbes Faß Öl aus einer geplünderten Garage auf die Fahrbahn gekippt. Die Regulären und die Hilfspolizisten rasten uns hügelabwärts hinterher, während ein Steinhagel über die Autos und Jeeps niederging, in denen sie fuhren oder neben denen sie herliefen.

Als die zwei Wagen an der Spitze der Verfolger die Öllache erreichten, bekam eine Plakatwand an der anderen Straßenseite unsere erste Geschoßsalve ab. Eine riesige papierne Coca-Cola-Flasche wurde zusammen mit dem erhobenen Kinn eines glattrasierten Gillette-Benutzers durchlöchert. Die Autos kamen ins Schleudern und rasten gegen die Seitenmauern, von denen sie Steinsplitter abhobelten, als wären es Strohschnipsel. Das Öl glitzerte in der schaumigen Bahn der Reifen, und ein Wagen leuchtete in einem blauen Flammenkreis auf, aus dem die Polizisten noch gerade entkommen konnten. Die ganze Straße schien sich seitwärts zu neigen, von der lodernden Plakatwand auf den alten Gaelic-Football-Platz gekippt.

Amerikanische Städte

September 1949

Chicago war ein Ort, den ich sehr gern gesehen hätte. Ich hatte gehört, da sei einmal ein großes Feuer gewesen, fragte mich allerdings, ob das nicht mit San Francisco und dem Erdbeben durcheinandergebracht wurde, von dem die Stadt, wie ich wußte, irgendwann zerstört worden war. Amerikanische Städte hatten eine Neigung zur Katastrophe. »Die Briten haben Washington bombardiert«, erzählte mir Onkel Dan. War das auch im Krieg gewesen? Ich stellte mir Spitfires vor, die mit ihren rot-weiß-blauen Zielscheiben auf den Tragflächen im Sturzflug runtergingen, so wie die Deutschen es bei uns gemacht hatten, und die Amerikaner, die »Goddamn« brüllten. »Haben sie gar nicht«, sagte Onkel Manus. »Ausradiert«, sagte Dan, »wenn ich's dir sag. Haben sie gemacht. Hab ich irgendwo gelesen.« All diese amerikanischen Städte zerstört – Bomben, Feuer, Erdbeben. Es war schwer vorzustellen. Dan sagte, daß einer, den er kannte, den Brand von Chicago gesehen habe, und das Feuer sei wie ein Tier über den Fluß gesprungen, und das Wasser habe gedampft. John sagte, er habe nach dem Brand in der Brennerei gesehen, wie der Whiskey durch die Rinnsteine floß, mit einer blauen Franse von Flammen, die drüber weggliefen, und wie die Leute ihn in Eimern auffingen. Überall pfiffen Kugeln durch die Gegend. Eine davon hatte einem Mann den Eimer aus der Hand geschlagen, und der Whiskey war explodiert, und der Mann hatte die IRA-Leute lautstark verwünscht, weil sie ihm den Whiskey verschüttet und einen guten Eimer ruiniert hätten. Ach, das war nur ein kleines Feuerchen, verglichen mit dem, was wir jetzt haben, sagten die anderen. Es gab bestimmt Teile von Deutschland und Rußland, die, was man so hörte, Ende des Jahrhunderts noch immer schwelen würden. Menschen, die einfach in der Hitze verdampft waren. »Kann man verdampfen?« fragte ich meinen Vater. Er glaubte, ja. Jesus Christus, wenn die bloß mal ein, zwei von diesen Verdampferbomben in dieses gottverlassene Loch hier abwerfen würden, sagte Dan; da würd's uns wenigstens ein einziges Mal ein bißchen warm werden, bevor wir in das Große Blaue Drüben eingehen. So sagte er immer. Das Große Blaue Drüben. Armeen marschierten da rein. Kriegsschiffe wurden da hineingesprengt. U-Boote wurden unter Wasser getroffen und trudelten abwärts dahinein. Städte, bis zur Unkenntlichkeit zerbombt, lösten sich in ihm auf. Ich konnte die amerikanischen Städte förmlich sehen, wie sie mit ihren Wolkenkratzerköpfen, die unter den Wolken loderten, in dieses Drüben segelten – besonders, nachdem jemand gesagt hatte, Los Angeles bedeutete Stadt der Engel. Das ließ ihren Aufstieg von der Erde in den Himmel als eher vorstellbar erscheinen. Schöne Engel, die Jungs da, sagte Tom. Die Wildheit von Dans Drüben schien zu amerikanischen Städten und ihren spektakulären Schicksalen gut zu passen. Bei uns gab es nur den alles einschließenden Regen, der, wie es hieß, so fein war, daß es zwischen den Strichen keinen Zwischenraum gab, außer für jemanden wie Dan, der so dürr war, daß er sich eine Stunde lang da durchschlängeln konnte und anschließend immer noch knochentrocken war. Sehen konnte man den überhaupt nur, wenn er einen Mantel anzog. Dan lachte und behauptete, verglichen mit dem Mann meiner Tante Katie, Tony McIlhenny, sei er wenigstens ein Faden mit Knoten darin. Von Ohr zu Ohr, sagte er, war McIlhenny breiter als an den Schultern. Red nicht von diesem Dreckskerl, sagte Manus; so spillerig der war, hat er genug Schaden für zehn angerichtet. Ist er nicht nach Chicago gefahren? fragte ich. Sie drehten sich alle um und sahen mich an. Doch, ist er, sagte einer von ihnen. Und zurückgekommen ist er auch nicht. Hat Frau und Kind sitzenlassen. Hab ihm nie übern Weg getraut. Viel zu scharmant, ewig ein Weiberheld. Sah aus wie ein Italiener, nicht? fragte ein anderer. Redete auch wie einer, wedelte mit den Armen und hatte immer dieses strahlende Lächeln im Gesicht. Oh, der war ganz was Feines, der McIlhenny. Hat er in Chicago nicht Eddie getroffen? fragte ich wieder; hat er nicht Katie davon geschrieben? Das ist Tatsache, sagte Manus. Das hat er.

Vielleicht war Eddie in dem großen Brand da in Chicago umgekommen, sagte John. War hier einem entkommen, wurde dort von einem anderen erwischt. Was meinst du, Frank? Ganz und gar nicht, erwiderte mein Vater. Dieser Brand von Chicago, der war, lange bevor Eddie da hinkam. Wenn er überhaupt da hingekommen ist, sagte jemand. Bist du dir sicher mit den Jahreszahlen? War das nicht ungefähr um dieselbe Zeit? Ihre Stimmen fielen sich gegenseitig ins Wort, immer hin und her. Wenn er überhaupt da hingekommen ist. Ich konnte mich nicht erinnern, wer von ihnen das gesagt hatte. Und wenn nicht? Warum war McIlhenny nicht zurückgekommen oder hatte wenigstens Frau und Kind zu sich geholt? Diese Wolkenkratzer in Chicago sind so hoch, sagte Dan, daß man im obersten Stock eine Flasche Whiskey trinken könnte und hätte einen Kater, bevor man halb wieder unten wäre – selbst wenn man mit dem Fallschirm runterspringen würde. Sie lachten alle und hoben wieder ab und teilten schnell aus und kicherten dabei, »Bube oben, du sagst«, »Drei in der Reihe«, »Zwei Paar.« Ich ging raus, um ein bißchen Handball gegen die Giebelwand vom Haus am Ende der Straße zu spielen. Ich wand mich zwischen den Strichen des Regens durch und kam dann so trocken wie sonstwas nach Haus zurück, wenn sie alle schon weg waren, und mein Vater war dann auf seinem Stuhl am Einnicken, und die Karten waren über den ganzen Tisch verstreut, leuchtend schwarz und rot.

Blut

Oktober 1949

Sie hustete. Purpurne Funken landeten überall auf ihrem grauen Nachthemd und dem Bettzeug. Sie sah mich mit großen Augen an. Ich konnte mich nicht rühren, meine Beine waren wie aus Blei, und ein Puls ging zwischen meinem Kopf und meinen Zehen rauf und runter, als hätte mir jemand von hinten eins übergezogen. Bevor ich die Tür erreichen konnte, ging sie auf, und Tante Bernadette kam herein. Sie sah uns an, und ihr Gesicht wurde verkniffen vor Schreck.

»Heiliges Herz Jesu«, flüsterte sie, »Ena.«

Dann tauchte Onkel Phonsie hinter ihr auf.

»Was gibt's?«

Ena lag ausgestreckt auf ihrem Bett, die Augen aufgerissen, und ihre Hände tasteten an der Bettdecke herum. Sie fing wieder an zu keuchen, hustete dann hart. Es klang so, wie wenn ein Fuchs bellt. Diesmal rückte ich vom Bett ab in Richtung Wand und wischte dabei mit der Hand über mein Hemd. Es wurde plötzlich laut, als hätte jemand ein Radio eingeschaltet. Bernadette weinte, während sie ihrer Schwester Mund und Gesicht abwusch und den Waschlappen im geröteten Wasser auswrang, das in seiner weißen Emailleschüssel auf dem Fußboden leuchtete. Phonsie verschwand. Dann, fast schon im nächsten Augenblick, wie's mir vorkam, dröhnte die Treppe von laufenden Füßen und von Rufen. Ein Arzt kam mit baumelndem Stethoskop herein; dann ein Priester, der eine violette Stola auseinanderrollte.

»Lauf nach Haus und sag deinem Vater, er soll sofort runterkommen. So schnell du kannst.« Sie sprachen alle gleichzeitig, drängten mich hinaus.

Ich rannte die Treppe drei Stufen auf einmal hinunter und raus auf die Straße, wo ein steifer Wind blies, voll von den wilden Gerüchen des Flusses und der Süße der nahe gelegenen Bäckerei. Im matten Licht des Abends wirkte alles blaß. Ein

Mann mühte sich auf einem Fahrrad den Hügel hoch, stand in den Pedalen, und seine Jacke schlug am Rücken Falten und glättete sich dann wieder im Takt seines Strampelns. Ich konnte hören, wie sein Atem in seiner Kehle ertrank und dann wieder freikam, als ich an ihm vorbeirannte und durch die Seitenstraßen eine Abkürzung zum rückwärtigen Feld nahm. Das Hoftor war verriegelt, also hüpfte ich mit Schwung über die Mauer und das Rosenbeet, das darunter lag. Als ich landete, kam mein Vater aus dem Schuppen heraus.

»Ena«, sagte ich, »Ena ist krank. Sie haben mich geschickt, daß ich's dir sage.«

Er kam näher und beugte sich zu mir herunter. Der Wind riß an meinen Haaren und rüttelte hinter ihm an der Schuppentür.

»Schau dich an, Kind«, sagte er, »schau dich an. Du hast überall ihr Blut an dir.«

Seine riesige Hand berührte meine Wange. Meine Mutter erschien, sie hatte gemerkt, daß etwas nicht in Ordnung war, und kam durch den Hof auf uns zugelaufen.

»Sieh ihn dir an, Mutter. Sieh ihn dir an. Das ist Enas Blut an seinem Hemd; sie haben ihn so hergeschickt. Jesus Christus, es geht ihr wieder schlecht. Sie muß...« Und er lief seiner Stimme nach ins Haus, seine Jacke holen, und war weg.

Auf Enas Begräbnis machte mir Liam, nachdem das Grab zugeschaufelt worden war, ein Zeichen, mich zusammen mit ihm hinter ein paar der Männer zu stellen, die in Grüppchen herumstanden und redeten. Wir hörten immer ein bißchen zu und zogen uns dann zurück, wenn wir über ihren Tonfall und ihre Wiederholungen fast vor Lachen platzten. Denn es war kein Reden; es war mehr wie ein Sprechgesang.

»Herrjemine, das ist aber ne schlimme Sache in dieser Jahreszeit, mit Weihnachten vor der Tür und alles.«

»Das ist es, wirklich ne schlimme Sache.«

»Ja, und auch noch zu Weihnachten.«

»Ach ja, so ist es. Wirklich schlimm.«

Dann zogen sie sich den Schirm ihrer Mützen tiefer in die Stirn und nickten alle gleichzeitig und scharrten langsam mit den Füßen.

»Hast du Bernadette gesehn grad eben, die jüngere Schwester?«

»War das Bernadette? Die hat sich aber sehr verändert.«

»Wirklich sehr verändert. Aber das war bestimmt auch ein schwerer Schlag, dieser Tod.«

»Ja, wie der gekommen ist. So plötzlich.«

»Trotzdem, man sieht noch die Ähnlichkeit mit dem Bruder. Ist dem ja wie aus dem Gesicht geschnitten.«

»Welchen Bruder meinst du?«

»Den verschollenen. Eddie. Den, der verschwunden ist.«

»Den hab ich nie gesehn. Wie der sieht sie also aus? Also ist das nicht komisch, wie Familien ...«

Liam und ich hatten aufgehört zu lachen. Wir lauschten beide, aber sie sagten nur wenig, bevor mein Vater auftauchte. Er winkte uns zu sich rüber.

»Also das ist ne doppelt schlimme Sache«, sagte einer von ihnen, als wir uns entfernten. »Der älteste Jung weg, Gott weiß, wohin, und jetzt die jüngste Schwester. Hat schon immer so'n bißchen gemickert, Gott sei ihrer Seele gnädig.«

Er nahm uns mit zum Grab seiner Eltern, wo er sich hinkniete und betete. *23. Dezember 1921* für seinen Vater. *28. Dezember 1921* für seine Mutter. Ihre Namen verschwammen auf dem verwitterten Stein. Als wir aufstanden, war der Friedhof fast menschenleer. Unten verschwand die Biegung des Flusses in einer hereinziehenden hohen Nebelbank, die aus dem Nordatlantik quoll. Mein Vater sagte nichts, aber sein Mund sah aus, als staute es sich darin.

Eddie sah also aus wie Bernadette. Das war schon was. Aber Bernadette sah für mich wie mein Vater aus. »Alle mit derselben Form gestochen, was denn sonst?« sagte meine Mutter. Hatte sie Eddie je gesehen? Noch während ich fragte, wunderte ich mich darüber, daß ich noch nie auf die Idee gekommen war, diese naheliegende Frage zu stellen. So gut wie nie, war ihre knappe Antwort. Aber das heißt ja, beharrte ich, also sah er meinem Vater ähnlich? Sehr ähnlich? Ein bißchen. Sie war so zugeknöpft, daß ich es anders probierte. Erzähl mir von der Fehde. Hatte Eddie irgendwas damit zu tun? Kind, sagte sie dann, manchmal glaub ich, du bist besessen. Kannst du die Vergangenheit nicht einfach vergangen sein lassen? Aber es war keine Vergangenheit, und das wußte sie.

So zerrissen war die Familie meines Vaters, daß sie mir wie eine Katastrophe vorkam, mit der man nur leben konnte, wenn man sie in Ruhe ließ, ihr erlaubte, sich von selbst zu legen, wie ein gefährliches Feuer. Eddie fort. Beide Eltern innerhalb einer Woche weggestorben. Zwei Schwestern, Ena und Bernadette, wie Dienstmädchen behandelt und in einem Hühnerstall gehalten. Eine lange stumme Fehde. Ein verlorenes Bauernhaus, mit offenen Sparren und Büchern darin, in der Nähe vom Feld der Verschwundenen. Überall Schweigen. Mein Vater, der etwas über Eddie wußte, es nicht sagte, nicht redete, aber manchmal fast redete, Signale gab. Ich hatte das Gefühl, wir lebten in einem leeren Raum mit einem langen Schrei, der von meinem Vater ausging und sich darin verzweigte. Dann wieder erschien dieser Raum so geschickt angelegt und gegliedert wie ein Labyrinth, bis ins letzte durchdacht, mit jemandem, der in dessen Zentrum schluchzte.

Die Fehde

Februar 1950

Die Fehde, die Fehde. Ich träumte von dem Bauernhaus, besonnt, geräumig und sauber, und vom scheuen Küstenvieh, das ganz weit unten auf dem Sand herumstreunte, flinkfüßig und schwer, vom Seetang, der am Ufer feucht glitzerte und auf den Feldern zu Mulch dörrte, während sein übler Strandgeruch zu einer Bitterkeit in der Luft austrocknete.

Alle Geräusche aller Jahreszeiten hielten diesen vorgestellten Bauernhof in sich eingeschlossen, die weiße Landstraße schlängelte sich unaufhörlich um ihn herum, die Himmel rasteten Tag für Tag, Jahreszeit für Jahreszeit in seinen Fenstern, und dennoch blieb er leer, keine Stimme, kein Schritt in ihm vorstellbar außer dem erinnerten Dröhnen der Füße meines Vaters über einen Holzfußboden und dem Gefühl, am zerschnittenen Licht eines Fensters vorbei in die Luft gehoben zu werden. Draußen auf dem Hof mußte es einen Kaltwasserhahn geben, sagte ich mir, einen von Insekten und innerer Hitze flimmernden Misthaufen, einen Fuchs, der im Dunkeln auf den Hühnerstall zu schlich, während der Wind seinen Geruch hinter ihm zu einer weichen Fahne aufbauschte. Die Abfolge vorgestellter Gerüche lief parallel zu den sich abspulenden Bildern ab, wie die Hintergrundmusik eines Films, und dann wurde beides ausgeblendet, und ich fand mich in der stillen Luft des Schlafzimmers wieder, lag da mit einem aufgeschlagenen Buch auf dem Gesicht und einem Gefühl der Enttäuschung, das in meinem Kopf marodierte.

Mein Vater sang, während er das Geschirr spülte und die Töpfe schrubbte.

Dort, wo der Lagan lieblich singt,
Blüht eine Lilie klar,
Zwielicht in ihrem Auge blinkt,
Nacht ruht auf ihrem Haar.

Das war ein Lied aus Donegal, hatte er mir gesagt. Ein alter Mann aus Termon hatte es oft gesungen, und der Vater seines Großvaters hatte es gehört, noch lange vor der Hungersnot. Es war nicht der Fluß Lagan, der, der durch Belfast floß, nur ein größerer Bach, der alle möglichen Kurven und Schleifen machte, bevor er in einen Nebenfluß des Foyle mündete. Wie hatte er es gehört, wollte ich wissen. War Urgroßvater ein Liedersammler? Nein, nein, der alte Mann, der es sang, war ein Straßenbauarbeiter. Eines Tages erklärte er Urgroßvater den Weg zur Bergstraße, die zum Poisoned Glen führte, weit hinten in West-Donegal, in der Nähe von Gweedore, und Urgroßvater spendierte ihm im nächsten Wirtshaus ein Pint. Und ebendort stellte sich der Alte hin, zog seine Mütze vom Kopf und sang das Lied. Was machte Urgroßvater? Er war Einkäufer für eine Lebensmittelfirma in Derry. Er schloß mit Bauern Lieferverträge für Milchprodukte ab, Gemüse, solche Sachen. Aber die Hungersnot hat das alles kaputtgemacht. Und später hat der Große Krieg deinem Vater alles noch einmal kaputtgemacht, oder? fragte ich und bückte mich unter die Spüle nach einem Geschirrhandtuch und hörte, wie meine Stimme in dem engen Raum, wo der Siphon das Wasser aufnahm und zum Ausguß im Hinterhof beförderte, ein bißchen hallte. Er nickte wahrscheinlich, und dann summte er weiter. Diesmal sang ich die zweite Strophe zur Begleitung seines Summens.

Gleich einer liebeskranken Fee
Hält sie mein Herz gebannt,
Mein Leben und mein'n Sinn hält sie
Als Liebesunterpfand.

Die hohen Töne schaffte ich nicht, und die Verzierungen waren ganz zittrig herausgekommen, aber er lächelte trotzdem und verstrubbelte mir das Haar, lachte dann, als er merkte, daß seine Hände noch immer voll Schaum und naß waren. Ich trocknete mir das Haar mit einem Handtuch ab und mußte ein bißchen blinzeln, weil mir eine Seifenblase auf der Augenbraue zerplatzt war. »Gutes Lied, das«, sagte er. Ich nickte und sagte, daß ich furchtbar gern öfter nach Donegal gehen würde, zu diesem Ort, wo Urgroßvater – nein, mein *Ur*urgroßvater – es gehört hatte, diesem Ort, der Termon hieß; oder sogar dorthin, wo Großvaters Familie lebte, hoch oben in den Bergen in der Nähe des Gap of Mamore, weiter im Norden der Halbinsel Inishowen. Einmal würde ich da hinkommen, versprach er mir. Eines Tages würde er mit mir da hingehen. Zum Bauernhof, zu dem mit den Sparren? Ich konnte mich noch an den Tag erinnern, als wir da gewesen waren. Es würde herrlich sein, es wiederzusehen. In dem Augenblick wußte ich, daß er mir eines Tages etwas Schreckliches erzählen würde, und auf einmal bekam ich Angst und wollte das nicht; behalt deine Geheimnisse für dich, sagte ich zu ihm in meinem geschlossenen Mund, behalt deine Geheimnisse, und mir soll's recht sein. Aber gleichzeitig wollte ich alles wissen. Auf die Weise konnte ich ihn mehr lieben; aber mich selbst würde ich weniger lieben – dafür, daß ich ihn dazu gebracht hätte, es mir zu erzählen, daß ich ihn gebeten hätte, mir ein Geheimnis anzuvertrauen, daß ich eine Strophe seines Liedes gesungen hatte, daß ich zufällig derjenige war, der mit dem Blut seiner toten, schlecht behandelten Schwester befleckt gewesen war.

Bevor seine Eltern starben, erzählte er mir, hatten sie oft alle zusammen dieses und andere Lieder gesungen. Eddie hatte von allen die schönste Stimme. Ich hatte mir das irgendwie gedacht. Als seine Eltern krank wurden, brachte man sie sofort ins Fieberhospital in der Waterside, auf der anderen Seite des Foyle, auf Höhe der Craigavon Bridge, und er hatte sie nie wiedergesehen, nicht einmal während der Totenwache, denn die Särge waren verschlossen. Als er nach den zwei Begräbnissen wieder nach Hause kam, war, wie er sich erinnerte, schon ein großer Teil der Möbel weg. Die ganze Bettwäsche war verbrannt worden. Das Haus wurde ausgeräuchert und dann zugemacht, und die Kinder wurden unter verschiedene Verwandte aufgeteilt. Bei der Gelegenheit waren seine Schwestern zur Schwester ihrer Mutter und deren Mann gekommen, auf den Fehdehof in Donegal. Und ebenfalls zu der Zeit hatte sich Eddie ohne Vorwarnung abgesetzt. Mein Vater hatte ihn nie wiedergesehen, man sagte ihm allerdings, Eddie habe sich unten im Süden der IRA angeschlossen. Er konnte sich nicht erinnern, wie man es ihm erzählt hatte. Das einzige, woran er sich erinnerte, war, daß die ganze Welt, die er bis dahin gekannt hatte, binnen einer Woche, zwei Wochen hinweggerafft worden war. Im einen Augenblick war er noch ein Kind; im nächsten trug er die Verantwortung für eine ganze verzweifelte Familie von Kindern. Er war erst zwölf, und der fünf Jahre ältere Eddie war weggegangen. Er war jetzt der Älteste in der Familie. Er bekam Arbeit als Botenjunge in einem Eisenwarengeschäft, dessen Besitzer und Geschäftsführer, Mr. Edmiston, ein Protestant, ihn feuerte, als er nach fünf Jahren zum erstenmal um eine Gehaltserhöhung bat. Da fing er an, sich seinen Lebensunterhalt als Boxer zu verdienen; später bekam er die Stelle, die er noch immer hatte, als ungelernter Elektrikergehilfe auf dem Flottenstützpunkt. Die Kinder waren in alle Winde zerstreut, sagte er, und auf die Mildtätigkeit von allen und jedem angewiesen. Onkel Phonsie und mein Vater wohnten bei irgendwelchen Cousins, und er erinnerte sich, wie seine Tante einmal die Hand ausgestreckt und Phonsie daran gehindert hatte, sich Butter zu nehmen. »Du ißt Margarine«, hatte sie gesagt, »Butter ist nur für die Kinder des Hauses.« Sie waren noch an demselben Abend ausgezogen, sagte er, und sein Gesicht rötete sich etwas bei der bloßen Erinnerung, quartierten sich in einer Herberge ein, und binnen einer Woche hatte er für sich ein Zimmer in der Carlisle Road gemietet und Phonsie bei anderen Verwandten untergebracht, die versprachen, ihn wie ihr eigenes Kind zu behandeln. Und das taten sie auch. Er selbst wohnte vier Jahre lang in diesem Zimmer, ernährte sich von Porridge, Kartoffeln und Buttermilch, arbeitete, trainierte, fing an, im Ring zu boxen. Alles aus der elterlichen Wohnung, bis hin zu den Photos, verschwand in den Häusern irgendwelcher Verwandten. Damals bekamen sie erzählt, man hätte alles verbrennen müssen; aber in Wirklichkeit galt das nur für Wäsche, Laken, Handtücher und ähnliches. Später erklärte man ihnen, es sei das mindeste gewesen, was man von ihnen erwarten konnte, daß sie diese Dinge hergaben, um sich an den Kosten ihres Unterhalts zu beteiligen. Das Haus wurde verkauft. Die Kinder bekamen nie auch nur einen Penny von dem Geld zu sehen. Als er einmal auf diesen Bauernhof kam, stellte er fest, daß er voll von Büchern, Möbeln, Bildern aus dem Haus seiner Eltern war, und seine Schwestern, Ena und Bernadette, schliefen auf Pritschen in einem Schuppen neben dem Hühnerstall. Das war der Grund, warum er diese Leute nie hatte wiedersehen wollen. Und er wollte auch nicht, daß wir je etwas mit ihnen zu tun haben sollten. Und die ganze Zeit über kämpfte Eddie für die Freiheit. Hier schüttelte er verbittert den Kopf. Freiheit. An diesem Ort. Hatte es nie gegeben, würde es niemals geben. Und was war das überhaupt? Die Freiheit, zu tun, was man wollte, war eine Sache. Die Freiheit, zu tun, was man mußte, war eine andere. Sehr ähnlich und gleichzeitig himmelweit verschieden.

Ich sah auf seinen gesenkten Kopf und seine großen, vom Seifenwasser rosig sauberen Hände. Ich wollte ihn nach Eddie fragen, um zu sehen, ob er mir von ihm erzählen würde, aber ich wollte nicht, daß er es mir erzählte, nur weil ich gefragt hatte. Er sah zu mir auf und lächelte, wie um zu sagen: Aber nun, das war inzwischen alles Schnee von gestern und ich sollte mir keine Gedanken mehr darüber machen. Ich zögerte, dann sagte ich ihm, ich würde rausgehen und gucken, ob jemand auf dem Feld hinterm Haus Drachen steigen ließ, denn der Wind wär gut und es wär noch hell. Aber es war niemand da, und so brachte ich den Abend damit zu, mit einem Bogen aus einem jungen Baumast nadelbewehrte Pfeile in das Hoftor zu schießen; sammelte sie wieder ein, schoß sie ab, nur dann unerklärlich befriedigt, wenn der Pfeil mit einem dumpfen Schlag aufs Holz auftraf und dort zitternd verharrte zu einem kurzen, winzigen Lied.

Das Fort

Juni 1950

Wir lagen im gefilterten grünen Licht der hohen Farnwedel, die leicht über unseren Köpfen schwankten, und lauschten dem durchdringenden Vogelgesang auf dem Hügel. Das hier war Grenzland. Keine anderthalb Kilometer weiter markierte ein Flüßchen, über das eine buckelige Brücke führte, einen Teil der roten Linie, die sich auf der Landkarte um die Stadt herum schlängelte und sie an die Wasser des Lough Foyle drängte. Ab und zu standen wir auf und musterten über die Farne hinweg die heidebewachsenen Hügel, die blassen weißen Straßen, die sich zwischen hohen Hecken wanden. Obwohl niemand zu sehen war, fühlten wir uns beobachtet. Wenn wir zur Brücke hinuntergingen, machten wir uns einen Spaß daraus, sie mehrmals zu überqueren, hin und her, in der halben Erwartung, daß sich als Folge dieser wiederholten Übertretungen etwas Strafendes ereignen würde.

Am einen Ende befand sich, direkt über dem Flüßchen, ein Dornengebüsch, in dem Zaunkönige unaufhörlich herumturnten, ihre winzigen Körper mit behenden Flechtbewegungen zwischen die dichten Zweige steckten und wieder hervorschlüpften. Am anderen Ende fing der Freistaat an – eine grasige Straße, die dreißig Meter weit geradeaus verlief und dann unter einer Eiche einen Bogen machte und weiter zu einem einsam gelegenen Laden führte, einer Wellblechhütte, die man da hingestellt hatte, um aus der Lebensmittelknappheit, die nach dem Krieg auf unserer Seite der Grenze herrschte, etwas Kapital zu schlagen. Dort waren die Zigarettenpäckchen anders, Sweet Afton Virginia in Gelb und Weiß mit einem Medaillon von Robbie Burns und zwei Versen aus dem Lied *Sweet Afton,* schräg unter das Bild eines Baches, eines Baums, einer Miniaturlandschaft geschrieben. Die Stimmen der Leute dort kamen uns so glatt und weich vor wie die glänzenden Butterräder auf der Theke, deren hellgelbe Oberseite den Abdruck eines

Schwans trug. Die Familien meiner Eltern stammten von da draußen, aus Donegal.

Eines Nachmittags schliefen Liam und ich in der Wärme des Fenns ein und wachten in einem kalten Abendnebel wieder auf. Wir beschlossen, zum alten Fort Grianan hinaufzusteigen, oben auf der Hügelkuppe. Sein Name bedeutete, wie man uns erklärt hatte, Fort des Lichts, Sonnenfort, und das Bauwerk stand da seit tausend Jahren. Oben angelangt, wollten wir auf der anderen, kürzeren Seite über einen Kiesweg absteigen, der das Fort mit der Hauptstraße unten im Tal verband. Wie wir so kletterten, verdichtete sich der Nebel, und das Fort verschwand. Wir blieben nah beieinander, versanken ab und zu in den großen nachgiebigen Moospolstern, die zwischen Flächen von Fels und dickwurzeligem Heidekraut leise atmeten. Wir kamen uns immer kleiner vor, während der Nebel über uns hochstieg, aufwärts flutete, an uns vorbeijagte, aber sich immer wieder vor unsere Füße, unsere Gesichter legte, bevor wir erkennen konnten, wie es weiterging. Wenn wir dachten, wir könnten das Brausen des fernen Lough hören, meinten wir, wir wären fast da; aber das Geräusch verstummte und kehrte dann aus einer anderen Richtung zurück, lauter, leiser, näher, weiter weg. Nur das plötzliche Niederstoßen von Fledermäusen, die in der Luft über uns jagten, gab uns die Gewißheit, daß wir in der Nähe des Forts waren. Wir wußten, daß sie das sumpfige Land westlich davon bevorzugten. Wir hatten sie oft beobachtet, wie sie in der Abenddämmerung über den Grenzfluß herangeflogen kamen, zwischen den Bäumen dahinschossen und sich dann abwärts in die Wolken von Mücken stürzten, die über der Wasseroberfläche flirrten. Bei Einbruch der Nacht zogen sie hügelauf, über das Moorland, und wir verloren sie aus den Augen, bis sie über dem Fort auftauchten und auf ihrem kurvenreichen Blindflug ganz dünne Pfeiftöne ausstießen. Oben angelangt, sahen wir in die zunehmende Dunkelheit, die auf die Berge von Donegal zuwallte, ganz hinten, wo sich noch zwischen streifigen Wolken das Licht am Horizont hielt. Dort kamen wir her, aus dieser Silhouette aus Berg und Dunkelheit, wo aus Katen Lichter blinkten, so fern wie Sterne. Da draußen waren Dutzende von Verwandten meiner Mutter, allesamt gesprächig, und nur ein paar von meinem Vater, alle stumm, alle noch nie gesehen, alle eingeschlossen in irgendeinem Bauernhaus mit Büchern und Dachsparren und der Fehde.

Die Fehde. Hatte sie wirklich in diesem Bauernhaus in Cockhill bei Buncrana angefangen – dem Haus mit den freiliegenden Sparren und den Wänden voller Bücher? War es wirklich der Holzfußboden dieses Bauernhauses gewesen, von dem mein Vater meinen Bruder und mich, gefolgt von meiner Mutter, in Jahre des Schweigens fortgerissen hatte? Lag es wirklich daran, daß er herausgefunden hatte, daß seine Schwestern nicht wirklich im Haus lebten, sondern von der Familie wie Dienstmägde behandelt wurden und draußen in einem Schuppen, neben den Hühnern, schlafen mußten? Ich erinnere mich an die großen Sparren, als ich in seinen Armen hochgehoben wurde, und an die staubige Straße draußen, als er mich absetzte, und an ihre Stimmen über uns und an den Himmel über ihnen, der sich mit einem riesigen Wolken-Hammerhai aus dem Atlantik füllte. Wir haben das Bauernhaus nie wiedergesehen. Kurz danach, erzählte mir meine Mutter, kam die Mutter meines Vaters, die schon seit langem tot war, in unser Haus und stellte sich ans untere Ende des Bettes, in dem mein Vater schlief, betrachtete ihn und lächelte meiner Mutter zu und berührte die Decken, unter denen er lag, und war dann verschwunden. Meine Mutter hatte etwas von der anderen Welt an sich. So sagten die Leute. Und sie schien das nicht ungern zu hören.

War diese Erscheinung am Fußende des Bettes ein Zeichen dafür, daß die Mutter meines Vaters sich darüber freute, daß er ihre Kinder gerettet und aus der Knechtschaft befreit hatte? Meine Mutter glaubte, ja. Ich ebenfalls. Aber dann fiel mir wieder Eddie ein. Er war nicht gerettet worden. Aber er hatte nichts mit der Fehde zu tun, oder? Nein. Er war kurz nach dem Tod seiner Eltern verschwunden. Und er war nur wiederaufgetaucht, um ein zweites Mal, in dieser rosigen Glut von explodierendem Whiskey, zu verschwinden.

Das war lange vor der Fehde gewesen, wie meine Mutter das nannte. Das Wort hatte eine düstere Würde an sich, die ich sehr zu schätzen wußte, auch wenn ich den Eindruck hatte, daß es eigentlich noch mehr zu erzählen gab. Aber es war nur ein undeutliches Gefühl, das mich warnte, daß das, was man mir schon erzählt hatte, noch nicht alles war. Wenn ich in meinem Bett lag und auf das Herz-Jesu-Bild an der Wand starrte, mußte ich an Enas traurige Augen denken, wie sie sterbend aufs Kissen zurückgefallen war; Jesu Augen sahen mich an, ob ich mich bewegte oder still lag. Seine Traurigkeit erweckte in mir immer wieder dasselbe Gefühl, daß in der Familie ein tieferes Leid schwelte, als ich vorläufig wissen konnte, daß die Augen mich baten, die Intensität eines Schmerzes anzuerkennen, der ein Herz so zu durchbohren vermochte.

Feld der Verschwundenen

August 1950

Im Sommer 1950 hatten wir mehr Geld, weil mein Vater auf der Werft Überstunden machte. Wir konnten uns deswegen einen Urlaub leisten – zwei Wochen in einer Pension in Buncrana. Mein Vater kam an den Wochenenden mit dem Bus zu uns heraus, weil er sich die Woche über nicht frei nehmen konnte. Das Wetter war heiß, unveränderlich, blank wie Metall. Wenn wir vom Lough-Ufer genug hatten, wanderten wir in die Hügel hinter dem Ort, wobei wir streng darauf achteten, um Cockhill und den Fehdehof, wo die Leute meines Vaters, tief in den Bergen, sich zu verstecken schienen, einen weiten Bogen zu machen. Aber am ersten Sonntag, als mein Vater zu uns herauskam, nahm er Liam und mich mit auf einen Spaziergang die Straße hinauf, die beharrlich, Kurve um Kurve, genau in diese Richtung führte, immer näher und näher dorthin, wo wir den Hof vermuteten. Wir warfen uns gegenseitig einen Blick zu, sagten aber nichts. Statt dessen sahen wir blind auf die frösteligen Furchen, die der Wind in das zischende Korn pflügte, auf die Kartoffelrillen, die sich über die sanft ansteigenden Hänge hinzogen, und auf die Möwen, die sich träge landeinwärts treiben ließen, bevor sie abdrehten und Kurs auf die Klippen an der Küste nahmen. Er wollte uns etwas zeigen, sagte er. Seine Stirn glänzte; sein rötliches Haar lichtete sich oben, wodurch sein zerklüftetes Gesicht ungeschützter, freundlicher, sanfter wurde. Er ging schwerfällig, ohne seinen gewohnten Schwung. Liam sah ihm an dem Tag unheimlich ähnlich: die gleichen Farben, die gleiche Schärfe in den blauen Augen. Ich war dunkel, wie meine Mutter, und neben den beiden kam ich mir fast vor, als gehörte ich zu einer anderen Familie.

Die Straße holte zu einer Kurve aus, die uns weit auf den Ozean zu führte und dann anfing, sich in einer Reihe von flachen Windungen wieder landeinwärts zu schlängeln. Wir blieben am äußeren Straßenrand stehen. Vater zeigte in die Richtung der See.

»Fällt euch irgend etwas auf?« fragte er.

Wir sahen uns um. Felder liefen zum Klippenrand hinunter und hoben sich, bevor sie ihn erreichten, wellenartig empor. Wir sahen nichts Merkwürdiges. Wir kletterten über ein Gatter und stiegen abwärts in ein flaches Tal, das dicht mit Klee, Hahnenfuß, Löwenzahn und Gänseblümchen bewachsen war; der jenseitige Hang wölbte sich aufwärts und weitete sich dann zu der abschließenden Bodenwelle, die als Rand der Klippe ins Leere ragte. Von dort aus schien sich das Gras, wenn wir nach oben sahen, weit ins Leere zu recken, Meter weiter als der steinigere Boden zu beiden Seiten. Dieser Streifen Grün, sagte er uns, war das, worauf wir sehen sollten. Wir sollten Geduld haben; die Vögel beobachten. Sie würden darauf zufliegen, sich aber nie genau darüber befinden. Wir sahen hin. Möwen, Stare, eine Schwalbe, alle schwebten oder flogen durch die Luft. Sie waren so hoch oben, daß sich nur schwer ausmachen ließ, ob sie sich über dem grasigen Streifen befanden oder nicht; aber mit Sicherheit landete keiner darauf, auch wenn einige in seine Nähe kamen. Warum? Was war das? Sag's uns, baten wir. Das, sagte er, ist das Feld der Verschwundenen. Die Vögel, die darauf zugeflogen kamen, machten einen weiten Bogen und kamen dann von der anderen Seite zurück; aber wenn sie darüber wegflogen, verschwanden sie. Wir sahen hin. Mein Herz klopfte stark, auch wenn ich anfangs glaubte, er scherzte nur. Die See wogte in meinen Ohren und donnerte tief unten, wieder und wieder. Nein, sagte er, das stimmte schon. So hieß das Feld. Die Bauern der Umgebung mieden es. Man glaubte, das sei der Ort, wo sich die Seelen all der Leute aus der Gegend, die verschwunden waren oder die kein christliches Begräbnis gehabt hatten, wie ertrunkene Fischer, deren Leichen man nicht wiedergefunden hatte, drei- oder viermal im Jahr – am St.-Brigids-Tag, zu Samhain, an Weihnachten – versammelten, wie Vögel schrien und auf das Land hinuntersahen, wo sie geboren waren. Jeder Mensch, der dieses Feld betrat, würde dasselbe Schicksal erleiden; und jeder, der an diesen bestimmten Tagen ihre Schreie hörte, sollte sich bekreuzigen und mit lauter Stimme beten, um das Geräusch zu übertönen. Man durfte solches Leid nicht hören; nur darum beten, daß man es selbst nie erfahren möge. Oder wenn man im Haus war, wenn die Schreie kamen, sollte man Türen und Fenster verschließen, um sie auszusperren, damit das Leid nicht hereinkam und alles, was im Haus war, vernichtete. Weihnachten war in diesem Tal ein stiller Tag, sagte er, besonders wenn der Abend kam. Ich sah zu ihm auf und in seine Augen. Er lächelte mir ein bißchen zu, aber er sah besorgt aus. Wieder hatte ich das Gefühl, daß es eigentlich mehr zu erzählen gab, aber seine Augen zeigten, daß er es sich anders überlegt hatte, daß er nichts mehr sagen würde.

Wir starrten noch eine Weile auf das Gras auf diesem Stück Land, das in einem trügerischen Wind zitterte, obwohl der Tag windstill war. Ich fragte mich, wie es wohl an diesen Tagen im Februar, November und Dezember sein mochte, wenn die Schreie kamen. Ich stieg noch ein Stückchen den Hang hinauf, um näher an das verzauberte Feld zu kommen.

»Laß das«, sagte mein Vater, »das ist nah genug.«

Ich blieb stehen. Ich wäre gern weitergegangen. Ich sah zu ihm zurück, wie er da stand und wartete, die Augen gegen das Sonnenlicht zusammengekniffen. Liam stand zwischen uns. Eine Möwe landete auf einem Felsen nicht weit von mir. Ich wollte näher an den Klippenrand heran. Ich machte noch ein paar Schritte. Der Hang war steiler, als er aussah. Mein Vater sagte nichts. Liam ging wieder zu ihm zurück und setzte sich zwischen die Butterblumen. Ist es hier, fragte ich mich, wohin Eddies Seele kommt und um seine verlorenen Felder weint? Ob ich fragen soll? Ich tat's nicht. Ebensowenig wollte ich näher an diese Kante heran. Also stieg ich wieder hinunter und fragte ihn, ob er die Schreie je gehört habe. Nein. Hatte er sie jemals hören wollen? Nein. Ob man wohl den Schrei von jemandem, den man selbst verloren hatte, aus den anderen heraushören konnte? Er wußte es nicht, glaubte es nicht. Aber jetzt war er schon auf dem Weg zurück zum Gatter. Wann hatte er zum erstenmal von diesem Feld gehört? Er konnte sich nicht mehr erinnern. Ich ärgerte mich. Er blockte ab, er hatte uns hierhergeführt, und dann ging er weg ohne ein Wort der Erklärung.

»Ich glaub das alles nicht«, sagte ich zu ihm. »Ich glaube, das ist alles nur erfunden.«

»Ganz bestimmt«, antwortete er trocken.

»Ich meine, wer glaubt schon an so was? Vögel, die verschwinden. Schau, da ist einer, die Möwe da, direkt darüber.«

Ich streckte den Finger aus, aber die Möwe drehte schon ab, und ihr Schrei kritzelte ihren Weg durch die Luft nach.

Wieder oben auf der Straße, sahen wir noch einmal zum Feld zurück. Jetzt sah es ganz gewöhnlich aus. Wir konnten den Klippenrand erkennen, da, wo es endete. Dann, als die Sonne sich blitzend an der See brach, hätte ich für einen Augenblick schwören können, daß da jemand stand, direkt an der Kante, ein Mann, der auf das Wasser hinunterspähte, das tief unten weiche Falten schlug. Aber als ich wieder hinsah, war niemand da. Ich verließ die gewölbte Mitte der Fahrbahn und rannte beinah auf die andere Straßenseite, wo Liam gerade dabei war, sich mit seinem Taschenmesser eine Gerte von einem Busch zu schneiden, und ärgerlich daran herumhackte. Mein Vater war schon ein Stück voraus und entfernte sich mit schnellen Schritten. Ich streckte die Hand aus, um Liam zu helfen, die Rute geradezuhalten, während er die Seitenzweige abschnitt. Er sah mich wütend an.

»Verschwinde. Geh da hoch und lauf mit ihm.«

Und ich rannte los, um ihn einzuholen, aber wie in einem Traum schien er nie näher zu kommen, und ich gab es auf, gestrandet zwischen ihnen – Liam an der Hecke, der seine Gerte stutzte und mich dabei ansah, meinem Vater, dessen Rücken allmählich hinter einer Kurve verschwand, den Schreien der Möwen, die kläglich, zornig in meinen Ohren gellten.

Grianan

September 1950

Grianan war ein großer steinerner Ring, innen mit Aufgängen aus abgenutzten Stufen, die zu einem Wehrgang führten, von dem aus man in einer Richtung die Felder und Wiesen und in der anderen die sandigen Ufer des Lough überblickte. Am Fuß einer Innenmauer öffnete sich ein Geheimgang: eng und schwarz, wenn man hineinkroch, dann, am Ende, wo ein aus Steinplatten gefügter Wunschthron stand, für ein kurzes Stück geräumiger. Man setzte sich da hin und schloß die Augen und konzentrierte sich auf das, was man sich am meisten wünschte, und lauschte dabei auf den Atem der schlafenden Krieger der sagenhaften Fianna, die darunter lagen. Sie warteten dort auf den Menschen mit dem einen Wunsch, der sie aus ihrem tausendjährigen Schlaf erwecken würde, damit sie die endgültige Schlacht gegen die Engländer schlugen und sie für immer von unserer Küste vertrieben. Das würde ein besonderer Mensch sein, überlegte ich mir, vielleicht mit Feenaugen, einem grünen und einem braunen, oder vielleicht jemand mit einer geheimen Absicht im Herzen, so hart und verborgen wie eine Pistole in der Tasche, jemand, der sich erst rührte, wenn er alles andere dazu bringen konnte, sich mit ihm zu rühren. Ich hatte eine schreckliche Angst, ich könnte aus Versehen diesen bestimmten Wunsch äußern und spüren, wie sich der Boden unter mir wölbte, und die toten Gesichter emporsteigen sehen, undeutlich hinter ihren scharf umrissenen Äxten und Speeren.

Liam und ich verbrachten im Sommer einen großen Teil unserer Schulferien dort. Wenn noch andere mit dabei waren, teilten wir uns in zwei Gruppen auf und machten ein Wettrennen den Hügel hinauf bis zum Fort. Die Sieger verteidigten dann die Festung gegen die übrigen: wilde Kämpfe auf dem Wehrgang, die Mauern wurden erklettert, unsere Schreie verloren sich in der wilden Heide und den Felsen der verschwiegenen Landschaft.

Einmal sperrten mich meine Freunde – Moran, Harkin, Toland – im Geheimgang ein. Im ersten Moment reagierte ich praktisch gar nicht, blieb einfach so auf dem steinernen Wunschthron sitzen. Nach und nach verlor der dunkle Durchgang, durch den ich gerade gekrochen war, seine undeutliche Rundheit und wurde schlicht zu Schwärze. Ich saß da, fror, obwohl es draußen heiß war und Lerchen auf den hohen warmen Aufwinden über dem alten Fort selbstvergessen sangen. Ich berührte die feuchten Mauern und fühlte die schleimige Haut, die in Zeitlupentempo über ihre Härte glitt. Selbst in dieser Umgebung erregte es mich irgendwie, meine Hand aufwärts gegen das runzlige Moos und das Wasser zu bewegen. Wäre ich wieder draußen, auf dem ringförmigen Wehrgang, würde ich Inch Island und die breiten flachen Flußmündungen der dunkelerdigen Küste sehen und, weit hinten, den fernen Kriegslärm der grollenden See hören. Aber hier, in dem dickwandigen Geheimgang, der in dieser thronförmigen Nische endete, gab es nichts außer dem Stöhnen der leichten Brise, die durch diesen Bronchialraum strich, und dem Geräusch von Wasser, das an der scharfen Felswand zu Rinnsalen zerschliß. Ich stellte mir vor, ich könnte den Atem der schlafenden Fianna hören, die auf das Trompetensignal warteten, das sie wieder zum Leben erwecken würde, zur letzten Schlacht, die sich, wie die Prophezeiungen des St. Columcille besagten, irgendwo zwischen Derry und Strabane abspielen würde; dann würde das letzte noch verbleibende englische Schiff aus dem Lough Foyle hinausfahren und Irland für immer verlassen. Wenn man sich noch mehr konzentrierte, witterte man die Kräuterdüfte der Druidenzauber und hörte, wie die Frauen vor geschlechtlicher Wollust aufseufzten – ja-haa, ja-haa. Wenn man sich dann etwas wünschte, und besonders wenn's ein Liebeswunsch war, würde man von Stund an auf Frauen immer anziehend wirken.

Meine Freunde hatten das getan. Ich hatte auf dem Wunschthron gesessen und mich gerade gefragt, wie ich mich stärker auf die ausgezehrten Geistergeräusche in dem Gang konzentrieren könnte, als das wenige Licht, das hereinfiel, verschwand.

Ich hörte das Ächzen des Steinblocks, der normalerweise den Eingang verdeckte und der jetzt wieder an seine Stelle gerollt wurde und mich einschloß. Ich stieß einen Schrei aus, aber sie lachten und rannten die Stufen zu der Brüstung über mir hoch. Der Stein ließ sich von innen nicht verrücken; der Gang war zu eng und ließ einem keinerlei Bewegungsfreiheit. Also blieb ich da sitzen und wartete. Wenn ich rief, prallte meine Stimme überall um mich herum vom Stein ab und verstummte dann. Ich hatte noch nie eine solche Schwärze erlebt. Ich konnte den Wind hören, oder vielleicht war es auch die ferne See. Das waren die atmenden Fianna. Ich konnte die Heide und den Stechginster riechen, die die Luft tönten; das waren die Druidenzauber. Ich konnte die unterirdischen Wasseradern wispern hören; das waren die seufzenden Frauen. Die Kälte schnitt mir bis ins Mark; der Thron schien davon zu leuchten. Von Zeit zu Zeit ließ sich ein Getrippel wie von Feldmäusen hören; vielleicht war es Mörtel, der von den Steinblöcken herunterbröckelte. Ich kroch zum Eingang vor und rief wieder. Schließlich kam jemand und rollte den Stein zurück, und ich krabbelte hinaus in den Sonnenschein, geblendet vom Licht, wackelig auf den Beinen, als wäre mir das ganze Blut in die Füße gesackt. Später, als wir wieder auf den Wehrgang kletterten und außen an der Mauer zu dem Weg hinunterkraxelten, der uns nach Hause bringen würde, erschienen der Himmel und die Hügel ringsum so weit und hoch, daß der dunkle Geheimgang im nachhinein sogar noch schlimmer wirkte, noch eisiger und abgeschlossener.

Wir hatten die Grenze schon um mehr als eine Feldbreite hinter uns gelassen und näherten uns der Straße, als ein Auto um die Kurve gefahren kam und uns fast in seinem Scheinwerferkegel erfaßte. Wir duckten uns in die Dunkelheit der Hecke. »Wasserratten«, sagte Brendan Moran, der ihnen vorsichtig hinterhergespäht hatte. Das war der Spitzname, den man den Zollbeamten gegeben hatte. »Auf der Suche nach Schmugglern. Mein Vater hat mir erzählt, daß die Schmuggler mal einen von denen nachts in der Nähe des Grianan erwischt haben, und da haben sie ihm die Uniformjacke ausgezogen, ihn gefesselt und im Geheimgang eingesperrt. Es dauerte fast zwei Tage, bis sie ihn gefunden haben, und als sie ihn rausgeholt haben, war er vollkommen irre. Er sitzt jetzt noch immer in der Anstalt, in Gransha, und es heißt, daß er ständig friert; seit der Sache ist ihm nie wieder warm geworden. Wird auch nie wieder.«

Als wir die letzte Steigung der Straße hinter uns gebracht hatten, lag uns die Stadt mit Lichtern durchwoben zu Füßen. Wir schienen auf sie zuzufallen, zu müde, um zu reden, schienen in das Gewirr von engen Straßen zu stürzen, an diesem stillen Nachsommerabend.

Katies Geschichte

Oktober 1950

Das also war unser Territorium, mit dem alten Fort Grianan auf dem einen Hügel mit Blick auf den Lough Foyle, dem Fehdehof, der von einem anderen Hügel aus auf den Lough Swilly blickte, dem dicken Hals der Halbinsel Inishowen dazwischen, dem rauchverschleierten Derry am Ende des Lough Foyle, der Grenze, die sich hinter der Stadt krümmte. Wir wanderten meist am späten Vormittag nach Donegal hinaus und waren spätestens um sechs wieder zurück in der Stadt, rechtzeitig, um die Frauen und Mädchen zu sehen, die von den Hemdenfabriken nach Hause strömten, Arm in Arm, so viel bunter gekleidet, so viel gesprächiger als die Männer, die zum größten Teil an den Straßenecken herumstanden. Wir riefen ihnen immer etwas zu, aber sie behandelten uns wie Kroppzeug.

»Schiebt das Kerlchen in seinem Kinderwagen nach Haus. Seine Mutti sucht ihn bestimmt schon.«

»Du mit deinen roten Bäckchen. Kommt wieder 'n Zähnchen durch?«

Geschlagen traten wir den Rückzug an. Manchmal sprangen die älteren Jungs auf die Ladefläche eines Lasters oder hängten sich an die Gepäckleiter eines Busses und sausten an ihnen vorbei, pfiffen, johlten die Namen einzelner Mädchen und der Jungen, die jeweils in sie verschossen waren. Wenn die Frauen in den Häusern verschwanden, blieb immer eine Leere zurück, eine Stille von entblößter Luft, verlorener Fröhlichkeit. Rauch ragte über den Schornsteinen in den Himmel, sogar im Sommer, und als einmal aus einem Feuer schlug, sah die Flammengarbe wunderschön aus.

Katie, die Schwester meiner Mutter, hatte früher als Näherin in der Fabrik von Tilly und Henderson gearbeitet. Sie hatte jung geheiratet, lange vor meiner Mutter. Ihr einziges Kind, eine Tochter, Maeve, war schon über zwanzig und arbeitete bei einem Zeitungshändler. Ihr Mann, Maeves Vater, war noch vor

Maeves Geburt verschwunden, schon in den ersten Monaten von Katies Schwangerschaft. Es wurde nicht viel darüber geredet. Er hieß Tony McIlhenny. 1926 war er anscheinend nach Amerika ausgewandert, um Arbeit zu finden, hatte ein-, zweimal geschrieben, dann kam nichts mehr. Er war Knall auf Fall verschwunden; Gerüchten zufolge war er nach Chicago gezogen, hatte dort geheiratet und Kinder bekommen und war ein geachtetes Mitglied seiner Gemeinde. Aber er hatte seine Tochter nie gesehen, hatte sich nie bei ihr gemeldet. Es war merkwürdig. Katie redete nie von ihm. Einmal, als Liam meine Mutter nach ihm fragte, packte sie ihn an der Schulter und schüttelte ihn und verbot ihm, den Namen dieses Mannes in unserem Haus je wieder in den Mund zu nehmen. »Jesus«, sagte Liam, »fraget, so wird euch Antwort gegeben. Jesus.«

In gewissem Sinne adoptierte uns Katie und wurde für uns zu einer zweiten Mutter. Ich wünschte mir oft, sie würde mehr Zeit bei uns verbringen und meine Eltern würden zusammen ins Kino gehen. Aber das taten sie nie. Sie gingen nirgends zusammen hin – nicht, daß es diesbezüglich viele Möglichkeiten gegeben hätte, außer andere Leute auf ein Schwätzchen und ein *ceilidh* zu besuchen, wie sie es nannten, ein geselliges Beisammensein mit Gesang, Geschichtenerzählen und Tanz. Waren sie je zusammen ausgegangen? fragte ich Eilis und Liam, weil sie älter waren, aber sie erinnerten sich nicht, daß sie jemals ausgegangen wären. Aber was war daran schon merkwürdig? Sie gluckten ständig zusammen. Das ist bei verheirateten Leuten nun mal so, sagte Eilis. Ja. Aber trotzdem wär's mir lieber gewesen, sie wären zusammen ausgegangen. »Kostet Geld«, sagte Liam. »Und es ist keins da. Ganz einfach.«

Weil Katie, jetzt, seit Maeve erwachsen war, keine Kinder hatte, um die sie sich hätte kümmern müssen, hatte sie mehr Zeit auszugehen als sonst jemand; außerdem war sie arbeitslos. Die Hemdenfabrik am Ende der Craigavon Bridge hatte Dutzende von Frauen vorübergehend entlassen, als die Arbeit knapp wurde. Sie glaubte nicht, daß sie je wieder arbeiten würde. Also kam sie jetzt häufiger zu uns und schickte meine Mutter manchmal nach oben, ein Nickerchen machen, während sie sich um die Küche kümmerte. Ich beobachtete, was sie alles anders machte. Sie nahm mehr Kohle und ließ das Feuer heller brennen; sie stellte die Töpfe mit dem Griff nach links statt nach rechts auf den Herd. Sie saß mit dem Rücken zum Fenster. Meine Mutter saß immer mit dem Gesicht zum Fenster. »Na bitte«, sagte sie immer, wenn sie mit etwas fertig wurde. »Na bitte.« Sie kam nie mit den Mengen zurecht, wenn sie mir den Einkaufszettel für den Lebensmittelhändler machte.

»Lieber Himmel, ihr braucht doch keine vier Brote. Eins reicht völlig.«

»Du bist gewöhnt, immer nur für zwei einzukaufen, Katie. In diesem Haus sind wir zu acht.«

»Ja«, sagte sie, »nie mehr als zwei. Du hast recht.«

Sie hatte uns immer Gutenachtgeschichten erzählt, als wir kleiner waren, von guten und bösen Feen; oder Müttern, deren Kinder von den Feen gestohlen worden waren, aber immer zurückkehrten; Spukhäusern; Männern, die großen Gefahren entrannen und wieder zu ihren Familien zurückkehrten; gestohlenem Gold; unglücklichen Reichen und ihren einsamen Kindern; Häusern, in denen Sicherheit und Geborgenheit einkehrte, nachdem mit Zwangsräumung drohende Vermieter und Polizisten abgeschmettert worden waren; Heiligen, die auf dem Scheiterhaufen keinerlei Schmerz verspürten; geschniegelten und weltgewandten Teufeln, die immer feine Sachen trugen und gestelzt daherredeten. Sie hatte so viele verschiedene Akzente und so viele verschiedene Stimmen, daß es uns kaum etwas ausmachte, wenn wir uns in der stets labyrinthischen Handlung nicht mehr zurechtfanden. Jetzt, seit wir größer waren, hatte all das aufgehört. Aber eine andere Art von Geschichten erzählte sie immer noch, unten in der Küche, wenn wir sie in die richtige Stimmung brachten und wenn meine Eltern nicht da waren. Ich empfand die Anwesenheit der beiden immer als eine Art Zensur, die über alles richtete, was Katie sagen würde.

»Da gab es mal diese junge Frau, Brigid McLaughlin«, sagte

sie eines Nachmittags zu Eilis und mir. Wir hatten ihr bei der großen Wäsche geholfen und saßen jetzt alle zusammen in der Küche – Katie im Lehnstuhl mit dem Rücken zum Fenster und den Füßen auf einem Stapel Kissen. Meine Mutter schlief oben. »Wohlgemerkt, das war lange vor meiner Zeit. Ich hab es von der Mutter eures Großonkels Constantine, Gott hab sie beide selig.« Sie verstummte und brütete eine ganze Weile. Wir muckten uns nicht. Das war ihre Art, eine Geschichte zu erzählen. Wenn man sie drängte, bekam man nur eine Kurzfassung, farblos und ohne jede Spannung.

Brigid hatte sich verdingt – nein, nicht auf einem der Gesindemärkte im Stadtzentrum, wo sich junge Männer und Frauen einfanden, um für den Winter eine Anstellung auf einem der Bauernhöfe im Hinterland zu bekommen –, sie hatte sich privat verdingt und sollte auf zwei Kinder aufpassen, zwei Waisen, einen Jungen und ein Mädchen, die weit unten im südlichen Teil von Donegal lebten, wo die Leute noch immer Irisch sprachen, aber ein so altertümliches Irisch, daß viele andere Leute, die ebenfalls Irisch sprachen, es überhaupt nicht verstanden. Brigid war dort aufgewachsen, bevor sie hierher nach Derry gezogen war, deswegen war die Sprache für sie kein Problem. Wie dem auch sei, der Onkel dieser Kinder wollte ins Ausland fahren, und er brauchte jemanden, der sich um sie kümmerte und sie ein bißchen unterrichtete. Nun war eines der merkwürdigen Dinge an diesen Kindern ihre Namen. Der Junge hieß Francis, und das Mädchen hieß Frances. Selbst auf irisch konnte man die Namen nicht auseinanderhalten, außer man schrieb sie auf. Kein Mensch wußte, warum ihre Eltern sie so getauft hatten. Die Eltern, die waren während der Großen Hungersnot von der Cholera weggerafft worden, obwohl sie durchaus wohlhabend waren und nie gehungert hatten. Wie dem auch sei, jedenfalls wurde diese junge Frau – Brigid – runtergeschickt, sich um die beiden zu kümmern. Sie hatte einen Einjahresvertrag, im Haus ihres Vaters unterzeichnet. Aber für die Dauer dieses Jahres durfte sie die Kinder nie aus den Augen lassen, und sie durfte sie nie vom Haus wegbringen. Alles Nötige würde ihr ins Haus geliefert werden; der Onkel hatte mit den Ladeninhabern im nächsten Dorf, ein paar Kilometer weiter, eine entsprechende Vereinbarung getroffen. Also machte sie sich auf zu diesem großen Bauernhaus am Ende der Welt, um auf die zwei Kinder aufzupassen – Frances, das Mädchen, das neun war, und Francis, den Jungen, der sieben war.

In den ersten paar Monaten schrieb sie regelmäßig ihrem Vater nach Haus, und alles schien in bester Ordnung zu sein. Aber dann kamen plötzlich überhaupt keine Briefe mehr. Erst nachdem alles vorbei war, fanden die Leute heraus, was passiert war.

Die Kinder waren schön, besonders das Mädchen. Sie war dunkel, der Junge blond. Sie sprachen nur Irisch. Brigid gab ihnen Unterricht, jeden Morgen zwei Stunden, jeden Nachmittag eine Stunde, und brachte ihnen alles bei, was sie wußte. Aber sie erklärten Brigid, sie hätten da so eine Angewohnheit, und sie hätten sich gegenseitig geschworen, nie davon abzulassen. Jeden Tag gingen sie auf das Feld hinter dem Haus, wo ihre Eltern begraben waren, und legten Blumen aufs Grab und blieben lange da sitzen. Sie baten jedesmal, allein gehen zu dürfen; Brigid könne sie von einem Fenster im ersten Stock aus im Auge behalten. So hielt es Brigid denn auch. Und alles war gut. Aber als einige Zeit vergangen und der Sommer vorüber war, versuchte Brigid mit mehr Nachdruck, sie davon abzubringen, denn es war oft naß, und es wurde allmählich kalt. Trotzdem beharrten die Kinder darauf. An einem besonders trüben Herbsttag, als es in Strömen regnete und der Wind nur so heulte, verbot sie ihnen zu gehen. Sie wollte diesmal auf keinen Fall nachgeben. Und die beiden wiederum beharrten auf ihrem Wunsch. Zu guter Letzt schickte sie die Kinder auf ihre Zimmer und erklärte ihnen, damit sei jetzt Schluß. Sie könnten das Grab ihrer Eltern bei anständigem Wetter besuchen, aber sie würde nicht zulassen, daß sie sich jetzt, in dieser Jahreszeit, draußen etwas holten, und ihre Eltern würden es nicht anders von ihr erwarten und würden auch nicht wollen, daß ihre Kinder sich so halsstarrig verhielten. Nach einem heftigen Streit, dem ersten, den sie überhaupt miteinander hatten, gingen die

Kinder auf ihre Zimmer, und etwas später, als es dunkel geworden war, legte sich Brigid schlafen. Und ob ihr's glaubt oder nicht, es ist die reinste Wahrheit: Als sie am nächsten Morgen in ihre Zimmer ging, was sah sie da? Sie sah, daß der Junge jetzt dunkle Haare hatte, wie vorher seine Schwester, und das Mädchen blonde Haare, wie vorher ihr Bruder. Und ihnen selbst schien das gar nicht weiter aufzufallen! Sie erklärten ihr, sie wären schon immer so gewesen, sie würde sich das nur einbilden. Könnt ihr euch das vorstellen? Die arme Brigid! Sie dachte schon, sie wäre dabei, den Verstand zu verlieren. Sie sah sich die beiden ganz genau an; sie verhörte sie; sie drohte, sie würde ihnen nichts zu essen geben, bis sie ihr die Wahrheit sagten. Aber sie saßen einfach nur so da und sagten ihr, sie sei es, die alles durcheinanderbringe. Schön, sagte Brigid, wir werden ja sehen, wer sich was einbildet. Wir gehen jetzt ins Dorf. Wir gehen zum Priester. Wir gehen zu jedem, den wir sehen, und fragen ihn. Die Kinder erklärten sich einverstanden, und so machten sie sich auf und gingen zum Pfarrhaus und erfuhren, der Priester sei da, und warteten im Empfangszimmer auf ihn. Brigid setzte sich hin, stand auf, setzte sich wieder hin, während die Kinder, so höflich und wohlerzogen wie immer, ihr gegenüber auf ihren Stühlen saßen, ganz ruhig und so selbstsicher wie zwei Erwachsene. Als der Priester hereinkam, ging Brigid sofort auf ihn zu und sagte: »Pater, Pater, um Gottes willen, sehen Sie sich diese Kinder an, Francis und Frances, und sagen Sie mir, was passiert ist, denn ich weiß nicht, ob sie vom Teufel besessen sind oder was.« Und der Priester, sehr verwundert und bestürzt, sah die junge Frau an, sah die Kinder an, nahm Brigid dann beim Handgelenk und zwang sie, sich zu setzen, und schüttelte den Kopf und fragte sie, wovon sie eigentlich spreche; sie möge sich beruhigen und alles noch einmal wiederholen. Aber die Kinder, schrie sie ihn an, sehen Sie sich doch die Kinder an, sie haben sich verändert, sie haben ihre Haarfarbe getauscht. Sehen Sie doch! Sie zeigte auf die beiden, und da waren sie, sahen sie und den Priester an und hatten dieselbe Haar- und Hautfarbe, die sie schon immer gehabt hatten, das Mädchen dunkel und der Junge hell. Wir haben es ihr gesagt, sagten sie zum Priester, daß wir schon immer so gewesen sind, aber sie sagte, wir hätten die Farbe gewechselt, und sie hat uns angst gemacht. Beide fingen an zu weinen, und Brigid fing an zu heulen, und der Priester lief für eine Weile wie eine verbrühte Katze zwischen ihnen hin und her, bevor wieder einigermaßen Ruhe einkehrte.

Die arme Brigid! Ihr war klar, daß der Priester glaubte, sie würde langsam absonderlich – die Kinder protestierten so lautstark und waren so aufrichtig bestürzt, daß sie selbst schon anfing, an sich zu zweifeln. Besonders, weil die Kinder noch tagelang danach ihre frühere Haar- und Gesichtsfarbe behielten, und während dieser Tage erlaubte ihnen Brigid, einerlei, wie das Wetter auch sein mochte, das Grab ihrer Eltern zu besuchen, und beobachtete sie dabei vom Obergeschoßfenster aus und sah nichts Ungewöhnliches. Aber nachts konnte sie nicht schlafen, denn sie wußte, sie wußte, sie wußte, daß sie sich nicht geirrt hatte. Sie konnte sich deutlich erinnern, wie sie die beiden untersucht hatte – ihre Haare mit der Hand aufwärts gestrichen hatte, gesehen hatte, daß die Haut des Jungen um diese Spur dunkler, die Haut des Mädchens so weiß und rosa war, wie vorher die des Jungen gewesen war. Sie wußte, daß sie sich das nicht eingebildet hatte, und trotzdem – so war's! Sie lag im Bett, hielt krampfhaft ihren Rosenkranz fest und sprach ihre Gebete, und immer wieder bekam sie einen Heulkrampf, denn sie wußte, entweder sie war verrückt, oder es ging etwas sehr Seltsames in diesem Haus und etwas Furchtbares mit diesen Kindern vor. Weil sie nicht schlafen konnte, fing sie an, in ihrem Zimmer auf und ab zu gehen, und hin und wieder zog sie den Vorhang zurück und sah hinaus. Nach links hin war das Feld, wo das Grab lag. Es war nicht mehr als eine Woche seit ihrem Besuch beim Priester vergangen, da schaute sie eines Nachts hinaus und sah zu ihrem Entsetzen, daß etwas wie ein grünliches Licht über dem Grab schimmerte, und in diesem Licht konnte sie die Kinder sehen, die Hand in Hand dastanden und auf den Boden starrten, da, wo das Licht hervorzuquellen schien. Sie war so entsetzt, daß sie, als sie zu schreien versuchte, keinen Ton herausbekam; als sie sich bewegen wollte, wie gelähmt war; als sie weinen wollte, ihre Augen so trocken wie Kieselsteine blieben. Sie wußte nicht, wie lange sie dagestanden hatte, aber schließlich schaffte sie es, sich zu bewegen, und zwang sich, das Zimmer zu verlassen, und dabei begann sie heulend ihre Namen zu rufen – Francis, Frances, Francis, Frances –, immer und immer wieder, während sie den Korridor entlanglief. In dem Augenblick hörte sie sie, wie sie aus ihren Schlafzimmern riefen, und ging hinein und fand sie gerade aufgewacht und zu Tode erschrocken vor, noch warm und völlig trocken, beide, und noch mit Schlaf in den Augen. Sie brachte sie in ihr eigenes Zimmer und legte sie in ihr Bett, besprengte sie mit Weihwasser, sagte ihnen, sie sollten beten, sie brauchten keine Angst zu haben, zwang sich, wieder ans Fester zu gehen und hinauszusehen, und alles war dunkel – kein grünliches Licht, keine Kinder am Grab. Irgendwie ging die Nacht vorüber. Die Kinder schliefen. Sie lag neben ihnen im Bett und drückte sie so fest an sich, wie sie es wagte, ohne sie aufzuwecken. Aber als sie aufwachten und um ihr Frühstück baten und sie fragten, was denn passiert sei, überlief es sie eiskalt. Denn jetzt hatten ihre Stimmen gewechselt. Der Junge hatte die Stimme des Mädchens, und das Mädchen hatte die Stimme des Jungen. Sie preßte sich die Hände auf die Ohren. Sie schloß die Augen. Dann, sagte sie, wurde sie für einen Moment ruhig. Sie wußte, daß sie sich vergewissern mußte. Also bat sie die Kinder, mit ihr ins Badezimmer zu gehen und sich vor dem Essen zu waschen. Sie half ihnen, sich auszuziehen, obwohl sie das normalerweise selbst taten. Und tatsächlich, ihr Geschlecht hatte sich auch geändert. Der Junge war ein Mädchen, und das Mädchen war ein Junge. Und sie fanden überhaupt nichts dabei! Sie wuschen sich und sagten nichts. Sie bereitete ihnen ihr Frühstück, sie gab ihnen Unterricht, sie erlaubte ihnen, im Garten vor dem Haus unter den Apfelbäumen zu spielen. Sie wußte, sagte sie, wenn sie sie zum Priester oder zum Arzt bringen würde, würde wieder das gleiche passieren: Die Kinder würden sich wieder zurückverwandeln, und sie würde als Irre dastehen. Sie wußte auch, wenn sie das Haus verließe – selbst vorausgesetzt, sie könnte das irgendwie bewerkstelligen, denn es gab nur sehr wenige oder gar keine Transportmittel, die sie hätte nehmen können, und mit Sicherheit keine, die sie bis hinauf nach Derry bringen würden (und sie wußte beim besten Willen nicht, wo sie sonst hingekonnt hätte) –, daß dann etwas Schreckliches passieren würde. Sie wußte nun, daß sie vom Bösen zum Kampf herausgefordert worden war und daß die Kinder ihr, von was auch immer dahinten im Grab lag, langsam, aber sicher entrissen wurden. Oh, sie wußte das, ohne zu wissen, woher sie das wußte. Sie hatte nicht den mindesten Zweifel.

Katie verstummte und schwieg lange. Die Uhr tickte auf dem Kaminsims. Eilis saß vornübergebeugt auf ihrem Stuhl, so daß ihr die Haare ins Gesicht fielen. Ich hätte am liebsten einen Blick in den Rasierspiegel geworfen, der an der Wand hing, um mich zu vergewissern, daß meine Haare noch immer dunkel waren. Katie brütete immer noch vor sich hin. Im Feuer brach ein Stück Kohle auseinander, und kleine blaue Flammen zischten hoch. Von oben war kein Geräusch zu hören. Manche Familien, erklärte uns Katie, sind vom Teufel verfolgt. Dieses junge Mädchen zum Beispiel, Brigid McLaughlin: Sie stammte aus derselben Familie wie der arme Larry von da drüben an der Ecke, der, der überhaupt nicht mehr spricht, seit dem Tag vor seiner Hochzeit, wo er den Teufel gesehen hat. Erinnert ihr euch an die Geschichte? Eilis erinnerte sich. Sie nickte. Ich erinnerte mich nicht. Aber ich wollte, daß Katie mit ihrer Geschichte fortfuhr, also nickte ich auch. Sie fuhr fort. Das ist ein Fluch, von dem sich eine Familie nie wieder befreien kann. Vielleicht ist früher etwas Furchtbares in der Familie passiert, eine furchtbare Tat, die irgendwann in der Vergangenheit begangen worden ist, und die pflanzt sich nun über die Generationen immer weiter fort und breitet sich aus, wie ein Schrei in diesem Tunnel, dem Geheimgang, in den Mauern von Grianan, der hallt und hallt und nie wieder richtig aufhört. Er bleibt für immer in diesen Mauern gefangen.

Bei der Erwähnung von Grianan regte sich ein Instinkt in mir. Ich wollte, ohne zu wissen, warum, daß sie aufhörte, aber sie redete weiter. Ich wollte, meine Mutter würde aufwachen oder jemand käme herein und würde Katie unterbrechen. Aber es schien niemand mehr dazusein. In einer Stunde würden die Fabrikmädchen Feierabend haben, das Haus würde voll von Leuten sein, Katie würde sich beeilen, daß das Abendessen fertig wurde, ich würde den Kiefernholztisch abschrubben, Eilis würde anfangen, mit den Messern und Gabeln zu klappern. Deirdre, Liam, Gerard und Eamon würden alle reinkommen, mein Vater würde von der Arbeit heimkehren, meine Mutter würde von oben herunterkommen, alle würden über dies und das schwatzen, die Radionachrichten würden eingeschaltet werden.

Also, wie dem auch sei, fuhr Katie fort und rieb sich mit einer kreisförmigen Wischbewegung über das breite, freundliche Gesicht, da war das arme Mädchen nun, mit etwas Schrecklichem zusammengesperrt und den zwei seltsamen Kindern, die sich direkt vor ihren Augen immer wieder vom einen in das andere verwandelten. Sie schrieb alle Verwandlungen, die sich ereigneten, in ein Heft: Verwandlung von Junge in Mädchen, Rückverwandlung in das, was sie bei ihrer Ankunft gewesen waren. Manche Veränderungen waren kleiner als andere. An einem Tag etwa war es die Farbe ihrer Augen. Die des Mädchen waren dann blau, obwohl sie weiterhin dunkelhaarig und olivhäutig blieb; und die des Jungen waren braun. An einem anderen Tag war es ihre Körpergröße. Das Mädchen war normalerweise ein bißchen größer, aber an einem bestimmten Tag hatte sie die Größe des Jungen und er ihre. An einem Tag hätte Brigid schwören können, daß es ihre Zähne waren, die sich verwandelten. Sie hatte sein Lächeln, und er hatte ihres. An einem anderen Tag waren es ihre Ohren. An einem anderen Tag ihre Hände. Und so weiter und so weiter, zweiunddreißig Tage lang beobachtete sie diese Veränderungen. Die Kinder schliefen weiterhin in ihrem, Brigids, Zimmer, und während dieser Zeit sah sie in sieben Nächten das grünliche Licht über dem Grab und die Gestalten der Kinder, die Hand in Hand dastanden, obwohl sie gleichzeitig bei ihr in ihrem Bett lagen und schliefen. Mittlerweile war es schon Mitte November. Sie lebte so, als könnte sie jeden Augenblick explodieren, aber sie unterdrückte ihre Panik. Wenn irgend jemand zu Besuch kam – der Priester, der Arzt, ein Händler –, waren die Kinder immer so, wie sie sein sollten. Wie sehr sie auch aufpaßte, nie bekam sie den Augenblick der eigentlichen Verwandlung mit. Dann, ganz plötzlich, wurde alles schlimmer.

Sie bürstete gerade Frances das Haar vor einem hohen freistehenden Spiegel, der sich beliebig kippen ließ. Er hatte einen Holzrahmen, eine Kombination, sagte sie, von zwei Holzarten: die eine hieß Vogelaugenahorn und die andere Rosenholz. Sie selbst hätte das nicht gewußt, aber die Kinder hatten es ihr gesagt. Sie wußten alles, bis ins kleinste Detail, über jedes Möbel, jedes Stück Porzellan, jedes Besteck, jeden Teppich und Wandbehang, jedes Bild und jede Uhr im Haus. Sie wußten die Namen der ortsansässigen Bauern, denen Weideland verpachtet worden war; sie kannten die Pachtkonditionen; sie wußten, wie der Grasbestand auf den verschiedenen Weiden war – alles! Brigid war gerade damit fertig geworden, dem Mädchen die Haare zu bürsten, und strich abschließend noch ein-, zweimal drüber, als sie aufschaute und sich im Spiegel sah, wie sie dastand, die Bürste in der einen Hand und die andere Hand in der Luft, mit gebogenen Fingern, als faßte sie etwas an. Aber das Mädchen war nicht da, war nicht im Spiegel, obwohl Brigid sie gerade berührte, eine Strähne von ihrem Haar in der Hand hielt. Sie stand stocksteif da, und nur unter Aufbietung all ihrer Willenskraft gelang es ihr, nicht umzukippen und zu Boden zu fallen. Der Junge war auch im Zimmer, und er kam zu ihr herüber und bat sie, sich zu beeilen und mit dem Bürsten fertig zu werden, weil er nach unten zum Spielen wollte. Er kam vor dem Spiegel zu stehen, und auch er verschwand. Sie forderte die beiden auf hinzusehen, und sie taten's, und dann fragte sie sie, ob sie sich sehen könnten, und sie sagten, ja, natürlich könnten sie, und sie lachten, aber etwas beklommen. Und *sie* könnten sie auch sehen, sagten sie. In diesem Moment schlug im Korridor zum Schlafzimmer die Standuhr, schlug zehnmal. Sie erinnerte sich später daran. Sie zählte die Schläge mit. Es war zehn Uhr früh am einundzwanzigsten November. Und danach hat sich die Uhr nie wieder auch nur um einen einzigen Millimeter weiterbewegt. Sie blieb stehen und kam nie wieder in Gang.

Nun wußte sie das damals nicht, aber das war genau die Stunde und der Tag, an dem die Eltern der Kinder fünf Jahre zuvor gestorben waren. Sie waren beide gleichzeitig gestorben. Aber das erfuhr sie erst später. Und genau zu diesem Zeitpunkt hörten die Kinder auf, jeden Tag zum Grab zu gehen. Genau zu diesem Zeitpunkt hörten sie mit den Verwandlungen auf. Genau zu dieser Zeit, sagte Brigid, wußte sie, daß die zwei aus dem Grab draußen endlich ins Haus gekommen waren. Sie ging zum Priester und bat ihn, vorbeizukommen und das Haus zu segnen. Er tat es. Er ging mit der Hostie durchs ganze Haus, sagte die lateinischen Gebete auf, sprengte Weihwasser auf alle Türen, alle Ein- und Ausgänge. Als er fertig war, fragte er Brigid, warum sie alle Spiegel im Haus zugedeckt habe. Sie sagte es ihm. Da befahl er ihr, die Kinder zu holen und zu ihm vor den großen Schlafzimmerspiegel zu bringen, dann nahm er das Stück Baumwollsamt weg, das sie darüber gehängt hatte, und stellte die Kinder zwischen sich und den Spiegel. Und da waren sie, ganz normal. Er würde in der Angelegenheit etwas unternehmen müssen, sagte er; er würde dem Onkel schreiben und sehen, was man tun konnte. Der Arzt würde vorbeikommen und sie sich ansehen, und seine Haushälterin würde ab und zu vorbeischauen und ihr zur Hand gehen. Wenigstens war es bis Januar nicht mehr lang hin, und dann konnte sie ja wieder nach Haus fahren, denn bis dahin würde der Onkel zurückgekehrt sein. All das geschah wie besprochen. Aber sobald Brigid wieder allein gelassen wurde, was ja nicht zu vermeiden war, spürte sie die Anwesenheit der toten Eltern aufs neue; es wurde kälter im Haus, und von Zeit zu Zeit sah sie das grünliche Licht unter der Tür eines der Zimmer, die abgeschlossen worden waren, oder sie sah es am Ende des Korridors im Obergeschoß verblassen oder, wenn sie ein Zimmer betrat, sich im Rahmen eines Fensters zu einem moosgrünen Strich verdünnen.

Dann, eines Nachts, erzählte sie, kamen sie die Kinder holen. Frances und Francis lagen wie gewohnt in ihrem, Brigids, Bett. Sie lagen wach da, konnten nicht einschlafen, und das kleine Mädchen begann ein Lied zu singen, das Brigid noch nie zuvor gehört hatte, in einer Sprache, die weder Irisch noch Latein, noch Englisch war, und der kleine Junge stimmte in den Gesang mit ein. Brigid stand vor ihnen, ein Kruzifix in der Hand, und betete, betete, und die Haut prickelte ihr am ganzen Körper. Diese Kinder lagen da, sagte sie, und sangen in vollkommenem Einklang diese wehmütige, langsame Melodie und machten alle Veränderungen, die sie bis dahin an ihnen bemerkt hatte, eine nach der anderen noch einmal durch, immer schneller und schneller, bis sie nicht mehr wußte, welches der Junge und welches das Mädchen war. Das ganze Haus dröhnte, wie von schweren Schritten auf der Holztreppe. Das grünliche Licht kam hoch durch die Luft ins Zimmer geschwebt und breitete sich ganz darin aus, und mit ihm kam dieses Wispern, eine männliche und eine weibliche Stimme, die flüsterten, flüsterten, wütend, fast so, als spuckten sie vor Wut aus, nur daß die Stimmen trocken waren, aufgepeitscht wie Staubwirbel im Wind. Die Kinder hörten auf zu singen und setzten sich im Bett auf, mit Augen, die ihnen aus den Höhlen traten, mit offenem Mund, aus dem aber kein Laut kam, und streckten Brigid die Arme entgegen. Sie breitete die Arme aus, um die Kinder an sich zu drücken, und ließ dabei das Kruzifix aufs Bett fallen, und sie sagt, sie spürte die beiden, ihre Hände und ihre Arme, fühlte selbst, wie ihre eigenen Hände ihre Schultern berührten, und da, in dem Augenblick, verschwand das grünliche Licht, das Flüstern verstummte, und die Kinder waren nicht mehr da. Zurück blieb nur die Wärme des Bettes, die Vertiefungen in den Kissen, der Wind, der draußen heulte.

Sie holte den Priester mitten in der Nacht aus dem Bett, und er kam mit ihr, knöpfte sich hastig noch auf der Straße den langen Mantel zu, sagte ihr, sie hätte die Kinder nicht allein lassen dürfen, das sei der Tropfen, der das Faß zum Überlaufen bringe, jetzt werde man sie wegschicken. Aber als sie am leeren Haus ankamen und es durchsuchten und keine Kinder fanden, bezichtigte er sie, sie beiseite geschafft zu haben, und sagte, er würde den Arzt, der einen Einspänner hatte, zur nächsten Stadt nach der Polizei schicken. Ach, Pater, sagte sie, tun Sie das. Tun Sie, was Sie tun müssen. Aber vorher kommen Sie mit mir hinters Haus. Sie führte ihn zum Grab, und da sahen sie, sahen sie beide, das grünliche Licht, das über dem kleinen Erdhügel flimmerte, und hörten, so klar wie den Gesang einer Lerche, die Stimmen der zwei Kinder, die aus dem Inneren des Lichts drangen und ihre seltsame Melodie sangen und sangen. Der Priester bekreuzigte sich und fiel auf die Knie und Brigid mit ihm, und da blieben sie in Wind und Regen bis zum Morgen, als das grünliche Licht verblaßte und die Stimmen der Kinder mit ihm verklangen.

Die Kinder hat man nie wiedergesehen.

Alle Spiegel im Haus waren in Scherben gegangen, alle Uhren waren auf zehn Uhr stehengeblieben, nur die Kleider der Kinder blieben zurück, um zu bezeugen, daß sie überhaupt einmal dagewesen waren. Gott weiß, was der Onkel dachte, als er zurückkam. Brigid wurde nach Haus gebracht, der Onkel suchte sie auf, sie redete mit ihm, sie redete in den sechs Monaten oder so nach ihrer Rückkehr mit jedem, der ihr zuhören wollte, sie wurde vollkommen wunderlich im Kopf, und die Leute bekreuzigten sich, wenn sie auftauchte, und gingen dann schnell weg. Dann hörte Brigid auf zu reden. Bis zu ihrem Tod sprach sie nie wieder ein Wort, verließ sie niemals ihr Zimmer, duldete sie keinen Spiegel in ihrer Nähe. Nur einmal im Jahr, am einundzwanzigsten November, hörte man sie oben in ihrem Zimmer dieses Lied singen, mit Worten, die niemand verstand, ein Lied, das noch niemand zuvor gehört hatte und das dasselbe sein mußte, das die Kinder in jener Nacht gesungen hatten, vor langer Zeit, in Süd-Donegal, nur fünf Jahre nach der Hungersnot. Und bis zum heutigen Tag ist diese Familie verflucht.

Endlich rührte sich oben meine Mutter, die Glocken der Kathedrale fingen an zu läuten, und die Geräusche der Außenwelt kamen hereingesprenkelt, Katie aber bekreuzigte sich, lachte und schüttelte den Kopf über irgend etwas und sagte, ich solle die Wurzelbürste und warmes Wasser für den Tisch holen. Eilis saß da, und das Haar hing ihr hell ins verdunkelte Gesicht.

ZWEITER TEIL

DRITTES KAPITEL

Ratten

November 1950

Im Winter 1947 hatte der Schnee die Luftschutzbunker auf dem Feld hinter dem Haus zugedeckt. Während des Krieges hatte kein Mensch die Bunker benutzt, nicht einmal nach der Bombardierung von Belfast. Als die Amerikaner zu Tausenden anzurücken begannen, sagten manche, jetzt seien wir dran. Aber die Deutschen kamen nur ein einziges Mal, flogen einen Bombenangriff auf den Hafen, wo die amerikanischen Schiffe zu dritt und zu viert nebeneinanderlagen, trafen daneben und kamen nie wieder. Die Sirenen hatten vorher schon mehrere Male falschen Alarm gegeben, aber diesmal schien das Dröhnen der herankommenden Flugzeuge sie noch hektischer zu machen. Wir wachten von ihrem wilden Gestöhne auf, wurden unter die Treppe in Sicherheit gebracht und verschlafen zwischen unsere Eltern gebettet, leicht besprengt mit hellen Tropfen von kaltem Lourdes-Wasser, das meine Mutter ab und an auf uns spritzte. Ich erinnere mich an die Stille, als das Brummen verstummte, und dann an den langgezogenen Klageton, mit dem jeder Bomber in den Sturzflug ging. Ein, zwei Geschütze pumpten. Dann schien das Haus von einer Schallwelle leicht emporgetragen zu werden. Als die Entwarnung kam, fiel meinem Vater der Luftschutzbunker ein, in den wir eigentlich hätten gehen sollen, und er lachte.

Es gab fünf Bunker, parallel zur Straße vom oberen bis zum unteren Rand des abschüssigen Feldes in einer Reihe angeordnet. Der letzte stand fast direkt gegenüber unserer Hintertür. Aus rotem Backstein gebaut und mit Betonplatten gedeckt, hallten sie wie leere Steinkisten. Unsere Schritte polterten, und unsere Stimmen dröhnten. Es stank darin nach Urin und billigem Wein, denn oft saßen Obdachlose da drin und tranken, mit breit ausgestreckten Beinen gegen die Wand gelehnt, als hätte man sie erschossen, mit Augen, die vor Erschöpfung nur noch Schlitze waren. Als ich einmal da durchlief, sah ich zwei Tinkers, einen Mann und eine Frau, die auf dem Boden rangen; ich rannte fast in ihren wogenden Gestank von zerrissener Kleidung und weißer Haut. Als ich wieder im Freien war, stieg mir der Mageninhalt in die Kehle. Noch Ewigkeiten danach konnte ich sie in aller Deutlichkeit vor mir sehen, ihn, wie er auf ihr lag und stieß, vor und zurück, sie, wie sie sich, ein Bein in der Luft, langsam wand. Ich wußte nicht, was ich gesehen hatte, aber ich erzählte davon kein Wort.

Als die Bunker im Spätfrühling 1950 abgerissen wurden, blieben die Trümmer und der Schutt am Rand des Feldes liegen. Nach einiger Zeit fing man an, die Stelle als Müllabladeplatz zu benutzen. Binnen weniger Monate hatten wir eine Rattenplage. Die Stadtverwaltung unternahm nichts, obwohl es von pfeifenden Ratten wimmelte. Wenn ich hinters Haus ging, um im Schuppen Kohlen in den Löscheimer zu schaufeln, flitzte eine Ratte durch die Tür, sobald ich sie aufmachte, oder verdrückte sich hinter den Kohlenhaufen, wenn ich vorne die Schaufel hineinstieß. Bald tauchten die ersten in den Häusern auf. Wir würden sie in ihren Nestern, im Schutt, ausrotten müssen.

Die Männer des Viertels hoben an beiden Enden des Schuttwalls je einen tiefen Graben aus und häuften das Erdreich am Rand möglichst steil auf, um den herauskommenden Ratten die Flucht zu erschweren. Die Gräben füllten sie dann bis auf halber Höhe mit allem, was sie an brennbarem Material fanden – Zeitungen, Öltuchfetzen, Linoleumstücken, zerbrochenen Brettern. Das Ganze besprengten sie mit rosafarbenem Paraffin. Wir wurden dazu abkommandiert, alle Hunde des Viertels herbeizuschaffen. Es gab Collies, Windhunde, Kerry Blues mit Fängen wie Tellereisen, Terrier der verschiedensten Rassen und Mischlinge undefinierbarer Abstammung. Wir patrouillierten oben auf dem Schuttwall und zischten die Hunde an, schlugen ihnen mit der flachen Hand auf die Schnauze und sprangen zurück, wenn sie knurrten und an der Leine zerrten. Wenn ein Hund stehenblieb und an einem Loch im Schutt schnüffelte oder bellte, versperrten wir die Öffnung mit Steinen oder stießen mit einem Stock brennende paraffingetränkte Lumpen hinein und häuften Papier und trockenes Gras darauf, bis dicke Rauchschwaden herausquollen. Dann verschlossen wir das Loch, so gut es ging, und hielten Ausschau nach Rauchfäden, die an anderen Stellen aus dem Schutt drangen. Diese Ritzen stopften wir ebenfalls zu. Bald qualmte der Wall in seiner ganzen Länge. Wir gingen in Reihen auf und ab, mit unseren Gasmasken wie Kreaturen mit aufgeblasenem, bebrilltem Insektenkopf anzusehen, und hielten die zerrenden und winselnden Hunde an der kurzen Leine.

Die ersten Ratten kamen heraus, zunächst an beiden Enden, aus den tiefen Gräben. Die Männer standen darüber mit lodernden Fackeln in den Händen. Sie warteten, während die Ratten hin und her schossen und gelegentlich wie Lachse hochsprangen, um die steile Böschung zu überwinden. Dann, als der Graben gestopft voll mit den quiekenden, sich windenden Kreaturen war, warfen sie die Fackeln hinein, das Paraffin explodierte, und die Flammen zuckten an beiden Enden gleichzeitig hoch, um dann ihren seidigen Vorhang mit einem raschen Zischen über die ganze Länge des Grabens zuzuziehen. Da, wo wir standen, oben auf dem Schutt, konnten wir die Ratten hören und spüren, wie sie sich bewegten. Dann fingen sie an, aus ihren Schlupflöchern herauszukommen, manche muskulös, nacktschneckenartig, andere zottig und schmuddelig, und alle flitzten oder trippelten sie mit einer unglaublichen Geschwindigkeit auseinander. Wir ließen die Hunde von der Leine und zückten Äste, Hurlingschläger, Eisenstangen oder improvisierte Speere, die aus zwei oder drei zusammengebundenen Bambusstangen bestanden, am Ende zugespitzt oder mit einer Messerklinge bewehrt. Die Hunde packten die Ratten mit den Zähnen und schüttelten sie hin und her. Ein paar Ratten entwischten in die Dunkelheit hinter uns, und wir hetzten ihnen die Windhunde hinterher. Die toten Tiere wurden in die

Flammen geworfen; andere trieben wir mit unseren Stöcken und Speeren immer weiter zurück, bis sie, sich windend und zappelnd, über die Kante rutschten und in die lodernden Gräben fielen, aus denen sie manchmal hoch in die Luft sprangen, quietschend vor Todesqual.

Wir hatten am späten Nachmittag angefangen. Bei Einbruch der Dunkelheit war die Schlacht vorüber. Wir stocherten in dem steifen Brei aus Glut und Rattenkadavern, der die Gräben füllte, als wir einen der Mischlinge bellen und dann verängstigt jaulen hörten. In der Mitte des Walls kämpfte sich eine Ratte, vom Rauch benommen, aus dem Schutt hervor. Sie schien in Schüben, stückweise herauszukommen, als wäre sie eine Schlange. »Eine Königsratte«, sagte jemand, und wir hetzten die Hunde auf sie. Als wir auf sie losgingen, schrie sie wie ein neugeborenes Ferkel und rannte vom Schutthaufen hinunter, aber wir trieben sie gegen die Mauer eines Hinterhofs und versperrten ihr jeden Fluchtweg. Die Hunde drehten sich zögernd um, bellten, griffen aber nicht an. Die Ratte stellte sich auf die Hinterbeine, daß der weißliche Bauch sichtbar wurde, und kreischte aus ihrem rot-grauen Maul. Schließlich brachten wir einen Kerry Blue in Rage: Wir schlugen ihm auf die Nase und stachen ihm in die Flanken, bis er in engen, wütenden Kreisen um sich schnappte. Dann hoben wir ihn hoch und schleuderten ihn auf die Ratte, so daß er keine andere Wahl hatte, als zu beißen oder gebissen zu werden. Als er das zweitemal zuschnappte, ging der Kopf der Ratte fast glatt ab.

Auf dem Heimweg, inmitten der Rauchschwaden und des Lärms, der spöttischen Bestattungsrituale für die toten Ratten, die mit der Erde aus den Gräben bedeckt wurden, während die messerbewehrten Stangen in Scharmützeln aneinanderklirrten, wurde mir so übel, daß sich mir das Fleisch um die Knochen zusammenzuziehen schien. Das verseuchte Feld glühte und verschwamm wie ein Inferno. Sogar der Nachthimmel sah unscharf aus, wenn der Rauch das Sternenlicht verschleierte, und ich stellte mir vor, wie die überlebenden Ratten tief unter der Erde einen dumpfen miasmatischen Rachegesang atmeten.

Crazy Joe

August 1951

Es war Crazy Joe Johnson, der mich in den Kunstsaal der Stadtbücherei einschleuste. Alle nannten ihn Crazy Joe. Er lief ständig durch die Straßen und redete jeden an, der ihm über den Weg lief, besonders Kinder. Wir wurden selten schlau aus dem, was er sagte, aber man hatte uns verboten, uns über ihn lustig zu machen; als er ein junger Mann war, war irgendwas passiert, und seitdem war er nicht mehr ganz richtig im Kopf. Er war vollkommen harmlos; das einzig Böse, was in Joe steckte, hatte ihm jemand anders angetan. Das war jedenfalls, was man uns sagte; ich war mir da nicht so sicher. Er flößte mir ein unbehagliches Gefühl ein. Man sah ihn oft in oder in nächster Nähe der Bücherei, wie er nickte und vor sich hin lächelte, summte, seinen Spazierstock wirbeln ließ, den Hut vor – wirklichen oder imaginären – Frauen lüftete. Er hatte reine, wie gemeißelte Züge. Sein Medaillongesicht saß vor seinem großen Kopf wie eine Maske, und der Kopf selbst schwankte und zitterte ununterbrochen auf dem winzigen Körper, wie der Kopf eines Insekts. Er hatte ein strahlendes Lächeln, weil er falsche Zähne hatte, und seine Aussprache war so präzis und aseptisch wie der Rest von ihm, ganz Lippen und Zähne und Zungenspitze.

An einem Sommerabend ging ich, nachdem ich oben in Rosemount Fußball gespielt hatte, durch den öffentlichen Park zur Bücherei, um mir Bücher für das Wochenende auszuleihen. Die Bibliothekarin, eine ehrfurchtgebietende protestantische Dame, schnalzte bei meinem Anblick mißbilligend mit der Zunge, ließ mich aber, nachdem sie meine Hände inspiziert und dabei wie zwei Trockenfische auf dem Löschpapier auf ihrem Schreibtisch hin und her gewendet hatte, durch das hölzerne Drehkreuz an sich vorbei. Sie war korpulent, die Bluse spannte über ihren Brüsten, und sie hatte einen leichten Kropf. Trotz ihres Panzers aus Serge und Chiffon und des starr ondulierten fahlblonden Haars schien sie leise und heimlich zu pulsieren. Sogar bei dieser Gelegenheit, als mir nach dem Fußballspielen der Schweiß herunterlief, schürzte sie die Lippen in entschiedener Mißbilligung, ließ mich aber dann lächelnd passieren. Ihre Freundlichkeit war stärker als ihr Sinn für Schicklichkeit.

Einmal drin, ging ich schnurstracks zur Tür des Kunstsaals. »Nur für Erwachsene« erklärte die schwarzweiße Schrift, die quer über die verglaste Mahagonitür mit der kunstvollen Klinke aus Messing und Holz verlief. Joe war allein da drin, stand vor einem Lesepult und blätterte gerade eine riesige Seite um, die farbig aufleuchtete und einen kurzlebigen Regenbogen auf seiner Hand hinterließ. Als er mich sah, kam er sofort mit zackigen Feldwebelschritten auf die Tür zu. Ich zog mich in die Jugendabteilung zurück, schnappte mir das erste Buch, das mir in die Hände kam, und tat so, als würde ich lesen. Joe kam strahlend an, nahm mir das Buch aus der Hand, stellte es ins Regal zurück und flüsterte: »Ich möchte dir etwas zeigen.«

Er faßte mich beim Ärmel und führte mich auf den Saal zu.

»Da darf ich nicht rein. Das ist nur für Erwachsene.«

»Quatsch, purer Quatsch. Wenn ich dich hereinbitte, ist keine Genehmigung erforderlich. Miss Knowles wird nur zu froh sein, zu sehen, daß sich ein hitziger junger Wilder wie du in den kühlen Schatten meines erzieherischen Einflusses begibt. Stimmt's, Miss Knowles?«

Er hob die Stimme in ihre Richtung, aber sie schien ihn nicht zu hören und hielt die Augen weiter auf den Zettelkasten mit den Leihscheinen gerichtet, die sie mit penibler Sorgfalt ordnete.

»Siehst du, du junger Dummkopf? Komm.«

Also gingen wir hinein. Er führte mich zu dem Buch, das er sich gerade angesehen hatte und das aufgeschlagen auf dem hölzernen Lesepult lag. Die Farben waren dick aufgetragen und dunkel. Ich wußte nicht, wie ich richtig hinsehen sollte. Die Gestalten sprangen mir von der Buchseite entgegen und rollten sich dann wieder zusammen. Er klappte den Wälzer mit einem Aufwirbeln von Sonnenstäubchen zu.

»Ist wohl nichts. Fangen wir mit den Franzosen an. Bitte schön. Weide deine Augen, Jüngling, weide deine Augen und sage nichts, denn du kannst nichts sagen, was nicht lächerlich wäre.«

Es war das Bild einer nackten Frau. Ihr Körper lag auf dunklem Samt und war zugleich hingegossen und intim. Die Farben ihres Fleisches flossen wie Düfte ineinander.

»Oh«, rief ich aus.

»O-ho«, gluckste Joe, »Jung Caliban entdeckt die Schönheit. Die Schönheit Bouchers, junger Herr, vermag es sogar, das Empfindungsvermögen solch eines Vagabunden zu wecken, wie du einer bist.«

Und er knallte das Buch zu.

»Jetzt hinaus mit dir. Zuviel zu schnell wird die Barbarenbrust verwirren. Kehre zu deinem Schund zurück. Hebe dich hinweg.«

Er scheuchte mich mit einer herrischen Geste fort. Ich ging durch die Blätterschatten, die den Boden bedeckten, zur Tür, nickte Miss Knowles zu und hob die Hände, um ihr zu zeigen, daß ich keine Bücher mitgenommen hatte, ging durch das Drehkreuz, wobei ich spürte, wie sein hölzerner Stab an meinem Fleisch rieb, und blieb draußen am Zaun stehen, versunken in die Betrachtung der Bäume und des Grases und der backsteinernen Hemdenfabrik jenseits des Maschendrahts. Boucher. Ich hatte den Namen noch nie zuvor gehört. Ich hatte noch nie zuvor einen Akt gesehen. Ihr Fleisch war fest, aber ganz gesättigt von Licht. Irene Mackey aus der Lecky Road, für die ich schon seit langem schwärmte und die ich bisher schön gefunden hatte, kam mir auf einmal gewöhnlich vor.

Jede Woche kehrte ich dorthin zurück, aber die Frau auf dem Gemälde sah ich nicht wieder; Joe war oft da, und er gewöhnte sich an, mich zu begleiten, wenn ich die Bücherei verließ, und mit mir einen Spaziergang durch den Park zu machen. Sein Ziel war, wie er sagte, mir ein wenig von der Bildung zuteil werden zu lassen, die mir in so erschreckendem Maße fehlte, nach der ich aber anständigerweise zumindest ein Bedürfnis verspürte.

Der Spaziergang bestand in der Regel darin, daß wir über eine breite Treppe zu einem mit einem Eisengeländer umgebenen Zierteich hinabstiegen. Dort machten wir immer halt, lehnten uns an das Geländer und blickten auf das schwarzgrüne Wasser, das sich langsam unter seinem Teppich aus Seerosen bewegte. Meistens sah das Wasser metallisch aus, aber gelegentlich, wenn die Sonne schien, verlor es etwas von seinem Glanz und nahm eine weichere, sexuelle Samtigkeit an. Joe beugte sich nah an mein Ohr, und halb flüsterte er, halb schrie er einen Haufen wirres Zeug – Geschichten, Fragen, Rätsel. Manchmal rutschte sein Kunstgebiß raus und rein; manchmal schien er aus keinem ersichtlichen Grund den Tränen nahe zu sein; meistens strahlte er grimmig und schlug scheppernd mit seinem Spazierstock gegen das Geländer oder stampfte damit emphatisch auf den Boden. Sein Kopf wackelte unaufhörlich vor und zurück.

»Ich will dir verraten, da du nie danach gefragt hast, was für dich spricht, es sei denn, du bist äußerst gerissen«, sagte er eines Tages, während wir am Teich standen, »warum ich dir dieses Bild nie wieder gezeigt habe. Willst du es überhaupt wissen? Ich möchte nicht in den Wind reden.«

»Ja, ich will's wissen.«

»Du hast sie gesehen, die Frau auf dem Bild, was? Oder?«

»Ja. Ich hab sie gesehen.«

»Schön, nicht wahr? Hast du sie wiedererkannt? Na?«

»Nein. Wie hätte ich sie wiedererkennen können?«

»Wie konntest du's *nicht*? Sie war eine Irin. Eine Mademoiselle Murphy. Sie hatte, sie hatte ...«

Er strahlte mich an. » ... Geschlechtsverkehr mit den Königen von Frankreich. Den Königen von Frankreich. Die Jungs kannten sich auf diesem bestimmten Gebiet schon aus, kann ich dir sagen.«

Er knallte seinen Stock voll Wonne auf das Geländer.

»Oh, das ist lange her, das war in der guten alten Zeit. Als Frankreich noch Frankreich war. Schön war sie schon. Aber auch böse. Hast du das gesehen?«

Ich schüttelte den Kopf und sah in sein helles alt-junges Gesicht. Seine Augen waren rot und triefig. Er packte mich am Hemdsärmel und zog mich zu sich herab. Sein Atem ging pfeifend.

»Ich kannte einen Mann, der diese Frau kannte. Sie, mein lieber junger Freund, um genau zu sein, *er*kannte, *in carne*.«

»In carne?« fragte ich.

»Lateinisch, du Dummkopf«, sagte er halb knurrend, halb lächelnd. »Bringen sie dir nicht mal Latein bei? *Caro, carnis.* Fleisch. Erkannte sie fleischlich.«

»Aber ich dachte, sie hätte vor langer Zeit gelebt, in Frankreich.«

»Das ändert nichts daran. Der Maler lebte vor langer Zeit, wie du ganz richtig sagst. Aber sie ... sie war Irin. Deshalb also, verstehst du?«

Das war ein Rätsel. Ich sagte nichts. Er zog ein riesiges weißes Taschentuch hervor und schneuzte sich die Nase, kicherte glucksend und verstaute das Ding wieder in seiner Hosentasche. Ein Zipfel guckte noch immer raus, wie eine weiße Maus mit einem grünen Schleimauge.

»Es gibt einen Mann, den du schon gesehen, aber nie beachtet hast, und der ist nicht weit von hier. Er ist der Mann, den ich meine. Er redet nie. Er steht den ganzen Tag an einer Straßenecke herum, immer auf demselben Fleck, und starrt die Bligh's Lane rauf, als hätte er sie noch nie vorher gesehen.«

Ich wußte, welchen Mann er meinte. Er war mir schon aufgefallen. Larry McLaughlin, ein Verwandter der Brigid aus Katies Geschichte. Jetzt würde ich *seine* Geschichte zu hören bekommen.

»Nun, als er ein junger Mann war, keine Woche vor seiner Hochzeit, da geht er eines Tages los, die Bligh's Lane hinauf in Richtung Holywell Hill oder Sheriff's Mountain. Ist es nicht seltsam, daß ein und derselbe Heidebuckel zwei verschiedene Namen hat? Bist du schon mal da gewesen?«

»Ja, oft.«

Der Hügel hinter diesem Hügel war der, auf dem Grianan stand.

»Nun, welcher war der erste Name?«

»Holywell, könnte ich mir denken. Eine Quelle dürfte es da eher gegeben haben als einen Sheriff.«

»Und wer war Bligh, der Mann, nach dem die Bligh's Lane benannt ist?«

»Ich weiß nicht.«

»Und du bildest dir ein, du würdest hier wohnen. War gar nicht anders zu erwarten. Eine Sache ist, *sie* nicht zu kennen. Das ist für einen Caliban ganz normal. Aber den Ort, wo du jeden blöden Sonntag, möcht ich wetten, mit deinem Papa hingehst, mit all den verdammten Glocken am Läuten und den sterbenslangweiligen Straßen, und du weißt nicht einmal, wo du bist. Schnüffelst nur herum wie ein junges Fohlen. Was soll nur aus dir werden?«

Ich zuckte die Achseln und starrte auf die weißen Seerosenservietten mit ihren spinnenhaften gelben Zungen, die aufs Wasser geklebt zu sein schienen, so unbewegt waren sie.

»Und das ist noch so eine Sache. Warum ist es traurig, wenn ich frage, was aus dir werden wird, und nicht traurig, wenn ich frage, was du werden wirst? Ist das Wort ›aus‹ traurig?«

Er holte seine weiße Taschentuchmaus hervor und wischte sich die Augen. Weinte er? Ich dachte mir, ich sollte besser gehen, aber er hielt mich wieder am Ärmel fest.

»Wie dem auch sei, dieser Mann – nennen wir ihn bei seinem Vornamen, Larry – geht also los, es ist später Nachmittag, und steigt den Hügel mit zwei Namen hinauf, sieben Kilometer rauf und sieben Kilometer runter, wenn man die Abkürzung über den Bach nimmt, was er auch tat, mußt du wissen, gerade als es anfing, dunkel zu werden. Es war einer dieser Monate auf -ember, die Monate des verlöschenden Feuers.«

Der Teich knitterte wie Stanniol, als eine Brise darüber hinstrich.

»Also, Larry ist auf dem Heimweg. Du weißt natürlich, von wem ich rede, aber wir wollen keine Namen nennen. Rücksicht ist die Mutter der Porzellankiste. Meine Güte, was jetzt gleich passiert, gefällt mir überhaupt nicht. In der Dämmerung Wasser überqueren bringt Unglück. Es bedeutet, das Schicksal herauszufordern. Die Welt auf der Seite, die man verläßt, ist nie dieselbe wie die Welt, die man erreicht. Und weißt du sonst noch etwas über das fragliche Flüßchen?«

»Ja. Es markiert die Grenze.«

»Oh, ein schlaues Bürschchen.« Er schnaufte, vorübergehend eingeschnappt. »Also, Larry ging in *ein* Land hinein und kehrte in der Dämmerung in das eine, aus dem er gekommen war, wieder zurück. Dieser Unglücksrabe, daß er das getan hat!«

»Warum, was ist passiert? Wurde er erschossen oder so was?«

»Erschossen? So ein Bockmist! Wie könnte er erschossen worden sein und noch immer da an der Straßenecke herumstehen? Rede ich in den Wind? Heutzutage wird doch wohl niemand an der Grenze erschossen, Gott sei's geklagt.«

Sein Gesicht war zornrot, und sein Kunstgebiß schoß vor und zurück, während er an seinen Wangen sog.

»Er könnte verwundet und dann gerettet worden sein. Und ich höre zu.«

»Du hast vollkommen recht. Das ist möglich. Aber das ist nicht das, was passiert ist. Fahren wir fort. Keine weiteren Unterbrechungen.«

Er drehte sich um und blickte den Hügel hinauf in Richtung Rosemount.

»Wie ich sehe, sind in der Fabrik die Lichter an. Da drinnen muß es immer dunkel sein. Ich glaube, die putzen diese Fenster überhaupt nie. Kannst du dir vorstellen, wie's da drin zugeht, mit diesen ganzen Frauen, reihenweise Frauen, die ununterbrochen Herrenhemden drehen und wenden, Kragen und Manschetten und Schöße? Nicht für Geld möchte ich hören, was die untereinander über die Körper der Männer sagen, die die Hemden später tragen werden. Und es ist ihr Glück, daß wir das tun, denn andernfalls wären die arbeitslos, die miesen Schlampen. Ich frag mich, ob ihre Hände so sauber sind, wie sie sein sollten, wenn sie damit über die Innenseite der Hemdrücken streichen und wenn sie sie von innen her aufmachen. Ob das hier die einzige Stadt auf der Welt ist, wo die Männer Hemden tragen, in denen Frauenhände gesteckt haben, noch bevor sie sie anziehen? Na?«

Er schauderte. Ich dachte, daß sein Hemd sehr klein sein mußte. Darüber würden die Frauen bestimmt lachen, über ein so kleines Ding mit den breiten Streifen, die er bevorzugte, wie ein Miniaturgefängnisfenster an einem Kleiderbügel. Aber was war Larry passiert? Joe stocherte mit seinem Stock im Kies herum. Ich wäre am liebsten weggerannt, aber ich wußte, daß ich bleiben mußte.

»Also, er ist auf dem Heimweg, geht ganz flott und vergnügt vor sich hin, es ist der letzte Abend seines Junggesellendaseins, die Glut seiner Keuschheit beginnt endlich zu verglimmen. Da ist eine Frau vor ihm auf der Straße. Beim Geräusch seiner Schritte dreht sie sich um; sie trödelt und schenkt ihm ein Lächeln, das ihm das Herz verhext, denn sie ist die schönste Frau, die er je gesehen hat. Sie fragt ihn, ob er sie bis in die Stadt hinein begleiten würde, weil sie sich vor dem Dunkeln fürchtet. Zehn bis zwanzig Meter weiter, und sie hat sich bei ihm eingehängt, einen halben Kilometer weiter, und sie hat sich an ihn gedrückt und Süßholz geraspelt und ihn auf ein Feld dirigiert, und sie liegt schon unter ihm, und er zerrt sich Hemd und Hose vom Leib, und sie liegt im schwarzen Gras und zieht ihn zu sich herunter, und da – schwupp! Weg ist sie!«

»Was meinen Sie damit, weg?«

»Weg, Herrgott, und er blieb da allein zurück, wie einer, der Liegestütze macht, und unter ihm roch es wie nach verbranntem Karamel, und zwischen seinen Beinen, da rauchte es. Weg.«

Ich lachte, verlegen, weil ich nicht genau wußte, was eigentlich hätte passieren sollen, und Wegsein vielleicht irgendwie dazugehörte – obwohl sie schon sehr früh weggegangen zu sein schien. Aber der Rauch und der Karamelgeruch? Davon hatte ich noch nie etwas gehört.

Joe stand über seinen Stock gebeugt und stach auf den Kies ein; sein Kinn hing so tief auf die Brust, daß es für einen Augenblick so aussah, als hätte er sich den Kopf ausgekugelt.

»Als Larry wieder aufgestanden war, raffte er seine Kleider zusammen und weinte und sah sich nach allen Seiten um. Drüben an der Hecke, auf der anderen Seite des Feldes, sah er einen Fuchs stehen, der ihn anstarrte. Er stand so still da wie eine Statue. Dann hob er den Kopf und bellte.«

»Ein Fuchs?«

»Ein Fuchs. Das war sie. Er rannte aus diesem Feld raus und fing an, auf die Lichter der Lone Moor Road zuzurennen. Alle paar hundert Meter tauchte der Fuchs wieder vor ihm auf, bis er kurz vor der ersten Laterne verschwand und Larry die Straße runterlaufen und nach Haus konnte. Er redete wirr. Sie holten den Arzt, steckten ihn ins Bett; seine Verlobte kam und alle Verwandten, Nachbarn, alle, und man schickte nach dem Priester. Der nahm Larry die Beichte ab und spendete ihm die Sterbesakramente. Als er wieder aus Larrys Zimmer herauskam, ging er direkt zu der Verlobten, nahm sie beiseite und erklärte ihr, die Hochzeit sei geplatzt, sie müsse Larry vergessen, Larry werde niemals heiraten, könne niemals Kinder haben, würde niemals, in seinem ganzen Leben nicht, eine Frau erkennen. Bitte schön. Das ist die Geschichte vom armen Larry.«

»Und das ist der Grund, warum er nie redet, sondern nur dasteht und die Bligh's Lane raufschaut, wo das alles passiert ist?«

»Genau.«

Wir schwiegen beide.

»Aber der Priester«, warf ich vorsichtig ein, »der kann doch nichts erzählt haben, wenn er das aus der Beichte erfahren hatte.«

»Brauchte er auch gar nicht; Larry phantasierte danach noch wochenlang. Es kam alles raus. Die Leute saßen um ihn herum und hörten zu und bekreuzigten sich und weinten.«

Joe schrappte mit seinem Stock an dem Geländer rauf und runter. Es war inzwischen schon fast dunkel. Die Lichter der Fabrik waren alle an; offenbar machten sie Überstunden. Auch die Fenster der Bücherei waren hell erleuchtet.

»Aber ich dachte, Sie hätten gesagt, daß sie die Frau aus dem

Gemälde war? Hat er sie wiedererkannt und allen gesagt, es wäre Mademoiselle Murphy gewesen?«

Joe sah mich erstaunt an.

»Was faselst du da? Was für eine Frau? Was für ein Gemälde? Larry hat in seinem ganzen Leben kein Gemälde gesehen.«

»Aber Sie haben doch gesagt, daß er diese Frau fleischlich erkannt hat, die Frau der Könige von Frankreich.«

»Herrgott, geh nach Haus und bleib bei deinem blöden Fußball. Laß dich nie wieder in der Nähe des Kunstsaals blicken, oder ich melde dich. Du hast eine schmutzige Phantasie. Was für eine Frau? Fleischlich erkennen! Was weißt du schon davon, du verdorbener Stöpsel?«

Er knallte seinen Stock auf das Geländer, und ich machte einen Satz rückwärts, als er mich anschnauzte und die falschen Zähne mit ihrer rosa Gaumenplatte rausflutschten und sein Gesicht in sich zusammenfiel. Dann sog er das Gebiß blitzschnell wieder ein und stapfte um den Teich herum davon, den Hang hoch auf die Fabrik zu, und fuchtelte dabei mit dem Stock herum und schimpfte wütend vor sich hin. Über der Fabrik türmten sich die Wolken zum Donnern auf. Schon während ich die Treppe hinauf- und an den leuchtenden Fenstern der Bücherei vorbeilief, fing es an zu grollen, und die schweren Regentropfen machten Ausrufezeichen überall auf meinem Hemd. Ich war klitschnaß, lange bevor ich zu Hause ankam.

Mathematikstunde

November 1951

Jeden Morgen, Schlag neun Uhr, kam er mit rauschender Soutane, wie vor Zorn gerötetem Gesicht und merkwürdig gelassenen Zügen ins Klassenzimmer geschossen. Wir waren dann schon immer vorbereitet, hatten den dicken Algebrawälzer an der richtigen Seite aufgeschlagen und so viele Aufgaben wie möglich im voraus präpariert. Er sprach näselnd, aber immer mit einem Lächeln. Er hatte krauses Haar und eine Brille; abgesehen von der Röte, hätte man ihn für harmlos halten können. Sein Name war Gildea.

Er setzte sich an das hohe Pult, das auf seinem Podest die Klasse überragte. Er hob das Kinn, schloß die Augen und deklamierte: »Kopfalgebra. Grundregeln. Wohlbekannt, müssen aber wiederholt werden, erstens für die Hirntoten und Gedächtnislosen, die, wie gewohnt, die überwältigende Mehrheit ausmachen; zweitens denen zur Warnung, die zwar mit reicheren Gaben ausgestattet sind, aber ein querulatorisches Vergnügen darin finden zu behaupten, man habe es ihnen nicht erklärt, sie wüßten es nicht, die Regeln seien nicht klar. Ich liege nachts wach und versuche, mir eine für diese Kreaturen angemessene Strafe vorzustellen; bislang indes ohne Erfolg. Beweist dies nun einen Mangel an Imaginationskraft meinerseits oder eine unvorstellbare Verderbtheit ihrerseits? Du darfst die Frage beantworten, McConnellogue.«

»Ich kann es leider nicht, Pater«, antwortete McConnellogue automatisch. Das war reine Routine.

»Deine Betroffenheit ist rührend. Möglicherweise bist du dir der Relevanz der Frage nicht bewußt. Harkin, sei so gut und setze McConnellogue darüber in Kenntnis, was ein Querulant ist.«

»Ein Querulant ist jemand, der die Gemeinschaft durch mißbräuchliche Ausnutzung der rechtsstaatlichen Ordnung stört, Pater.«

»Bist du mit dieser glänzenden Definition einverstanden, McConnellogue?«

»Absolut, Pater.«

»Du tendierst doch nicht zum Querulantentum, McConnellogue, oder?«

»Nein, Pater.«

»Ich werde dich diesbezüglich auf die Probe stellen. Bist du in stärkerem Maße des Lesens und Schreibens oder aber – dank meiner fünfmal die Woche jedesmal vierzig Minuten lang erfolgenden liebevollen Bemühungen – des Rechnens kundig, McConnellogue?«

»Ich bin in beiderlei Hinsicht mit gleich großen Kenntnissen gesegnet, Pater.«

»Würdest du sagen, daß McConnellogue es weit bringen wird, Heaney?«

»Das würde ich, Pater.«

»Unter welchen Bedingungen würdest du das sagen, Heaney?«

»Unter den von der Frage vorausgesetzten Bedingungen, Pater.«

»Bist du mit diesen Bedingungen vertraut, Duffy?«

»Das bin ich, Pater.«

»Wie heißt du, Duffy?«

»Duffy, Pater.«

»Freut mich zu hören. Jetzt die Grundregeln. Wir haben hier, in diesem ehrwürdigen Lehrbuch, vierzig einfache algebraische Gleichungen, zu denen es jeweils nur eine einzige richtige Lösung gibt. Es gibt in diesem Klassenzimmer vierzig Jungen. Für jeden eine Gleichung. Die Koinzidenz ist erfreulich. Wir beginnen mit Johnson, der befremdlich aussehenden Kreatur am linken Ende der ersten Reihe. Er nennt in nicht mehr als zwei Sekunden die Lösung von Nummer eins. Wenn er dazu länger braucht, wird seine Antwort als falsch bewertet werden. McDaid, das Johnson benachbarte Objekt, nimmt Nummer zwei, und so weiter, durch die ganze zoo-artige Versammlung, die wir in unserer Höflichkeit als eine Klasse bezeichnen. Sollte Johnson indes, nach McDaids wohlüberlegter Ansicht, Nummer eins falsch gelöst haben, rechnet er, McDaid, Nummer eins noch einmal und gibt die richtige Lösung an. Wenn McDaids Platznachbar der Meinung sein sollte, daß Johnson bei Nummer eins recht hatte und McDaid unrecht hatte, ihn zu korrigieren, überspringt er Nummer zwei und rechnet Nummer drei aus; woraufhin McDaid, sofern er mit diesem Verdikt übereinstimmt, Nummer zwei nachholen muß. In gleicher Weise steht es auch McDaids Platznachbarn frei zu meinen, daß sowohl Johnson als auch McDaid sich bei Nummer eins geirrt haben; entscheidet er sich für diese Möglichkeit, rechnet er Nummer eins selbst noch einmal. Und so weiter. Die Wahlmöglichkeiten nehmen, je weiter die Sache voranschreitet, kontinuierlich zu, so daß sie, wenn wir bei der auf den Namen Irwin hörenden evolutionären Sackgasse in der hintersten Reihe angelangt sind, eine wahrhaft kaleidoskopische Vielfalt erreicht haben werden. Wenn irgendeine Gleichung von irgendeinem vorhergehenden Schüler, gleichgültig, ob unmittelbar oder mit größerem Abstand vorhergehend, falsch gelöst worden ist, muß der Schüler, der dies bemerkt, die betreffende Gleichung richtig lösen. Wenn eine Gleichung falsch gelöst wird, besteht die Strafe lediglich in zwei Schlägen. Wenn eine richtig gelöste Gleichung fälschlicherweise korrigiert wird, sind vier Schläge die Strafe. Wenn die ganze Klasse eine falsch gelöste Gleichung durchgehen läßt, werden die Hausaufgaben verdoppelt. Wenn sie mehr als eine falsch gelöste Gleichung durchgehen läßt, werden die Hausaufgaben für eine der Anzahl der übersehenen falschen Lösungen entsprechende Anzahl von Tagen verdoppelt. Wenn jede Gleichung richtig gelöst wird, wird die Sonne am Himmel stillstehen, und ich werde mich fortan der Vermittlung eines unverfänglicheren und sichereren Fachs widmen, wie der Religion. Gut. Johnson, fang an. Von jetzt an zwei Sekunden!«

Johnson fing an.

»X ist gleich minus zwei.«

Dann kam McDaid.

»X ist gleich drei.«

Es ging sehr schnell, einer nach dem anderen weiter. Jetzt war die Reihe vor mir dran. Plötzlich schaltete sich Gildea ein.

»Welche Nummer machst du, Harkin?«

»Nummer dreizehn, Pater.«

»Nun gut. Du bist offenbar der Ansicht, daß Nummer zwölf richtig gelöst wurde?«

Harkin zögerte.

»Ja, Pater.«

»Nun gut. Deine Entscheidung. Der nächste. Nur zwei Sekunden.«

»X ist gleich vier.«

»Welche Nummer war das?«

»Nummer zwölf, Pater.«

»Du bist also der Meinung, daß sie falsch gelöst worden war?«

»Ja, Pater.«

»Folglich hätte Harkin sie noch einmal ausrechnen müssen?«

»Ja, Pater.«

»Harkin?«

»Ich glaube, Nummer zwölf war richtig, Pater.«

»Und damit auch alle bis zur Nummer zwölf, da du andernfalls eine von ihnen wiederholt hättest?«

»Ja, Pater.«

»Der nächste. Nicht du, Molloy. Du hast gerade Harkin korrigiert. Das erbärmliche Ding neben dir. Ist es lebendig?«

»Das bin ich, Pater.« Das war O'Neill.

»Keine Übertreibungen. Sag mir nur deine Lösung.«

»X ist gleich fünf, Pater.«

»Und das ist die Lösung von . . .?«

»Nummer dreizehn, Pater.«

»Ah. Harkin hatte also unrecht, Nummer dreizehn zu lösen, und unrecht damit, wie er sie gelöst hat?«

»Nur unrecht hinsichtlich seiner Lösung, Pater.«

»Dann war Nummer zwölf, deiner Ansicht nach, korrekt gelöst?«

»Ja, Pater.«

»Dann hatte Molloy unrecht, Nummer zwölf zu korrigieren?«

»Ja, Pater.«

»Warum hast du dann Nummer zwölf nicht noch einmal gelöst?«

»Sie war bereits korrekt gelöst worden, Pater.«

»Aber dein Vorgänger hatte sie doch falsch gelöst? Die Grundregeln schreiben vor, daß du den vorausgegangenen Fehler korrigierst, richtig?«

»Ja, Pater.«

»Hast du's getan?«

»Nein, Pater, aber ...«

»Still! Welche Nummer rechnest du jetzt aus?«

»Nummer zwölf, Pater.«

»Lösung?«

»X ist gleich vier.«

»Das war eine Richtigstellung von Molloys Lösung? Ja?«

O'Neill hatte einen Fehler gemacht und wußte das. Er nickte nur.

»Molloy, deine Lösung lautete ›vier‹, nicht wahr?«

»Ja, Pater.«

»Aber das war falsch, wie ich höre. Jetzt ist es richtig. Wo sind wir hier? Ist das Mathematik, oder ist es das Chaos?«

Schweigen. Gildea lächelte.

»Der Unterschied müßte zu erkennen sein, selbst für euresgleichen. Duffy, vorwärts, entwirre das Durcheinander.«

»X ist gleich zwei.«

»Das war die Lösung welcher Aufgabe?«

»Nummer eins, Pater.«

»Du meinst, die erste Lösung war falsch?«

»Ja.«

»Ja, was?«

»Ja, Sir.«

»Sir? Sir? Habe ich mich äußerlich verändert? Hat sich mein Kragen in eine Krawatte verwandelt, meine Soutane in einen Anzug aus armseligem Tweed?«

»Nein, Sir.«
»Du bestehst auf ›Sir‹?«
»Ja, Pater.«
Die Klasse kicherte und verstummte dann wieder.
»Ein Funken von Witz; ich weiß ihn zu schätzen. Natürlich kann er nicht ungeahndet bleiben. Aber zurück zum Thema. Die erste Aufgabe war falsch, sagst du. Also waren auch alle folgenden falsch?«
»Strenggenommen, ja, Sir.«
»Strenggenommen? Ah, ein Querulant spricht.«
»Nur Grundregeln, Sir.«
»Waren sie falsch oder nicht?«
»Einige waren in sich falsch, Sir. Einige waren insofern falsch, als sie ausgerechnet wurden, bevor Nummer eins verbessert worden war, Sir.«
»Wundervoll. Ein wahrer Querulant. Du bist dir deiner Sache sicher, Duffy?«
»Absolut, Sir.«
»Gut. Fangen wir wieder ganz von vorne an. Erster Mann, erste Gleichung.«
»X ist gleich minus zwei.«
»Du bleibst dabei?«
»Ja, Pater.«
»Duffy hatte also unrecht?«
»Ja, Pater.«
»Die ganze Aufregung war also umsonst?«
»Ja, Pater.«
»Sind alle derselben Meinung?«
»Ja, Pater.« Im Chor.
»Gut, Duffy. Berechne deinen Fehler. Eine falsche Lösung – zwei Schläge. Eine richtige Lösung, von dir falsch ›korrigiert‹ – vier Schläge. Elf vollkommen richtige oder unbeanstandete Lösungen von dir mit der Begründung für ungültig erklärt, daß sie nicht hätten errechnet werden dürfen, obwohl sie in Wirklichkeit sehr wohl errechnet werden mußten – vierundvierzig Schläge. Zeitvergeudung, sechs Schläge. Den professionellen

Querulanten spielen, zwölf Schläge. Verwendung einer ungehörigen Anrede, zehn Schläge. Anfall von Witz, sechs Schläge. Kannst du das addieren?«

»Vierundachtzig.«

»Vierundachtzig was?«

»Vierundachtzig Schläge, Sir.«

»Gut. Wir machen Fortschritte. Du kannst addieren, du lernst deinen Katechismus, du stehst im Begriff, eine Lektion über die Auswirkungen der Selbstüberschätzung zu lernen, die dich und deinesgleichen von jeher gekennzeichnet hat. Was ist das für meine Seele?«

»Balsam, Sir.«

»Endlich eine richtige Antwort. Komm heraus.«

»Nein, Sir. Ich hatte recht. Die anderen haben unrecht.«

»O je. O je. Duffy hat recht, alle anderen haben unrecht. Ich sehe Gewitterwolken sich zusammenballen. Ich sehe die Apokalypse dräuen. Wir sind alle außer Duffy mathematische Analphabeten. Harkin, berechne diese Gleichung noch einmal, diesmal an der Tafel. So können wir es alle nachvollziehen.«

Harkin kritzelte an der Tafel.

»Kannst du das widerlegen, Duffy?«

»Nein, Sir.«

»Das ist also das richtige Ergebnis?«

»Ja, Sir. Der falschen Gleichung.«

»Der falschen Gleichung? DER FALSCHEN GLEICHUNG? Das ist hinreißend. Du übertriffst dich selbst. Erkläre, wir brennen vor Neugier.«

»Ich bin bei Abschnitt B, Sir. Alle anderen sind bei Abschnitt A.«

»Und warum nimmst du dir Abschnitt B vor, wenn wir uns alle A vornehmen?«

»Weil wir Abschnitt A gestern gemacht haben, Sir. Ich bin davon ausgegangen, daß Sie uns nicht noch einmal machen lassen wollten, was wir schon konnten.«

»Sonst noch jemand, der sich daran erinnert, Abschnitt A gemacht zu haben?«

»Ja, Sir.« Im Chor.

»Habe ich ausdrücklich von Abschnitt B gesprochen, Duffy?«

»Nein, Sir, aber Sie haben auch nicht ausdrücklich von Abschnitt A gesprochen.«

»Wie viele Schläge schulde ich dir, Duffy?«

»Keinen, Sir.«

»Deine Ansicht, nicht meine. Klasse, sitzen bleiben. Nichts tun. Der erste Schüler, den ich irgend etwas Nützliches tun sehe, zwei Schläge. Duffy, verlaß den Klassenraum. Klasse, doppeltes Pensum Hausaufgaben. Duffy, vierfaches Pensum.«

Er beugte sich zornfunkelnd über sein Pult. Die Tür schloß sich leise hinter Duffy. Wir starrten ins Leere.

Sergeant Burke

Mai 1952

Rory Griffin und ich waren völlig umzingelt; zu sechst standen sie um uns herum. Willie Barr, ihr Anführer, leckte sich andauernd den Mundwinkel mit seiner dicken Zunge. Er war bestimmt einen Viertelzentner schwerer als wir; älter, viel stärker. Er streckte die Faust aus, damit Griffin die Pennies sah, die er sich zwischen die Finger geklemmt hatte. »Das da kriegst du gleich in die Fresse«, knurrte er. »Und dann du.« Er hielt mir die Faust hin. Griffin zuerst, weil er größer war. Barr zeigte nacheinander auf seine kleineren Kumpane und sagte ihnen, in welcher Reihenfolge sie uns schlagen würden. Griffin war kreidebleich vor Angst. Ich vermutlich auch. Ich hatte ein Zittern hinten in den Beinmuskeln, von dem mir richtig schlecht wurde, denn ich wußte, es bedeutete, daß ich nicht mal einen anständigen Fluchtversuch zustande bringen würde. Sie waren sowieso zu nah. Griffin ging beim ersten Schlag zu Boden, mit Platzwunden rund um den Mund. Er weinte, als Barr ihn wieder hochzog, um ihm den nächsten Schlag zu verpassen. Jemand rief: »Bullen!«, und Barr sagte knapp: »Alle hinsetzen, im Kreis. Tut so, als würdet ihr über irgendwas lachen.« Ich wurde mit runtergezogen, als der Polizeiwagen zwanzig Meter von uns entfernt langsam die Straße entlangfuhr. Das Beifahrerfenster war heruntergekurbelt, und der Polizist sah heraus. Es war Sergeant Burke, der von der Kaserne in der Lecky Road nach Haus gefahren wurde. »Keiner von euch beiden rührt sich«, sagte Barr drohend. »Griffin, versuch ja nicht, dich umzudrehen.« Griffin schluchzte noch immer leise vor sich hin und starrte auf seine blutverschmierte Hand, mit der er sich den Mund abgewischt hatte. Ich sah auf Barrs Unterarme und hörte die Pennies in seiner Hand klimpern. Ich bewegte mich und spürte einen Stein, der an der Innenseite meines Beins rieb, schnappte ihn mir, sprang auf und schleuderte ihn, so fest ich konnte, nach dem Auto, das jetzt schon fast vorbei war. Der

Stein prallte am Kofferraum ab und schlug gegen das Heckfenster. »Heilige Scheiße«, schrie Barr, als das Auto quietschend zurücksetzte, und alle, einschließlich Griffin, rannten weg. Ich blieb, wo ich war. Ich konnte mich nicht rühren. Das Zittern hinten in meinen Beinen war weg, aber dafür spürte ich, wie meine Füße in meinen Schuhen zerflossen. Der Fahrer des Polizeiwagens, ein junger Constable, hatte mich schon am Wickel, und Burke lehnte sich, vielleicht einen Meter von mir entfernt, aus dem Autofenster. Der Constable packte mich an der Schulter und hätte mir vielleicht eine gescheuert, wenn Burke nicht, ganz beiläufig, gesagt hätte: »Bringen Sie ihn einfach nur her, Constable. Er wird schon selbst laufen.« Ich tat's und blieb zwischen den beiden stehen. Burke hievte sich aus dem Auto, schlenderte herum zum Heck, sah sich das Fenster an, betastete den kleinen splittrigen Einschlag, den der Stein am Glas hinterlassen hatte, und die Stelle, wo am Kofferraumdeckel ein bißchen Lack abgeplatzt war. »Na, und warum hast du das nun gemacht, Jungchen?« fragte er in einem fast besänftigenden Ton. Ich sagte nichts. Obwohl ich ihnen den Rücken zukehrte, wußte ich, daß Barr und die anderen vom oberen Ende des Feldes aus zuschauten. »Haut ihn zu Brei«, schrie einer von ihnen. Burke starrte zu ihnen hinauf. »Nette Freunde hast du da. Möchtest du mir ihre Namen sagen? Constable, holen Sie Ihren Notizblock heraus und schreiben Sie auf.« Burke machte eine Geste in ihre Richtung und brachte sein Gesicht nah an meins heran. »Es ist mir egal, verstehst du, ob du mir ihre Namen sagst oder nicht. Ich kenne jeden einzelnen von ihnen. Willie Barr, zum Beispiel. Seamus Greene. Schreiben Sie einfach diese Namen auf, Constable. Du, Jungchen, ich weiß, daß du nicht reden willst. Das versteh ich. Du brauchst nur zu nicken; das stimmt doch, oder?«

Ich nickte. Für Barr war das schon genug Kooperation.

»Scheißspitzel. Genau wie dein Onkel, genau wie euer ganzes übriges Pack«, brüllte Barr. Burke schnalzte mit der Zunge, öffnete die hintere Tür und half mir mit etwas Nachdruck auf den schwarzen Kunstledersitz. »Fahren Sie los, Constable«, sagte er, während er sich neben mich setzte. »Mein Tee wird kalt. Wir werden den Kleinen hier nach Haus begleiten, um ihm eine Lektion zu erteilen. In Ordnung, mein Sohn?« »Leck mich«, murmelte ich, und der Constable drehte sich wütend um. Burke lachte und hielt ihn davon ab, mich zu schlagen. »Nein, nein. Wir dürfen den Kleinen nicht schlagen; das würde einen Helden aus ihm machen. Genau das, was er will. Stimmt's, mein Sohn?« Er quetschte mir den Oberschenkel mit der Hand zusammen, was einen Moment lang weiße Druckstellen auf meinem Fleisch hinterließ. »Fahren Sie hübsch langsam seine Straße hoch, diese da, bis ganz nach oben, dann biegen Sie links ab.« Ich sah Frauen, die sich von Haustür zu Haustür unterhielten, wie sie das immer taten, und die Männer, die um die Laterne an der Straßenecke herumstanden und ihre dünnen Zigaretten rauchten. Ihre Blicke folgten dem Auto, während es die steile Straße hochkroch. Burke lächelte dabei in meine Richtung und wedelte mit seinem Notizbuch in der Luft. Aber er sagte kein Wort, starrte mich nur mit seinem roten fleischigen Gesicht an.

»Halten Sie hier, Constable«, befahl er, als wir die Tür von Barrs Haus erreicht hatten. Er stieg aus, klopfte an die Tür, sagte etwas zu Mrs. Barr, als sie aufgemacht hatte, zeigte dabei auf mich im Fond des Wagens. Sie warf mir einen wütenden Blick zu. Er ging zwei Türen weiter, zu Greenes Haus, und tat das gleiche noch mal. Dann zum Haus von zwei anderen aus der Gang, und jedesmal zeigte er dabei auf mich, der ich verloren auf dem Rücksitz saß. Als er wieder eingestiegen war, fuhren wir weiter und hielten vor seinem Haus, nicht weit vom Friedhof. Er drehte sich zu mir.

»Das ist deine zweite Fahrt in einem Polizeiwagen, habe ich recht?«

Ich nickte. In der Nacht, als sie das Haus durchsucht und uns in der Kaserne verhört hatten, war Burke der leitende Beamte gewesen.

»Na, und war es nicht großzügig von uns, daß wir deinen Papa letztes Mal wieder haben gehen lassen? Mit einer Schußwaffe im Haus und dem Bruder, den er hatte? Seinem großen Bruder, Eddie. Hast du dich nie darüber gewundert oder ihn gefragt, warum? Dich nie selbst gefragt, warum? Denn ein paar andere müssen sich darüber gewundert haben, wenn du's schon nicht getan hast.«

Ich sagte nichts.

»Also Barr, dieser große Schlappschwanz, er bildet sich ein, er wüßte, warum. Ich will dir einen Gefallen tun. Ich verrate dir eins – Barr irrt sich. Ich würde sagen, auch dein Papa sieht die Sache falsch. Vielleicht solltest du mal deine Mutter fragen, jetzt, wo ihr Papa krank geworden ist – übrigens keinen Augenblick zu früh. Aber trotzdem, es bleibt dabei: Einmal ein Denunziant, immer ein Denunziant. Das ist das, was sie sagen werden. Und dann werden wir ja sehen, was bei der ganzen Sache rauskommt, nicht wahr? Verzieh dich.«

Er schob mich vor sich aus dem Wagen und scheuchte mich mit einer Handbewegung weg. Ich überquerte die Lone Moor Road in Richtung zu Hause. Ich sah keinen Ausweg. Niemand würde mir glauben; oder wenn sie doch begriffen, was wirklich passiert war, würden ihnen trotzdem Zweifel bleiben. Wegen Eddie. War's nicht das, was Burke gesagt hatte? Ja. Aber auch nein. Denn Barr, hatte er gesagt, irrte sich. Aber wie konnte mein Vater sich in bezug auf seinen eigenen Bruder irren und ein Polizist recht haben? Und was war's, was meine Mutter anders wußte? Ich würde weglaufen müssen, überlegte ich mir. Chicago? Der Name ging mir absurderweise durch den Kopf. Mein Gesicht fühlte sich an, als wäre es zu einer harten Gipsmaske erstarrt, obwohl ich innerlich weinte, tränenlos, aber ich weinte.

Denunziant

Juni 1952

Das erstemal, als ich nach dieser Geschichte weglief, kam ich bis zum Landungssteg der Fähre von Belfast nach Liverpool. Dann tauchten mein Vater und Tom zusammen mit einem Polizisten in Zivil auf und brachten mich in Toms Auto wieder nach Haus. Ich hatte einen Shilling und Sixpence in der Tasche und keinen Regenmantel. Liam war fassungslos, als er das hörte. Keinen Regenmantel? wiederholte er ungläubig. Das zweitemal wurde ich von einem Lastwagen mitgenommen, der mich knapp zwanzig Kilometer weiter, außerhalb des Dorfes Feeney, stehenließ, und ich mußte aufgeben und wieder nach Haus laufen, wo mich noch mehr Geschrei und ein strengeres Regiment erwarteten. Nach diesem zweiten Versuch durfte ich nicht mehr zur Stadtbücherei gehen und mir Bücher ausleihen. Wochentags ging ich in die Schule, an den Wochenenden blieb ich zu Haus, egal, wie das Wetter war. Meine Mutter fing immer wieder damit an.

»Was ist nur in dich gefahren, daß du zu diesem Gesindel wolltest? Hast du überhaupt keine Selbstachtung, keinen Stolz? Und wenn du schon selbst keinen hast, denkst du nicht wenigstens an uns andere? Danke dem Herrgott, daß mein Vater zu krank ist, um davon zu erfahren – die Scham allein würde ihn ins Grab bringen. Ein Enkel von ihm, der zur Polizei geht!«

»Ich bin nicht zur Polizei gegangen. Ich hab einen Stein nach ihnen geschmissen.«

»Kam in der Situation aufs selbe raus. Gott allein weiß, warum uns immer wieder solche Dinge passieren. Ist es ein Fluch? Was haben wir nur getan, womit haben wir das verdient?«

»Was für solche Dinge?«

»Die Polizei, die Polizei! Solche Dinge, du nichtsnutziger Dummkopf.«

Mein Vater verlangte immer wieder, daß ich ihm in allen

Einzelheiten erzählte, was Sergeant Burke gesagt hatte. Ich sagte nichts von Burkes Anspielung auf das Verhör von vor über zwei Jahren oder darauf, warum sie ihn hatten laufenlassen, oder davon, daß er von Eddie und Großvater gesprochen oder daß er angedeutet hatte, ich sollte meine Mutter fragen. Warum hatte ich nicht ein paar Schläge von Barr und seiner Bande einstecken können? wollte mein Vater wissen. Wußte ich denn nicht, was für ein Pack die Polizei war? Hatte ich keinen Mumm, keinen Verstand, keinen Grips, kein Schamgefühl? Sein Gesicht wurde dunkel vor Wut, und sein rötliches Haar zitterte über seinen Ohren, wenn er sich zu mir vorbeugte und mein Atem ihn streifte.

Die Polizei hatte aufgehört, bei Leuten in der Straße anzuklopfen und Fragen zu stellen. Es war alles ein abgekartetes Spiel. Die ganze Sache war ihnen vollkommen egal; sie wollten nur Ärger machen. Oder besser gesagt, Burke wollte Ärger machen. Er wußte anscheinend alles, und er streute nur ganz beiläufig mal wieder Salz in die Wunde. Ich wußte, daß es etwas mit meinem Großvater zu tun hatte, der seit kurzem ernstlich krank war und, wie es aussah, wohl nicht viel länger als noch ein Jahr zu leben hatte. Vielleicht hatte sein nahender Tod irgendeine Erinnerung in Burke aufgerührt. Was mich anging, war ich aus allem raus. Niemand wollte mehr mit mir Fußball spielen. Wenn ich bei einem Spiel zusah und den Ball von der Seitenlinie zurückkickte, hob der Spieler ihn auf und wischte ihn am Gras ab, bevor er den Einwurf machte.

Ich hatte also ein paar Schläge nicht einstecken können. Was hätte denn dazugehört? fragte ich meinen Vater.

»Ein bißchen gesunder Menschenverstand. Und ein bißchen Mut.«

Das machte mich wütend. »Mut? Sich zusammenschlagen zu lassen? Das ist nur Blödheit.«

»Und was glaubst du, was das ist? Hä? Was ist das? Alle müssen leiden, bloß weil du gekniffen hast.«

Er hatte recht, aber er hatte gleichzeitig auch unrecht. Eines Abends sagte er das wieder einmal. Ich hörte mir im Radio einen Bericht über den Koreakrieg an und betrachtete dabei die Landkarte von Korea in der Zeitung, fuhr mit den Fingern quer über den neununddreißigsten Breitengrad und stellte mir vor, wie die Amerikaner sich vor den Nordkoreanern und Chinesen immer weiter zur Spitze der Halbinsel zurückzogen. Warum hatte ich nicht ein paar Schläge einstecken können? Warum mußte ich wieder die Polizei in unser Leben bringen? Hatte das eine Mal nicht gereicht? Zuerst die Pistole. Jetzt das. Stimmte irgendwas nicht mit mir? Nein, sagte ich zu ihm, mit unserer Familie stimmt irgend etwas nicht. Die Polizei saß uns schon im Nacken, lange bevor ich geboren wurde. Wenn er schon jemand die Schuld geben wollte, dann doch bitte Eddie und nicht mir.

Er schlug so schnell zu, daß ich es überhaupt nicht mitbekam. Meine Schulter fühlte sich heiß und zerschlagen an.

Ich stand auf, haßerfüllt, obwohl ich spürte, wie mir die Tränen kamen, je mehr sich der Schmerz durch die Betäubung bemerkbar machte.

Ich sah, daß Liam die Augen geschlossen hatte und daß meine Mutter aufgehört hatte, das Brot auf dem Kiefernholztisch aufzuschneiden. Das Messer lag da, Krümel klebten noch an der gezackten Klinge. Die angeschnittene Scheibe hing trübselig vom stämmigen Brotlaib weg. Meine Mutter kehrte uns den Rücken zu, und ich sah, wie der Seufzer ihr die ganze Wirbelsäule entlanglief, von den Schultern abwärts. Das Band ihrer Schürze spannte sich. Mein Vater sah mich an, und sein Gesicht war plötzlich ebenso traurig wie zornig. Es tat ihm leid, daß er mich geschlagen hatte; aber am liebsten hätte er mich noch mal geschlagen. Er stand vom Stuhl auf, berührte meine Mutter an der Schulter, als zupfte er ihr ein loses Haar vom Kleid, und sagte zu ihr sehr ruhig: »Ich geh die Rosen ein bißchen zurückschneiden. Sie haben's wirklich nötig.«

Er ging hinaus in den Garten. Der Riegel schnappte ein, als er die Tür hinter sich zuzog. Sie drehte sich um. Ihre Augen glänzten, und sie war bleich vor Wut.

»Ins Bett«, sagte sie, »ins Bett, auf der Stelle.«

»Aber ich hab doch noch gar nicht gegessen.«
»Ins Bett, augenblicklich!«
Ich flüchtete nach oben.

Rosen

Juli 1952

Im Schuppen gab es eine Spitzhacke, einen mächtigen Bogen aus Eisen an einem ölimprägnierten Schaft. Ich nahm sie mit hinaus und trieb sie, so fest ich konnte, neben einem Rosenstrauch in die Erde. Der Strauch zitterte, und ein paar Blütenblätter fielen herunter. Ich trieb sie noch einmal hinein, mit weit ausholendem Schwung, und diesmal spürte ich, wie die Spitze auf Wurzeln traf. Ein drittes Mal, und die Wurzeln lockerten sich etwas mehr, und der Strauch bebte im Sonnenglast. Ich drehte die Spitzhacke herum und benutzte das stumpfe Ende. Diesmal gab die Wurzel nach, und ich mußte die Spitzhacke im Boden hin und her ruckeln, um sie wieder loszubekommen. Dann machte ich weiter, immer um den Strauch herum, bis er seitlich wegkippte und die Blütenblätter überall auf dem Weg purpurn leuchteten und matt in der aufgewühlten Erde blinkten.

Ich hockte mich einen Augenblick hin und sah zu, wie sich eine Manschette von Blattläusen um einen Rosenstengel zusammenzog. Ich zählte die schwarzen Fleckchen auf den Blättern, betastete die blanken Stummel der Dornen, die sich zu einer so haarfeinen Spitze verjüngten, daß mir nur ein Blutströpfchen an meinem Finger verriet, wo genau die Schärfe endete. Die Hitze war wie eine Übelkeit. Ich rupfte ein krankes Blatt aus, und der Ruck löste ein Gestöber von Blütenblättern aus. Ich schüttelte den Strauch, und noch mehr Blütenblätter rieselten herunter. Ich zerknüllte ein paar in der Hand und schnüffelte an den seidigen Farbfetzchen, aber sie rochen nach nichts. Und doch strömten sie, solange sie wuchsen, diesen intensiven Duft aus, den ich wie Angst empfand, ein heißes Radarsignal.

Ich war schweißgebadet. Bis zum Hoftor hinunter standen zehn weitere Rosensträucher, versetzt aufgereiht, und weitere fünf in der sonnigen Ecke neben dem Schuppen. Ich würde nie die Kraft aufbringen, sie alle zu entwurzeln. Ich ging wieder in den Schuppen und schleppte zwei Zementsäcke heraus, warf sie auf den Boden und versetzte ihnen mit der Spitzhacke je einen staubenden Stich. Es war leicht, das Papier auseinanderzureißen, einen Spaten zu holen und das weiße Pulver auf die Sträucher zu schaufeln, um sie dann mit der Spatenklinge so platt wie möglich zu schlagen, so daß bei jedem Hieb Schwaden von Blütenblättern und Zementstaub aufwirbelten. Erst als ich die Zementsäcke platt und zerrissen auf dem Weg liegen sah, hielt ich inne, um mein Werk zu begutachten. Die Hitze hatte inzwischen etwas nachgelassen. Mein Vater würde in einer knappen Stunde nach Haus kommen. Panikartig raffte ich die Säcke auf und faltete sie zusammen, stopfte sie im Schuppen ganz nach hinten, holte den Reisigbesen heraus und begann, die Blütenblätter und das trockene Pulver auf die Rosenbeete zu fegen, so daß wenigstens der Weg sauber aussah. Aber als die Übelkeit und die Angst in mir verebbten und ich die geknickten Rosen im erstickenden Staub herunterhängen sah, gab ich es auf und blieb wie in Trance stehen und hörte die Haustür aufgehen und die Stimme meiner Mutter und die Kinder, die durcheinanderquasselten und rannten. Sie kamen alle direkt heraus auf den Hof und riefen nach mir, und meine Mutter kam unmittelbar hinterher und lächelte. Dann erstarrten alle; ich blinzelte sie durch den Staub an, der mir in den Augen brannte. Sie tauchten immer wieder auf, wie in einer Abfolge von Schnappschüssen, alle in unterschiedlicher Haltung aufgenommen. Die Hand meiner Mutter lag auf ihrem Herzen. Ich ging schnurstracks auf sie zu und an ihr vorbei. Sie streckte die Hand aus und umklammerte meinen nackten Arm.

»Im Namen aller Heiligen ...« fing sie an, und die Tränen kullerten ihr die Wangen herunter, »was hast du angerichtet? Was ist nur in dich gefahren?«

»Frag Vater. Er wird's schon wissen«, erwiderte ich.

Ich verspürte in dem Augenblick eine solche Wut, daß ich es gleich noch einmal hätte tun können, und nur der Anblick der entsetzten Gesichter meiner kleineren Geschwister hielt mich davon ab, den Weg wieder zurückzulaufen und den Spaten oder die Spitzhacke aufzuheben und die Rosen noch platter zu hauen. Im selben Moment fiel mir auf, daß Eilis nicht dabei war. Konnte es sein, daß sie von oben zugeschaut hatte, zu erschrocken über das, was da vor sich ging, um herunterzukommen? Und Liam würde sich mit beiden Händen durch sein rotes Haar fahren und die Augen verdrehen und dann die Arme in einer hilflosen Geste ausbreiten. Und mein Vater, dachte ich, während meine Mutter unentwegt schluchzte und wehklagte, der konnte mich am Arsch lecken. Ich stampfte wütend die Treppe hoch, zog mich nackt aus, legte mich ins Bett und wartete. Nach ein paar Minuten fing ich an zu zittern, und mein Kopf zuckte wie von einem tränenlosen Leid. Dann hörte es wieder auf, und ich lag so da und sah zu, wie die Schatten an der Zimmerdecke länger wurden, und wartete auf meinen Vater.

In dem Herbst würde ich auf die höhere Schule kommen, und der Gedanke, daß ich neue Sprachen lernen würde – vor allem Latein und Französisch –, entzückte mich. Ich versuchte seit einiger Zeit, eine Prosaübersetzung der *Äneis* zu lesen, aber das merkwürdige Englisch und das Durcheinander von Namen machten mir schwer zu schaffen. Mir wurde bewußt, daß ich meinen Vergil aufgeschlagen auf dem Tisch hatte liegenlassen. Ich schloß die Augen und versuchte, mich an ein paar Namen zu erinnern: Turnus. Nisus und Euryalus, Äneas selbst, Turnus, Anchises. Es kamen immer wieder dieselben Namen. Ich konnte mich an keine mehr erinnern. Ich machte die Augen auf, und mein Vater sah mich von der Tür aus an.

Er sagte nichts. Er sah mich an. Er kam ins Zimmer und machte die Tür zu. Die Haut auf meinem Bauch kribbelte, und meine Oberschenkel waren glitschig. Ich wollte ihn nicht ansehen, aber seine Augen hielten meinen Blick fest, und als er sich wieder bewegte, folgte ihm mein Kopf.

»Ich weiß es also, ja?«

Ich nickte.

»Morgen und übermorgen und überübermorgen und an jedem weiteren Tag wirst du's wissen.«

Er ging aus dem Zimmer und knallte die Tür hinter sich zu. Ich blieb die ganze Nacht da liegen. Die anderen schliefen unten. Im Haus war es vollkommen still. Ich konnte keine Stimmen hören. Ich mußte furchtbar dringend aufs Klo, aber ich konnte nicht die Treppe runtergehen. Verschwitzt und vor Unbehagen gekrümmt, schlief ich dann irgendwie ein.

Als ich aufwachte, mußte ich mir in aller Eile die Hose anziehen und wie der Blitz durch Küche und Spülküche aufs Klo rennen. Es war schon heller Vormittag. Zu meinem Erstaunen war mein Vater da, zusammen mit meinen Onkeln, den Brüdern meiner Mutter. Als ich durch die Küche stürzte, hörten sie auf zu reden und blieben stumm, bis ich zurückgekommen und wieder nach oben gegangen war. Meine Mutter war nirgendwo zu sehen; ich dachte mir, daß sie wohl zu Katie gegangen war, die nur zwei Straßen weiter wohnte, um bei ihr Rat und Trost zu suchen. Ich wußte nicht, was ich tun sollte, also legte ich mich wieder ins Bett und lauschte dem Stimmengemurmel. Man hörte das Geräusch von Männern, die aufstanden und sich in Bewegung setzten, einen Ruf und Schritte auf dem Hinterhof. Das Tor wurde geöffnet. Ich stand auf und schaute hinunter auf den verwüsteten Garten und sah Männer, die von einem Lastwagen, der am Hoftor parkte, Zementsäcke hereintrugen. Mein Vater und die Onkel gingen mit ihnen hinaus, und nach viel Gewuchte und Geschepper kamen sie mit einem Betonmischer zurück, den sie von einer Seite auf die andere kanteten. Dann trugen sie Sand herein und häuften ihn neben dem Betonmischer und den Eimern zu einem Kegel. Den ganzen Tag lang mischten mein Vater und Tom Beton, und Dan und John verstrichen ihn, während die anderen Arbeiter ihnen den Boden vorbereiteten, die Rosensträucher entwurzelten und herausrissen, die Erde glattharkten und die toten Sträucher auf die Ladefläche des Lasters warfen. Um drei Uhr nachmittags waren sie endlich fertig. Die ganze eine Seite des Hofs und noch die andere Seite hinter dem Schuppen, von der ich vom Fenster aus aber nur eine Ecke sehen konnte, glänzten grau. Sie verschalten den feuchten Beton mit Brettern, räumten auf und gingen. Ich glaube, das war das erste Mal überhaupt, daß mein Vater einen Tag nicht zur Arbeit gegangen war.

Diese Nacht schlief ich wieder allein. Essen wurde mir keines angeboten, und ich bat auch nicht um welches. Am nächsten Tag war die neu betonierte Fläche verblaßt. Ich sah, wie Liam die Bretter der Verschalung entfernte. Da zog ich mich an und ging nach unten. Als ich in die Küche kam, wandte sich meine Mutter ab und ging in die Spülküche. Liam kam herein, schüttelte den Kopf und legte einen Finger an die Lippen. Also holte ich mir ein paar Butterbrote und Tee und wollte mich wieder verdrücken. Meine Mutter kam aus der Spülküche zurück.

»Geh rauf«, sagte sie und zeigte mit dem Finger. Ich sah den Vergil auf dem Radio liegen, schnappte ihn mir und ging nach oben. Als mein Vater am Abend nach Haus kam, wurden Gerard und Eamon heraufgeschickt, um mir zu sagen, ich könnte zum Essen runterkommen. Alle saßen stumm am Tisch. Die Kinder schämten sich alle meinetwegen. Wir aßen schweigend. Am Ende der Mahlzeit stand mein Vater wie immer auf, um abzuräumen. Ich machte Anstalten, ihm zu helfen. Er legte mir eine Hand auf die Schulter und hielt mich auf meinem Stuhl fest.

»Du stellst mir keine Fragen mehr. Sprichst mich nicht mehr an. Sieh einfach zu, daß du mir und jedem Ärger aus dem Weg gehst.«

Ich sank auf meinem Stuhl zurück. Das Geschirr landete scheppernd in der Spüle. Alle schienen mich anzusehen, aber ihre Augen wichen meinen aus. Ich ging wieder nach oben und ließ mich quer aufs Bett fallen, noch immer wütend, aber noch mehr entsetzt, und weinte und fluchte mich in den Schlaf. Als ich aufwachte, war es fast dunkel. Jemand hatte mich berührt. Ich öffnete die Augen zu schmalen Schlitzen, starrte auf die Tapete und machte sie wieder zu, als mein Vater sich über mich beugte. Er küßte mich auf die Haare. Ich versteifte mich langsam, von den Zehen an aufwärts. Noch einen Augenblick, und ich würde husten oder losheulen; aber das Bett hob sich, von seiner Last befreit, und ich hob mich mit ihm mit, schwerelos wie eine aufsteigende Woge. Er dachte, ich würde noch schlafen. Er flüsterte etwas vor sich hin, was ich nicht verstand. Die Schlafzimmertür schloß sich, und die Treppe knarrte ihre vertraute Melodie, als er hinunterging.

Das war mehr oder weniger das Ende der Geschichte. Der Hof blieb zubetoniert. Wenn ich dort einen Ball kickte, sah ich ihn manchmal an der Stelle aufprallen, wo die Rosenblätter heruntergefallen waren, und dann sah ich sie ganz kurz wieder, wie sie den Boden befleckten. Auf diesem betonierten Streifen zu gehen, wo früher die Sträucher gestanden hatten, war, wie auf heißem Boden zu gehen, unter dem Stimmen und Rosen brannten, brannten.

Bischof

August 1952

»Jetzt geh«, sagte Liam, Wochen später. »Und erzähl's dem Bischof.«

»Wie schafft man's, mit einem Bischof zu sprechen?« fragte ich.

»Himmelherrgott, geh zum Pfarrhaus, klingel an der Tür und frag die Haushälterin, ob du Seine Lordschaft in einer äußerst dringenden privaten, persönlichen Angelegenheit sprechen könntest. Oder frag, ob du einen Termin bekommen kannst, wann es *ihm* am besten paßt.«

»Und was, wenn sie nein sagt?«

»Sie wird schon nicht nein sagen. Wahrscheinlich wird sie dir sagen, wann du wiederkommen sollst, daß sie in der Zwischenzeit den kleinen Fettsack in seinem Sessel wachbekommt.«

»Und dann?«

»Und dann, du Idiot, kommt's darauf an, daß du dich reinwäschst. Ich hab drüber nachgedacht. Es gibt nur eine einzige sichere Methode. Man muß dich sehen, wie du zusammen mit einem Priester in diese Polizeiwache reingehst, um dich zu entschuldigen, und dich sehen, wie du mit ihm wieder rauskommst. Dann, egal, was drinnen passiert, setzen wir die Gerüchte über Burke in Umlauf.«

»Was für Gerüchte?«

»Ach, geh und schaff erst mal den Priester her«, brüllte er. »Schaff du ihn nur her. Dann sag ich's dir.«

Bischof Coulter streckte seine Hand aus. Ich beugte ein Knie und küßte den Ring an seinem Finger. Er zog die Hand weg, ich stand auf, er wies mir mit einer Geste einen Stuhl zu. Er saß am Ende des Tisches, drei leere Stühle weiter. Seine schwarze Jacke war gut geschnitten und paßte sehr gut, fand ich, zu seinem violetten Hemd. *Hemd*? Wie hieß das *richtig*? Ich mußte mich konzentrieren.

»Nun, mein Kind«, piepste er mit einem dünnen Stimmchen, das einen immer wieder erstaunte, da es aus einem solchen Heringsfaß von einem Körper hervordrang, »was ist die private Angelegenheit, in der du mich sprechen wolltest?«

Als ich mit meiner Geschichte fertig war, runzelte er ein wenig die Stirn und bedachte mich mit einem festen und, wie ich meinte, argwöhnischen Blick.

»Du hast sehr unrecht getan, weißt du das?«

»Ja, Euer Lordschaft.«

»Auch die Polizei muß ihre Pflicht tun.«

»Ja, Euer Lordschaft.«

»Und deine schulische Laufbahn, weißt du, hätte ein sehr rasches Ende finden können, wenn der Sergeant dich angezeigt hätte. Doch er hat es nicht getan. Dadurch stehst du in seiner Schuld.«

»Ja, Euer Lordschaft. Das weiß ich.«

»Dieses Viertel, in dem du wohnst, weist in der Tat einige höchst zwielichtige Subjekte auf, neben guten und anständigen Katholiken.«

Ich nickte eifrig.

»Was genau führt dich eigentlich hierher? Was möchtest du, daß ich tue?«

»Ich dachte, Euer Lordschaft, Sie könnten mir vielleicht einen Rat geben, wie ich mich am besten bei Sergeant Burke entschuldigen könnte.«

»Gehe einfach hin und tue es, mein Kind. Aufs Revier oder zu ihm nach Haus. Sage ihm, wie aufrichtig leid es dir tut. Ich kenne ihn. Er ist ein christlicher Mann. Er wird deine Entschuldigung annehmen.«

»Aber das Problem, Euer Lordschaft, ist, wenn ich so zu ihm hingehe, werden alle denken, daß ich wieder denunziere, daß ich zur Polizei gehe, um Namen zu melden. Wenn ich auch nur in seine Nähe komme, mache ich meine Situation nur noch schlimmer.«

»Nun gut, kannst du ihm nicht schreiben?«

Ihm schreiben. Wie konnte man einem Polizisten schreiben?

Ich hatte in meinem ganzen Leben noch keinen Brief geschrieben. Nur meine Mutter schrieb Briefe – nein, immer nur ein paar Zeilen, an den Lebensmittelhändler oder an die städtische Hausverwaltung, um zu fragen, ob wir noch einen Zahlungsaufschub haben konnten und ob sie in der Zwischenzeit mit diesem Betrag dienen könne? Dieses »dienen« fand ich wirklich gut, und ich fragte mich, wo sie es wohl herhatte. Es machte die Aufgabe, das Briefchen abzugeben und zu warten, bis der Betreffende es durchgelesen hatte, viel leichter. Das war eine gewähltere Sprache als die des jeweiligen Empfängers, aber für ihn trotzdem wiederzuerkennen. Egal, Liam hatte auch an diese Möglichkeit gedacht.

»Aber ich möchte, daß die Entschuldigung ebenso öffentlich ist, wie es das Unrecht war. Ich fühle, daß ich es ihm und meinem Gewissen schuldig bin.«

»Ich verstehe.« Er trommelte mit den Fingern auf dem Tisch. Über sein Gesicht huschte ganz kurz der Anflug eines Lächelns.

»Ich muß sagen, daß des Sergeants Begriff von Gerechtigkeit in diesem Fall nicht gänzlich dem entspricht, was ich als katholisch bezeichnen würde. Es ist eher das, was wir ›staatliche Gerechtigkeit‹ nennen könnten. Und deine Familie hat schon vorher ihre Probleme gehabt. Aber das sind heikle Dinge, auf die man besser nicht näher eingehen sollte.«

Ich nickte, schüchtern beipflichtend.

»Habe ich dich nicht in den letzten Wochen bei der Messe gesehen?«

»Ja, Euer Lordschaft, ich gehe jeden Tag hin.«

»Und du bist, nehme ich an, auch ein vorbildlicher Schüler.«

»Ich tue mein Bestes, Euer Lordschaft.«

»Aber alles erst seit kurzem, oder?«

Liam hatte mich sorgfältig darauf vorbereitet.

»Genau seit zwei Monaten und einer Woche, Euer Lordschaft, seit diesem Zwischenfall mit Bur ... mit dem Sergeant. Ich war seither sehr isoliert, allein ...«

Hier stockte ich. Liam hatte mir geraten, an diesem Punkt

ein paar Tränen rauszuquetschen, aber das bereitete mir keinerlei Schwierigkeiten. Mir war wirklich zum Heulen. Mein Selbstmitleid war übermächtig.

»... und da war ich immer allein, und niemand redete mehr ein Wort mit mir, und in der Kirche, nur da, fühlte ich mich geborgen, und nur da hatte ich die Möglichkeit zu reden.«

»Reden?«

»Ja, Euer Lordschaft, mit Gott zu reden.«

Er blickte mich einen Moment lang an. Obwohl ich Tränen in den Augen hatte, machte ich mir doch Gedanken über den letzten Satz. Zu schmalzig?

»Und hat dieses Mit-Gott-Reden irgendwelche, sagen wir, Auswirkungen, auffälligen Auswirkungen gezeitigt?«

Auswirkungen? Hier zögerte ich.

»Ich bin mir nicht sicher, Euer Lordschaft. Das einzige, was ich weiß, ist, daß ich, also manchmal habe ich das Gefühl, ich möchte ...«

»Ja, mein Kind?«

»Mich weihen, also, ich denke daran, mich dem religiösen Leben zu widmen.«

»Du fühlst dich berufen, ist es das?«

»Ja, Euer Lordschaft. Ich weiß, daß ich noch zu jung bin, um über solche Dinge nachzudenken, aber die –«

»Du bist in der Tat jung. Dennoch, Berufungen haben tiefe Wurzeln. Du mußt die deinige hegen. Aber fälle noch keine Entscheidungen. Wenn du älter bist, wirst du es wissen. Die Überzeugung, wenn sie erst einmal kommt, ist unerschütterlich.«

Es trat eine Pause ein.

»Überlaß das mir. Ich werde darüber nachdenken. Such mich, sagen wir, in einem Jahr wieder auf. Ich werde deine schulischen Fortschritte mit Interesse verfolgen. Diese Wolke wird sich lichten.«

Er hielt mir die Hand hin. Ich beugte ein Knie und küßte wieder seinen Ring.

»Gehe hin in Frieden. Und bete für mich.«

Ich verneigte mich und ging. In einem Jahr? Einem Jahr? Konnte es noch ein Jahr lang so weitergehen? Ich schloß ungläubig die Augen.

Es waren fast zwei Wochen vergangen, als der Gemeinde-Administrator, Pater O'Neill, des Bischofs rechte Hand, bei uns an der Tür klingelte. Meine Mutter war einkaufen, und mein Vater war bei der Arbeit. O'Neill war immer in Eile, immer ruppig. Als ich die Tür aufmachte, zeigte er mit dem Finger auf mich und sagte: »Stimmt, du bist der Bursche. Du gehst augenblicklich mit mir zur Kaserne und entschuldigst dich bei Sergeant Burke. Zieh deinen Mantel an, wenn du einen hast. Hast du noch nie was von einer Haarbürste gehört? Laß nur. Beeilung. Wo ist deine Mutter?«

»Einkaufen. Sie kommt jeden Augenblick zurück.«

»Kann nicht warten, kann nicht warten. Erzähl's ihr hinterher. Komm jetzt. Vergiß den Mantel.«

Liam stand im Flur hinter mir. Als ich die Tür zuzog, zwinkerte er mir zu. Die Straße runter, am Feld entlang, ich hetzte mich ab, um mit O'Neills langen Schritten mitzuhalten, schaute über die Schulter, um zu sehen, ob meine Mutter inzwischen zurück war, um zu sehen, ob sie das sah, ich beobachtete, wie Liam und ein paar andere in der Gasse hinterm Haus herauskamen, sah den Männern an der Ecke der Blucher Street, die mich angafften, als ich vorbeikam, und den Priester grüßten, direkt ins Gesicht, wünschte mir, es wäre ein Fußballspiel im Gang gewesen, so daß mehr Leute das gesehen hätten, erreichte die Kaserne am Ende des unteren Feldes, wo die Lecky Road an unsere Straße stieß, um den Gemüsegarten an der einen Seite herum, ging den Kiesweg hoch, durch die offene Tür. Ein Constable stand an den Schalter gelehnt und unterhielt sich mit einem Zivilbeamten, dem eine Zigarette von der Lippe hing. Er blickte aus zusammengekniffenen Augen durch den Rauch.

»Ah«, sagte er, »die römisch-katholische Geistlichkeit. Welch eine Ehre für uns.«

O'Neill funkelte ihn an.

»Zu Ihrer Information, es gibt keine andere Art von katholischer Geistlichkeit als die römisch-katholische. Und ich bin nicht hierhergekommen, um mit Ihresgleichen zu reden. Holen Sie den Sergeant!«

Diesen Befehl richtete er an den Constable, aber Burke war schon aus einem der hinteren Zimmer herausgekommen, einen überraschten Ausdruck im unbeweglichen Gesicht.

»Guten Tag, Pater. Kommen Sie nur herein.«

Der Zivilbeamte ließ seine Zigarette auf den Boden fallen und trat sie mit dem Absatz aus, ohne O'Neill dabei aus den Augen zu lassen. In Burkes Büro setzte sich O'Neill sofort auf einen Stuhl vor Burkes Schreibtisch, packte mich am Ellbogen und zog mich heran, so daß ich neben ihm stand. Sein Griff war fest, und während er redete, schüttelte er mich von Zeit zu Zeit. Burke setzte sich gleichfalls hin.

»Was führt Sie hierher, Pater?«

Er hatte mich bis dahin ein einziges Mal angeschaut, aber er sah mich, und seine Gedanken rasten. Ich gelangte zu dem Schluß, daß er Magenkrämpfe hatte, und das beruhigte mich.

»Was mich hierherführt, Sergeant, ist der Wunsch Seiner Lordschaft, des Bischofs, daß dieses Bürschchen sich bei Ihnen entschuldigt und daß ich mir anhöre, ob diese Entschuldigung angenommen wird oder ob es noch etwas gibt, was wir Ihrer Meinung nach wissen sollten. Wenn Sie also die Güte haben zuzuhören, wird er sich jetzt entschuldigen.«

Er schüttelte mich.

»Heraus mit der Sprache. Entschuldige dich beim Sergeant.«

Burkes Augen richteten sich auf mich. Sein Gesicht war ausdruckslos.

»Es tut mir leid, Sir, daß ich einen Stein auf Ihr Auto geworfen und es beschädigt habe. Das war unrecht.«

»Und du wirst es nie wieder tun«, sagte mir O'Neill vor und schüttelte mich wieder. »Kein Rowdyverhalten mehr.«

»Und ich werde es nie wieder tun.«

»Oder sonst etwas in der Art«, erklärte O'Neill und gab mir einen Schubs. Er war noch nicht zufrieden.

»Oder sonst etwas in der Art.«

Mehr konnte ich nicht sagen. Ich hoffte, er würde nichts mehr verlangen. Oder wenigstens nichts mehr, solange Burke nicht etwas gesagt hatte.

Burke lächelte boshaft. »Der Ärger, den wir ständig mit der Bande aus der Limewood Street haben, Pater. Dieser Kerl hier, sein älterer Bruder und Barr, Moran, Harkin, Toner ... Sie würden es nicht für möglich halten.«

»Zweifellos, und ich kann's mir vorstellen. Da gibt es ein paar üble Burschen. Aber wie ich höre, ist dieser hier nicht der Schlimmste von ihnen.«

Endlich ließ er meinen Arm los. Ich rieb mir den Ellbogen, stand da und paßte auf, daß sich nichts in mir regte.

»Es ist mehr als freundlich von Ihnen, Pater, Ihre kostbare Zeit für einen Schlingel wie diesen zu opfern. Ich bin sicher, Sie haben noch anderes und Wichtigeres zu tun.«

Falsch, Burke, sagte ich mir. Erzähl O'Neill nicht, was er zu tun hat. Und prompt konterte O'Neill denn auch: »Ich habe viel zu tun, Sergeant, wie zweifellos auch Sie. Und ich bin nicht in alle Zusammenhänge eingeweiht. Aber Seine Lordschaft hat mich gebeten, hierherzukommen und mir die Entschuldigung dieses Jungen anzuhören, und zwar aus Gründen, die Sie, wie er sagte, sehr wohl verstehen würden, welche mir auseinanderzusetzen er aber in seiner Weisheit nicht für nötig gehalten hat. Ich kann mir also vorstellen, daß es für Sie eine unbedeutende Angelegenheit ist, aber ich selbst habe nichts Wichtigeres zu tun, als meinem Bischof zu dienen.«

»Gewiß, Pater, gewiß«, murmelte Burke. »Also gut, würden Sie bitte Seiner Lordschaft ausrichten, daß es auch mir leid tut, daß er wegen dieser Angelegenheit belästigt worden ist, und daß er sicher sein kann, daß die Sache, soweit es uns betrifft, erledigt ist.«

»Das werde ich tun. Und ich kann davon ausgehen, daß Sie die Entschuldigung dieses Jungen annehmen?«

Das kam Burke hart an. Aber er hatte keine andere Wahl.

»Ja. Ich nehme sie an. Selbstverständlich. Unter der Bedingung, daß er nie wieder etwas Derartiges tut.«

Das war seine samtweiche Stimme. Er sah mich wieder an, und ich wand mich innerlich unter der Härte seines Blickes, verzog aber keine Miene.

O'Neill und ich verließen die Wache und trennten uns am Gemüsebeet. Er drohte mir mit dem Finger und sagte, ich sollte mich vom Gesindel an der Straßenecke fernhalten; ich könnte von Glück sagen, daß Seine Lordschaft sich für mich interessierte; und er hoffte, ich würde dies dadurch vergelten, daß ich mich von nun an ordentlich benahm und zu einem anständigen, aufrechten Bürger wurde. Ich nickte bescheiden und stumm und brannte darauf zu verschwinden, besonders weil sich eine Schar von besagtem Gesindel weiter oben auf dem Feld versammelt hatte und beobachtete, was da vor sich ging. O'Neill marschierte davon, und ich ging den Hang hoch auf die Jungen zu. Sie kamen mir langsam entgegen, unter ihnen auch Barr. Sie scharten sich dicht um mich.

»Was war da eigentlich los? Warum war der Priester bei den Bullen?«

»Der Bischof hat O'Neill beauftragt, Burke wegen der ganzen Lügen, die er über mich erzählt, die Meinung zu sagen. Ich glaube, Burke wird exkommuniziert. Der Bischof denkt noch darüber nach. Entweder das, oder er wird aufs Land versetzt. Der Bischof hat deswegen der Regierung geschrieben.«

Sie sahen mich schweigend an.

»Erzähl uns, was er gesagt hat. Was hat Burke gesagt?«

Sie zockelten mir langsam hinterher.

»O'Neill hat mir verboten, mehr als das zu erzählen. Er hat Burke gezwungen, sich zu entschuldigen, und mir gesagt, ich sollte es dabei bewenden lassen. Es ihm und dem Bischof überlassen, sie würden sich schon um alles weitere kümmern.«

Liam strahlte mich an. »Was für Gerüchte? Das wolltest *du* von *mir* wissen? Na, vielleicht ist jetzt der Groschen gefallen!«

Später, bei uns zu Hause auf dem Hinterhof, sagte er: »Nächstes Mal macht Burke dich fertig. Geh ihm und jedem

Ärger aus dem Weg. Vielleicht solltest du Priester werden. Daß wir endlich alle aufatmen können.«

Ich zuckte lachend die Achseln und schlug Rad über den Hof. Heute abend würde ich Fußball spielen.

Großvater

Oktober 1952

Meine Großmutter, die Mutter meiner Mutter, war gestorben, als ich noch so klein war, daß man mich neben dem Sarg hochheben mußte, damit ich ihre kalte entrückte Stirn küssen konnte. Zwei riesige Rosenkränze waren um ihre Hände geschlungen, und ihr Mund war ein violetter Strich, der unter ihrer Nase zurücktrat. Aber an sie selbst erinnerte ich mich so gut wie gar nicht, außer als an eine freundliche Frau in Schwarz, die sich ein Tuch mit einer sägenden Bewegung um die Schultern zog, bevor sie sich hinsetzte, wobei unter ihrem Kleid aus dicker Wolle ein Paar Schnürstiefel sichtbar wurde.

Jetzt war Großvater krank. In einem Bett aufgestützt, das immer größer zu werden schien, je kleiner er wurde, sah er ständig so aus, als hätte er gerade geweint – so rot und entzündet waren seine Augen, obwohl seine Haut ganz trocken und spröde war. Ich wurde bei ihm im Haus einquartiert, drei Straßen von uns entfernt, damit ich Tante Katie half, die bei ihm eingezogen war, um ihn zu pflegen. Das paßte mir überhaupt nicht. Ich wußte, daß das eine Strafe für den ganzen Ärger war, den ich verursacht hatte. Katie machte das nichts aus. Sie war jetzt endgültig arbeitslos. Trotzdem schien sie sich in Gesellschaft ihres Vaters nie so recht wohl zu fühlen, noch er sich in ihrer. In ihrem Verhalten zueinander war immer eine gewisse Nervosität, ja sogar eine Spur von Feindseligkeit festzustellen.

Anfangs war es mir ein Greuel gewesen, bei Großvater sitzen zu müssen.

»Red einfach über Fußball«, riet mir Liam. »Er hat früher die Derry and District League gemanagt. Oder über die Priester. Er ist unschlagbar, wenn's um die geht, aber jetzt wird er allmählich nervös, da ist er vielleicht nicht mehr so gut, wie er mal war. Wie Constantine.«

Constantine, mein Großonkel mütterlicherseits, war der einzige Ketzer der Familie. Er war ein Besserwisser gewesen, hatte man uns erzählt, ein Mann, der zu viele Bücher gelesen hatte und grundsätzlich anderer Meinung war als alle anderen, besonders die Priester. Mit ungefähr dreißig hatte er angefangen, einen berüchtigten französischen Schriftsteller namens Voltaire zu lesen, der auf dem katholischen Index der verbotenen Autoren stand, und kurz darauf hängte er sich im Wohnzimmer ein Plakat an die Wand, auf dem in Rot auf Schwarz der Schlachtruf ECRASEZ L'INFAME zu lesen stand; er sagte, das sei sein und Voltaires Glaubensbekenntnis. Dann wurde er blind und krank, und schließlich kapitulierte er und kehrte vor seinem Tod in den Schoß der Kirche zurück. Die Blindheit, erklärte man uns, war eine Strafe und eine Warnung gewesen. Gott sei Dank hatte er sie beherzigt, aber das war auch kein Wunder, denn seine Mutter, Isabella – oder kurz Bella –, eine wahre Heilige, hatte sich um seiner Seele willen die Knie wund gebetet. Herrgott, war sie glücklich gewesen, als er gestorben war, in den Himmel geleitet von den letzten Sakramenten und vom kleinen Pater Gallagher von der Long-Tower-Gemeinde, der das Voltaire-Buch höchstpersönlich Seite für Seite im Küchenherd verbrannt und gemeint hatte, es sei weit besser, daß diese Blätter brannten, wie Voltaire selbst, als die Seele des Mannes, der sie gelesen hatte und durch ihren bösen Glast an Leib und Seele erblindet war. Ich hatte Constantine nie gesehen, aber er war bei uns eine Berühmtheit, der einzige eingestandene Ketzer, dessen letztendlicher Zusammenbruch einen traurigen Propagandasieg für die Priester darstellte, die jetzt meine Lehrer waren.

Aber Großvater klärte mich diesbezüglich auf. Ich saß immer in seinem Schlafzimmer an einem Tisch und machte meine Hausaufgaben, während er gegen seine Kissen gelehnt dasaß und sich, soweit ich's beurteilen konnte, nach Kräften zu Tode langweilte. Er sagte selten etwas; aber einmal fragte er mich, was ich da täte.

»Nur ein paar Französischübungen.«

»Französisch! Was gibst du dich mit Französisch ab? Wer spricht denn hier schon Französisch? Zeitverschwendung. Solltest besser Irisch lernen, deine eigene Sprache.«

»Und wer spricht hier schon Irisch?«

»Frankie Meenan, Johnny Harkin. Das sind schon mal zwei. Und noch eine Menge andere. Und schau mal, was das Französische Constantine genützt hat. Hat ihn um sein Augenlicht gebracht und dann, heißt es, um seine Seele.«

»Constantine? Er ist doch als guter Katholik gestorben.«

»Das ist er nicht. Ist er nicht. Er ist als Ketzer gestorben. Hat sich geweigert, den Priester zu sprechen, und bis zuletzt hat er dieses französische Buch an seine Brust gedrückt, während alle versuchten, es ihm wegzunehmen.«

»Ich hab's anders ge–«

»Natürlich hast du's anders gehört. Die haben die Geschichte umgedichtet, damit sie kein schlechtes Beispiel gibt. Aber der alte Con, der schmort da unten mit allen übrigen Atheisten. Gott hab ihn selig.«

Hier lachte er plötzlich, und ich lachte mit.

»Tja, Gott hab ihn selig, in seinem kleinen Feuerhemd, mit der Nase in seinem komischen französischen Buch.«

Und er lachte wieder, hicksend und schnaubend. Ich freute mich so für Constantine, daß ich über mich selbst schockiert war. Dann hätte ich gern Großvater gefragt: »Und du? Wirst du hart bleiben?«, aber ich konnte es nicht über mich bringen. Außerdem war er ganz plötzlich wieder düster geworden.

»Was bringen sie dir da oben denn sonst noch bei?«

»Och, Irisch, Latein, Griechisch, Mathe, Geschichte ...«

»Geschichte. Was für Geschichte?«

»Alte Geschichte, die Römer und ...«

»Kann ich mir denken, die kann gar nicht alt genug sein für diese Bande. Es gibt ne Menge alte Geschichte in dieser Stadt, die sie nicht unterrichten könnten – und auch nicht würden, selbst wenn sie's könnten.«

»Was denn zum Beispiel?« Ich war einen Augenblick lang ganz aufgeregt. Würde er mir etwas Konkretes sagen? Würde er mir jetzt, wo es mit ihm bergab ging, etwas Aufmerksamkeit schenken und mir etwas über seine Vergangenheit erzählen, anstatt nur herumzustehen und streng zu schauen und durch mich hindurchzusehen, wie er es immer getan hatte? Würde ich noch einmal die Geschichte von Billy Mahon hören, jetzt aus dem Mund des Mannes, der ihn um die Ecke gebracht hatte?

»Besser, wenn du's nicht weißt.«

Er schob die Unterlippe ein wenig vor und starrte finster auf die Decken. Ich hätte ihn prügeln können.

»Na, vielleicht ist das ja der Grund, warum sie uns in der Schule nichts davon erzählen.«

»Ach nee, kluger Junge, könnte wirklich so sein.«

Er verfiel in Schweigen. Ich wartete, aber er blieb stumm. Ich wandte mich wieder meiner Französischgrammatik zu.

Meine Mutter kam regelmäßig rüber, um nach ihm zu sehen, und genauso ihre Brüder, Dan, Tom, Manus, John. Sie blieb immer lange bei ihm im Schlafzimmer, während ich unten auf dem Sofa lag und las und mich fragte, wie lange er zum Sterben brauchen würde und wann ich wieder nach Hause könnte. Eines Tages kam sie blaß die Treppe herunter und setzte sich schwerfällig in den Sessel gegenüber. Ich sah sie von der Seite an. Sie sah völlig fertig aus, und ihre Hände lagen ineinandergekrampft in ihrem Schoß. Ich fragte sie, ob irgendwas nicht in Ordnung sei, aber sie schüttelte den Kopf und preßte die Lippen auf eine Weise zusammen, die mich an Großmutters toten Mund erinnerte. Es war klar zu sehen, daß oben etwas gesagt worden war, aber es fiel mir schwer, es dabei bewenden zu lassen. Ich tat ein, zwei Minuten lang so, als würde ich lesen, aber dann fing sie an zu zittern und zu weinen, und ich stand auf und legte meinen Arm um sie und versuchte, sie zu beruhigen. Sie weinte und weinte, daß die ganze obere Hälfte ihres Körpers zuckte. Ich wollte irgend etwas sagen, so in dem Sinn, daß ihr Vater wirklich sterben wollte, um im Jenseits seine Frau wiederzusehen, und den ganzen Quatsch, den ältere Leute so gut fanden, aber ich wußte, daß ihr Kummer eine andere Ursache hatte. Sie stöhnte, beugte sich vornüber, als ob sie Magenschmerzen hätte, richtete sich gerade auf und sah mir tränenüberströmt direkt ins Gesicht.

»Eddie«, sagte sie, »lieber Gott, Eddie. Das bringt uns noch alle ins Grab.«

Sein Name dröhnte mir in den Ohren, und mein ganzes Nervensystem machte einen Ruck und stand ausgebreitet vor mir wie ein Sternbild.

»*Eddie?*«

»Pssst«, flüsterte sie und schüttelte den Kopf. »Sag nichts, sag nichts. Hör nicht auf mich. Ich bin einfach durcheinander, weil Großvater da oben im Sterben liegt.«

Nach einer Weile stand sie auf, ging raus in die Spülküche und wusch sich das Gesicht, aber ihre Augen waren danach noch immer rot, und dann sagte sie mir, ich würde nicht mehr lange dableiben müssen, sie würden ihn bald zur Behandlung ins Krankenhaus bringen und er würde da nie lebend wieder herauskommen und ich würde bald wieder bei allen anderen zu Hause sein.

»Er wird langsam etwas wirr im Kopf. Hör nicht auf das, was er sagt, und wiederhol es, egal, was passiert, vor niemand. Nicht einmal vor mir.«

Sie ging. Das war der Anfang ihres langen Leidens. Ich blieb da, im ersten Stock Großvater, das Haus immer dunkler, Tante Katie noch nicht zurück, mein Herz ein einziges Beben.

Sterbebett

November 1952

Großvater wollte, daß ich ihm die Zeitung vorlas, Seite für Seite, angefangen mit dem Sportteil. Sogar die Pferderennen schienen ihn zu interessieren, obwohl er selbst nie gewettet hatte. Dann die Nachrichten. Dann die Todesanzeigen. Wenn wir mit der Zeitung fertig waren, ließ er sich von mir erzählen, was ich so tat, von der Schule, von meinen Freunden, von dem, was auf der Straße los war, von zu Haus. Ich meinerseits ließ mir von ihm erzählen, wie es damals gewesen war, in den zwanziger und dreißiger Jahren als Setzer beim *Derry Journal*, von seinem Kampf um die gewerkschaftliche Organisierung der Arbeiter, von den Unruhen der zwanziger Jahre, vom Profi-Fußball und -Boxen. Ich wollte, daß er mir die Geschichte erzählte, die ich als Kind bruchstückhaft von der Treppe aus gehört hatte und die ich von Bruder Regans Predigt her kannte. Aber über die Sache mit Billy Mahon schwieg er sich aus; er sagte immer nur, das seien schlimme Zeiten gewesen und manche Dinge sollte man am besten vergessen, außer daß wir den Kampf gegen die Regierung niemals, niemals aufgeben dürften.

»Was hat denn meine Mutter?« fragte ich ihn eines Tages, denn sie war gerade gegangen und war immer so zitterig und durcheinander, wenn sie kam.

Och, sagte er, sie hatte ihre Sorgen, aber es würde schon wieder werden. Warum redet sie andauernd von Eddie? fragte ich ihn, was gelogen war, denn seit dem einen Mal, vor zwei Wochen, hatte sie kein einziges Wort mehr über ihn verloren. Das rüttelte ihn auf, und er tat so, als würde er sich selbst darüber wundern, aber er war sichtlich beunruhigt und fragte mich, was sie denn gesagt habe. Nur seinen Namen, sagte ich, und daß da was Schreckliches sei. Aber Eddie war der Bruder meines Vaters und war schon vor langer Zeit verschwunden, also was konnte es jetzt sein? Was konnte sie jetzt erfahren haben, was ihr auf einmal so zu schaffen machte? Aber sie hatte mich Stillschweigen geloben lassen, erklärte ich ihm, denn sie wußte, daß sie mit mir reden konnte und ich nichts weitersagen würde.

»Nicht mal deinem Vater?«

Ich wußte, was ich sagen mußte.

»Ganz besonders nicht meinem Vater. Das hat sie gesagt. Aber ich dürfte eigentlich nicht mal mit dir darüber reden; es ist nur, daß ich mir ihretwegen Sorgen mach.«

Ich drängte und bohrte ganze Nachmittage lang, bis er müde wurde und einschlief und Katie kam und mich wegscheuchte, daß ich ein bißchen zu meiner Familie konnte, manchmal auch über Nacht, weil ich allmählich zu blaß wurde und mich viel zu sehr mit ihm beschäftigte. Obwohl meine Mutter zu der Zeit anfing zu kränkeln und meinen Großvater immer seltener besuchte, konnte ich es trotzdem nie erwarten, wieder zu ihm zurückzukehren, um ihn so lange zu bearbeiten, bis er mir erzählen würde, was los war, was passiert war. Ich war immer noch keinen Schritt weitergekommen, als die Priester sich einschalteten.

Eines Nachmittags erschien, von Katie eskortiert, die schimmernde Stola um die Schultern und eine kleine Schachtel in der Hand, Pater Moran im Schlafzimmer. Katie hatte in der einen Hand eine brennende Kerze, in der anderen eine Schüssel voll Wasser und eine weiße Serviette über dem Arm. Es hätte mir eigentlich klar sein müssen, daß das so kommen würde, denn an dem Morgen war das Zimmer trotz Großvaters Protesten praktisch ausgeräuchert worden.

»Vater, Pater Moran ist da, um ein bißchen mit dir zu plaudern ...« fing Katie an.

Er war ein Priester von der derb-herzlichen Sorte.

»Na, hier bin ich aber wirklich überflüssig. Ich dachte, Sie hätten gesagt, ihm ging's nicht gut, Katie? Sie sehen ja aus wie das blühende Leben, Mr. Doherty. Aber wo ich schon mal hier bin, könnte ich doch genausogut ...«

Großvater hatte sich in einer Art Entsetzen im Bett hin und her bewegt. Er deutete auf Katie und stammelte: »Schaff diesen

Mann hier raus. Wenn ich einen Priester will, dann sag ich's schon, vorher nicht. Schaff ihn raus.«

»Och, Mr. Doherty, jetzt seien Sie mal nicht so, das ist doch nur 'n Freundschaftsbesuch … Hör zu, mein Sohn«, zu mir heruntergebeugt, »du gehst jetzt schön runter. Mach, daß du wegkommst.«

Er gab mir einen Schubs in den Rücken.

»Das Jungchen soll hierbleiben. Katie Doherty, das verzeih ich dir nie. Den hier einfach so ohne Vorwarnung herzubringen.«

Ich wurde rausgeschoben, und die Tür ging zu. Ich blieb stehen, um zu lauschen, aber der Priester machte die Tür noch einmal auf, drohte mit dem Finger und sagte: »Mach, daß du wegkommst, runter mit dir, bis man dich ruft.« Ich ging nach unten und lauschte auf das Geräusch der Stimmen: die von Katie, von Pater Moran und, kaum hörbar, von Großvater. Stühle scharrten auf dem Fußboden über mir, dann Stille. Katie und Pater Moran kamen die Treppe herunter. Sie war ganz aufgelöst, und er war etwas rot. Sie kamen in die Küche, und wieder mußte ich rausgehen, diesmal auf den Hinterhof, von wo aus ich sie durch das Fenster sehen konnte,. wie sie in der Mitte der Küche standen und redeten. Pater Moran ging weg, und Katie rief mich hinein, um mir zu sagen, sie müßte sofort runter zu meiner Mutter und ich sollte mich zu Großvater setzen, der, weiß Gott, ein Heide war, wie er im Buche stand, und sie wüßte nicht, was sie tun sollte, diese Schande, diese Schande, die Dinge, die er auf dem Sterbebett dem guten Priester gesagt hatte, Heiliges Herz Jesu, was konnte man nur tun? Sie schlüpfte hastig in ihren Mantel und verschwand.

Großvater zitterte am ganzen Leib. Dieses Miststück von einer Tochter. Dieser verdammte Schwarzkittel. Diese Geier, die nur darauf warteten, daß deine Kräfte schwanden, und dann hereinmarschiert kamen und dich in Beschlag nahmen und mit ihrem Sieg allen Hinterbliebenen eine Heidenangst einjagten. Jetzt wußte er, was Constantine durchgemacht hatte. Und natürlich, *als* er sie gebraucht hätte, hatten sie keinen Finger für ihn krumm gemacht. Als er für Irland kämpfte, wer hatte sie mehr verurteilt als *die*? Und was war das überhaupt mit ihrem Einfluß auf die Frauen? Und so weiter und so weiter. Ich war entsetzt über das, was er getan hatte, aber das Entsetzen war mit Stolz durchwachsen. Er hielt stand. Aber er war am Ende seiner Kräfte.

»Laß es nicht zu, daß sie mich im letzten Moment noch kriegen, mein Sohn. Laß es nicht zu.«

»Nein. Ich laß es nicht zu«, antwortete ich, ohne die leiseste Ahnung zu haben, wie ich sie daran würde hindern können.

»Versprich's mir. Ach, wie kann ein Kind wie du so was versprechen? Was kannst du schon tun?«

»Ich werde dich warnen, wenn ich weiß, daß sie kommen.«

Er quittierte das mit einem halben Lächeln und streckte die Hand nach meiner aus. Ich faßte seine Hand, weil er keine Kraft mehr hatte, und in dieser Haltung schlief er dann ein.

Lundy brennt

Dezember 1952

So fingen seine letzten Tage an. Er redete, und ich hörte ihm zu, schweifte ab, hörte zu. Anfangs waren es nichts als Klagen. Dann kamen bewundernde Worte über meinen Vater als Boxer und den Abend, wo er die Nordwest-Meisterschaft mit einem Treffer in der letzten Runde gewonnen hatte, als er nach Punkten meilenweit zurückgelegen hatte, mit aufgeplatzten Brauen und geschlossenen Augen und einer gebrochenen Nase. Ich kannte die Geschichte schon, aber ich hörte sie noch einmal, detaillierter. Er erzählte, wie er seine Linotype am Ende der Nachtschicht immer geputzt und auf Hochglanz gebracht hatte; daß der Geruch von Druckerschwärze ihn noch immer an das Kellerdunkel erinnerte, in das er jeden Abend hinabgestiegen war und das besonders finster erschien, wenn es draußen sommerlich und hell war. Daß er früher immer erkennen konnte, ob seine Frau, Lizzie, meine Großmutter, etwas vor ihm verheimlichte, weil er so genau merkte, wie sie atmete, als hielte er ein Stethoskop an ihre Brust – wenn sie etwas auf dem Herzen hatte, sah man es immer an ihrer linken Schläfe pochen –, und wie sehr er sich dafür schämte, ihr nie gezeigt zu haben, wie glücklich es ihn machte, sie so gut zu kennen und sie hinter seiner Ehemannmaske hervor liebevoll zu beobachten.

Eines Freitagabends, gerade als ich mich nach zu Hause sehnte und nach der weißen Fischsuppe, die meine Mutter immer kochte, und den wöchentlichen Comic-Ausschnitten aus Onkel Phonsies Laden, da wachte Großvater aus einem langen, schweratmigen Schlaf auf und sah verwirrt um sich. Es war der achtzehnte Dezember. Regentropfen mit aufgesetzten Glanzlichtern glitten wie in die Länge gezogene Punktaugen über die Fensterscheibe. Ich wußte, daß Lundys Abbild bald an der steinernen Säule über der Stadtmauer brennen würde. Die Säule war mit dem Standbild von Gouverneur Walker bekrönt, dem Verteidiger der Stadt während der Belagerung von 1689; Lundy, der Verräter, baumelte immer an der Säule des Helden, ein gehenkter Riese, der in Flammen aufging, zum Dröhnen der Trommeln der zu seinen Füßen zusammengedrängten Spielmannszüge, die hinter der Mauer unsichtbar blieben, während ihre Fahnen über die Kante aufragten und im steinfeuchten Dunkel flatterten. Wir schauten zu und warteten immer auf den Augenblick, wenn aus Lundys Unterleib eine Garbe von Feuerwerksraketen explodierte, die in mehreren Richtungen gleichzeitig davonzischten. Dann kletterten die Flammen mit plötzlicher Gier an ihm hoch. Weihnachten schien mit einemmal sehr nah.

Ich richtete Großvater im Bett auf. »Er hat allen Lebenswillen verloren.« Das war, was sich seine Söhne und Töchter zuflüsterten, die so oft bei ihm gesessen hatten und ihn gespannt angeschaut, aber dabei über ihn geredet hatten, als wäre er gar nicht da. Er lag da in einem kragenlosen cremefarbenen Unterhemd, das seinen dürren Hals freigab und seine strengen Gesichtszüge unterstrich. Bei diesen Gelegenheiten sah er mich an und durch mich hindurch. Auf seine Kinder wirkte er zugleich mitleiderregend und despotisch, so in sich zusammengesunken und unversöhnlich, wie er dalag und seine Macht nicht an die Menschen in seiner Umgebung verlor, sondern sie in sich zurückzog, mit sich fortnahm, sie um sich schlang wie ein Laken. Mir kam das allmählich so vor wie das, was die im Religionsunterricht meinten, wenn sie von einer gepeinigten Seele sprachen.

Als ich an dem Abend die Nachttischlampe einschaltete, wußte er zunächst nicht, wo er war. Er stöhnte und sah sich einen Augenblick lang verstört um. Dann beruhigte er sich. In der darauffolgenden Stille hörte ich die ersten Wirbel der Orangistentrommeln in einem langen Rallentando anschwellen. »Mach das Fenster zu, heiliger Herrgott«, sagte er plötzlich, »ich hab keine Lust, diese Wilden mit ihren Buschtrommeln zu hören.« Das Fenster war schon zu, aber ich tat so, als würde ich es noch einmal schließen, um über die Hausdächer weg einen Blick auf die riesige Figur zu werfen, die schlapp an der Säule hing, während Flammen ihr die Beine hochkrochen. Ich drehte mich um und erhaschte noch den Schwanz von Großvaters Zorn, der gerade wieder in seinen Augen verschwand. Für einen Moment hatte er regelrecht bedrohlich ausgesehen.

In der Luft war ein Sprung. Ich spürte, wie er mit dem Atem in mich eindrang, und mein Herz murmelte davon ein bißchen wie verrückt, bevor ich ihn wieder ausatmen konnte. Großvaters Gesicht verwandelte sich vor meinen Augen von römisch-gelassen in verrunzelt; er war geruchlos wie eine Statue, wie er an dem Abend dalag, obwohl ich normalerweise sein Altsein riechen konnte, wie das Beißende des Alkohols, das in der reinen Luft abstumpft. Die Trommeln dröhnten laut, klangen dann plötzlich gedämpft, als wir uns gegenseitig ansahen, und instinktiv griff ich nach dem Köder, der so oft weggezogen worden war, gerade wenn ich ihn fast errreicht hatte.

»Nur deine Mutter weiß alles darüber. Ich mußte es jemand sagen, ganz besonders ihr, aber jetzt tut es mir leid. Sie kann's nicht verstehen, sie kann nicht vergeben, und von Typen wie Moran will ich keine Vergebung.«

Eddie war tot, erklärte er mir, während die Trommeln wieder und wieder dröhnten. Er war als Denunziant hingerichtet worden. Ein Denunziant. Und ich hatte immer gedacht, Eddie sei davongekommen. Aber mein Vater wußte es; das war's, was er wußte. Daß sein Bruder ein Denunziant gewesen war. Wußte er auch, daß Eddie tot war, daß er hingerichtet worden war? Man hörte das leise Zischen von Feuerwerksraketen und einen fernen Aufschrei. Du wirst es mir erzählen, sagte ich im Geist zu meinem abwesenden Vater, du wirst es mir erzählen, nach all diesen Jahren, und ich weiß es schon. Ja. In Ordnung. Aber warum ist meine Mutter so aufgelöst? Sie wußte davon. Und sie wußte, daß mein Vater es wußte. Er mußte es ihr gesagt haben. Was gibt's jetzt noch, was so schrecklich ist? Jetzt kenne ich das Geheimnis meines Vaters – aber was ist das Geheimnis meiner Mutter? Was hat es mit dem meines Vaters zu tun?

Großvater lehnte sich für einen Augenblick zurück. Er würde bei keinem verdammten Priester die Beichte ablegen, sagte er. Aber meiner Mutter hatte er es erzählt. Und jetzt würde er es mir erzählen. Denn sie würde es nie weitersagen, weder meinem Vater noch mir, und es *mußte* gesagt werden. Er wünschte, er könnte meinem Vater die ganze Geschichte erzählen. Was für eine Geschichte? Ich war aufgestanden und schrie ihn beinahe an. Was für eine Geschichte? Er schloß die Augen und erzählte es, erzählte es mir. Er, Großvater, hatte die Exekution befohlen. Aber er hatte sich geirrt. Eddie war reingelegt worden. Er war überhaupt kein Denunziant gewesen. Er sagte mir, wer der wirkliche Denunziant war.

Ich ließ ihn allein und ging schnurstracks nach Haus, nach Haus, wo ich nie wieder mit meinem Vater oder meiner Mutter würde richtig reden können.

Zwei Tage später wurde Großvater, halb bewußtlos, durch einen Schlaganfall fast völlig gelähmt, ins Krankenhaus gebracht. Er lag da, taub gegen die Welt, unzugänglich für die Heimsuchungen der Priester, die ihre täglichen Runden absolvierten, für die Besuche seiner Kinder und Enkelkinder, für die Schwestern und Ärzte, die mechanisch ihre Arbeit erledigten und es ihm so angenehm wie möglich machten, während alle auf das Ende warteten. Es kam rasch. Er starb im Schlaf. Ich sah ihn in der Leichenhalle, verschrumpft in seinem Sarg liegend wie ein uraltes Kind, und dann machten wir alle noch einmal die ganze Prozedur mit – die Totenwache, den Transport des Sargs in die Kathedrale am Vorabend des Begräbnisses, die Seelenmesse (die er sich bestimmt verbeten hätte), den langen Zockelzug über die Lone Moor Road zum Friedhof, die Priester vorneweg mit ihren Schärpen, die ihnen von der Schulter zur Taille quer über die Brust gingen, die Frauen, die vom Bürgersteig aus zusahen, weil sie bei Begräbnissen nie mitliefen, die Totengräber mit ihren beschmutzten Spaten, die Gebete am offenen Grab, die Tränen, den schneidenden Wind, die Erleichterung. Ich war die ganze Zeit über krank vor Sorge, hoffte, daß durch seinen Tod die Auswirkung dessen, was er mir erzählt hatte, sich wie durch Zauberei verflüchtigen oder zumindest abschwächen würde, obwohl ich wußte, daß sie nicht anders konnte, als sich in meiner Mutter neu einzunisten und weiterzuleben. Wir waren beide vom selben Pfahl durchbohrt. Aber sie wußte das nicht. Und ich würde auch nichts sagen, solange sie's nicht tat. Und selbst dann, als alles gesagt worden war, hatte ich das Gefühl, daß etwas noch immer zurückgehalten wurde, daß sie außerdem noch etwas wußte, etwas, was Großvater ausgespart hatte.

Ich tat vor meiner Mutter so, als glaubte ich, sie sei nur wegen Großvaters Tod so aufgelöst, und als ermutigte ich sie dazu, mit mir über ihn zu reden – was ich tatsächlich versuchte –, weil es ihr vielleicht helfen würde. Es war einfacher, wenn Tante Katie zu Besuch kam, weil *sie* bereitwillig, ja sogar mit einem offensichtlichen Gefühl der Befreiung über ihn sprach. Anfangs redeten sie unaufhörlich wie Theologen, meinten, ihm müßte eigentlich die Gnade zuteil geworden sein, im Glauben zu sterben, weil der Priester ihn doch gesegnet hatte und er so friedlich entschlafen war. Zu anderen Gelegenheiten grämten sie sich schrecklich beim Gedanken, daß er die letzten Sakramente abgelehnt hatte, daß er ohne Vergebung seiner Sünden in die Ewigkeit eingegangen war. Bei diesem Gedanken brachen sie immer in Tränen aus. »Ohne Vergebung, ohne Vergebung«, schluchzten sie dann. Ich bekam immer eine plötzliche Ahnung von der Größenordnung, in der sich das Leben dieser Frauen abspielte, wenn ich sah, wie sie sich die Augen trockneten oder mit den Händen vor dem Gesicht dasaßen, mit faltigen, einwärts gedrehten Schuhen. Die Dimensionen dieser anderen Welt taten sich um mich herum auf, und mein Magen krampfte sich zusammen. Es nützte nichts, mir selbst zu sagen, daß ich nicht daran glaubte. Da war's, ein ungeheures Universum, in dem Großvaters Geist lichtlos umherschweifte, auf ewig ausgelöscht, auf ewig seiner eigenen Auslöschung bewußt, während seine Töchter in der winzigen Sphäre dieser Küche und der Welt trauerten, die er so streng und abweisend verlassen hatte. Dann saßen sie schweigend da, während die Deckel der Töpfe auf dem Herd zitterten und das kochende Wasser blubberte.

Sie unterhielten sich auch über Großvaters Wochenend-Sauftouren, die irgendwann ganz plötzlich aufgehört hatten. Katie erinnerte sich, ihn eines Montagmorgens gesehen zu haben, wie er an der Spüle stand und – mit abgewandtem Gesicht, als könnte er den Anblick nicht ertragen – eine Flasche Whiskey in den Ausguß kippte. Sie wußte das so genau, sagte sie, weil das die Woche, im Juli 1926, gewesen war, in der McIlhenny nach Chicago abgereist war und sie mit Maeve schwanger zurückgelassen hatte. Als sie McIlhennys Namen, nur den, nur seinen Nachnamen, aussprach, klang es so, als würde sie einen Fluch ausstoßen. Meine Mutter ließ den Kopf hängen, und Katie nickte ihr nur mitleidig zu, obwohl mir schien, daß es eigentlich Katie war, die das Mitleid verdient hätte. Nicht ein Tropfen Alkohol, sagte Katie, war danach wieder über die Lippen ihres Vaters gekommen. War es beim Mahon-Prozeß, war's direkt davor, direkt danach gewesen? Katie war acht Jahre jünger als meine Mutter. Wenn's um die Vergangenheit ging, beugte sie sich immer deren überlegenem Wissen. Aber meine Mutter sagte nein, es sei nicht damals gewesen, es sei nicht mal ungefähr um die Zeit gewesen, es hätte nichts damit zu tun gehabt. Und er hätte überhaupt öfters aufgehört zu trinken, immer alle zwei, drei Jahre. Er hörte 1921 auf. Noch vor dem Mahon-Prozeß. Aber er fing wieder an, ein Jahr später vielleicht. Vielleicht hatte er 1926 endgültig aufgehört. Sie konnte sich nicht erinnern, was die Gründe waren, warum er so plötzlich zu trinken aufhörte und dann genauso plötzlich wieder damit anfing. Ich starrte sie an und sah, wie die Lüge sich über ihr Gesicht ausbreitete, wie eine neue Miene, die man aufsetzt. Ich wußte, was ihn 1922 veranlaßt hatte, das Trinken aufzugeben. Das war nach Eddie, und Eddie war nach dem Mahon-Prozeß gewesen. Und 1926 war es die Entdeckung gewesen, daß McIlhenny der Denunziant war, daß Eddie unschuldig gewesen war. Sie drehte ihren Ehering an ihrem Finger hin und her und sah auf den Fußboden. Es kam mich hart an, sie jetzt lieben zu müssen, denn das bedeutete, daß ich nichts sagen oder fragen durfte, ihr einfach stillschweigend beipflichten mußte, zusehen, wie der Goldring sich an ihrem Finger hin und her drehte, und dabei denken, jetzt schaltet sie mich aus, jetzt schaltet sie mich ein; ich möchte, daß du es jetzt weißt, ich will nicht, daß du's jemals weißt, ich will nicht, daß du's jemals wissen willst, ich will niemals wissen, ob du's weißt. Der Ring blinkte auf und erlosch. Sie legte ihre rechte Hand auf die linke, und der Ring verschwand unter ihren kräftigen Fingern.

Sie redeten weiter über Großvater. Mein Vater, sagte Katie, Gott hab ihn selig, war damals liebevoller zu mir, als er es jemals vorher gewesen war, als ich mir überhaupt hätte vorstellen können, daß er es sein konnte. Ich nehm an, er hatte Mitleid mit mir. Weiß Gott, ich tat mir selbst leid genug, einfach so schwanger sitzengelassen. Dann verstummte sie, und sie saßen schweigend da. Aber das haben wir alles oft genug durchgekaut, fuhr sie fort, und du willst nichts mehr davon hören. Obwohl ich weiß Gott was drum gäbe, wenn ich begreifen könnte, warum dieser Mann einfach so verschwunden ist. Meine Mutter starrte weiter auf den Boden. Ihr Haar wurde allmählich grau. Katie wußte es also auch nicht. Sie warf meiner Mutter einen kurzen Blick zu und stülpte die Oberlippe über die Unterlippe. Sie sah um mehr als acht Jahre jünger als meine Mutter aus. Ihr Haar war noch immer braun und lockig, ihre Haut noch immer frisch. Sie wandte sich mir zu und lächelte.

Er selbst war kein besonderer Fußballer, sagte sie, aber er war ein hervorragender Organisator, und er konnte ein Talent erkennen, wo andere nichts sahen. Fußball. Fußball. Katie interessierte sich nicht für Fußball. Er sagte, aus dir könnte ein guter kleiner Kicker werden, sagte sie zu mir und lächelte wieder. Ich nickte. Das Kompliment bedeutete jetzt, wo er tot war, noch mehr. Er konnte seine Meinung nicht mehr ändern – oder geändert bekommen. Er hatte zwei Vereine gemanagt, Arsenal und Celtic Strollers, rotweißes Trikot für den einen, grünweiß für den anderen. Mir persönlich gefiel das rote besser, aber politisch war ich für das grüne. »Gib den Ball ab«, brüllte er mir von der Seitenlinie zu. »Hör mit den Spielereien auf. Abgeben!« Aber ich behielt den Ball immer, bis mir jemand voll in die Beine grätschte und mich umhaute, und wenn ich wieder aufstand, sah ich meinen Vater lachen und meinen Großvater finster dreinschauen. Fußball war ein Tanz, kein Kampfspiel. Aber Großvater war da anderer Meinung. Mir war das vollkommen egal. Meine Mutter war jetzt aus dem Schneider, was die Frage anging, wann und warum ihr Vater zu trinken aufgehört hatte. Hast du das absichtlich gemacht? fragte ich Katie im Geist, während ich sie anlächelte und mich an die wuchtigen Angriffe des Verteidigers erinnerte, die mich buchstäblich von den Füßen fegten. In der einen Minute ist Großvater in der Ewigkeit verschollen, in der nächsten Minute schreit er von der Seitenlinie, mein Vater riesig neben ihm und mein rechtes Bein wie abgestorben, während ich mich vom Aschenplatz hochrapple.

Vater

Februar 1953

Aus heiterem Himmel fragte Vater Liam und mich, ob wir nicht Lust hätten, ihn zum Culmore Point zu begleiten und dann mit einem Ruderboot auf die andere Seite des Flusses überzusetzen, wo das britische Sauerstoffwerk gebaut werden sollte. Es wäre nicht schlecht, sagte er, da noch mal einen Spaziergang zu machen, bevor die Bauarbeiten begannen, denn diese ganze Seite der Uferböschung würde schon bald verschwunden sein. Wir waren einverstanden. Als wir das Ruderboot mieteten, war der Himmel schon ziemlich dunkel, und Windböen kamen und gingen in seltsamen, halb geheulten Echos, die an den Ufern abprallten und in Richtung Lough verklangen. Mein Vater war stark, aber er war kein guter Ruderer, und schon bald trieb das Boot auf der glasigen Strömung seitwärts ab, um sich dann wieder geradezurichten, wenn der Wind hereinfegte und uns und die Wellen durcheinanderschüttelte. Regen und Gischt stachen uns ins Gesicht. Er saß in der Mitte, wir jeweils vorn und hinten. Ich zog den Riemen meiner schwarzledernen Fliegerkappe fester unter dem Kinn zusammen und beobachtete, wie Liam hinter den sich auf und ab bewegenden Schultern meines Vaters in die Höhe stieg und wieder verschwand, während wir über den Fluß schlingerten und stampften. Als wir endlich das gegenüberliegende Ufer erreichten, waren wir völlig durchweicht, und der Regen kam jetzt richtig stark herunter. Wir stellten uns für ein Weilchen unter ein paar Bäumen unter, aber die fingen bald an, auch noch ihre Wassermassen auf uns abzuladen, also gingen wir einfach weiter durch den Regen, zwischen den prasselnden und glitzernden Bäumen den Uferweg entlang. Vater sprach wenig, trieb uns nur gelegentlich an, als wir landeinwärts abbogen und in Richtung Ardmore weitermarschierten. Der Regen ließ nach, für eine kurze Zeit lag das Sonnenlicht in Sprenkeln auf dem Pfad, dann schloß uns der Regen wieder ein. Es war ein verbissenes Gehen.

Zuletzt suchten wir Schutz in einer Dorfkirche, die auf freiem Gelände an einer Kurve stand, durch die Straße von ihrem Dorf getrennt. Wir saßen in ihrem farbigen Dunkel, während der Regen von uns abtropfte, so regelmäßig, wie eine Uhr tickt, und beobachteten, wie die Rot- und Grüntöne des einzigen bemalten Fensters, hinter dem Altar, immer wieder ihre Leuchtkraft verloren, wenn sich der Himmel draußen verfinsterte und in der Ferne kleine Donnersalven knatterten. Mein Vater hatte seinen Regenmantel neben sich auf die Kirchenbank gelegt und starrte auf das Herz-Jesu-Licht, das in seinem angeketteten Gefäß über dem Altar hing: Purpur, Scharlach, Purpur, ruhig, flackernd, ruhig. Liam zog sich die Fliegerkappe ab, und sein rotes Haar richtete sich auf seinem Scheitel stachelig auf. Er schüttelte die Kappe seitwärts aus, und ein Gesprüh von Wasser spritzte über den Steinfußboden. Das gefiel uns beiden, und so machte ich es ihm nach. Da rührte sich mein Vater und schlug vor, wir sollten ein Weilchen ruhig sitzen bleiben und vielleicht sogar ein bißchen beten. »Sprecht ein Gebet für eure Mutter«, sagte er. »Und eins für mich, wenn ihr schon dabei seid. Es kann nicht schaden.« Bei diesen Worten lächelte er leicht, also knieten wir uns beide hin und machten uns in verkrampft andächtiger Haltung ans Beten. »Ach, kommt schon, jetzt übertreibt nicht«, lachte er, »ihr könnt auch beten, ohne die kleinen Heiligen zu markieren.« Wir setzten uns wieder hin, aber ich fühlte mich äußerst befangen. Die kleine Kirche war wachsam, sie mißtraute diesen Fremden ein bißchen, die in ihren vierschrötigen Frieden eingedrungen waren. Wir kicherten beide. Er lehnte sich herüber und sah uns amüsiert an.

»Was gibt's zu lachen?« fragte er.

Wir kicherten nur um so mehr.

»Reif für die Klapsmühle, alle beide.«

Aber er grinste dabei.

»Diese ganze Gegend, von hier bis runter zum Fluß, wird in ein Industriegebiet verwandelt«, sagte er in halbem Flüsterton zu uns. Er hatte uns das hier zeigen wollen, weil er als Kind häufig hergekommen war mit seinen Eltern, denn seine Mutter hatte Verwandte in dieser Gegend gehabt, die jetzt aber schon lange fort waren. Und wohlhabend waren sie gewesen, diese Verwandten. Zwei Hausangestellte und einen Einspänner. Er erinnerte sich, wie einmal sein Vater und Eddie oben auf dem Wagen gesessen hatten, sein Vater mit den Zügeln in der Hand und Eddie, der dem Pferd zupfiff, damit es sich in Bewegung setzte. Ein andermal, erinnerte er sich, war Eddie auf das Pferd gehoben worden, und das Tier war anfangs langsam im Kreis gegangen, während Eddie oben auf seinem Rücken wippte und schaukelte; dann hatte Eddie ihm die Fersen in die Flanken gedrückt, und das Pferdchen war losgaloppiert, quer über den Rasen vor dem Haus, und sein Vater und andere Erwachsene schreiend hinterher. Aber Eddie war sitzen geblieben, hatte sich geduckt, als das Pferd unter eine Reihe von Bäumen galoppiert war, hatte gejauchzt und mit den Armen herumgewedelt. Er war ein wilder Bursche gewesen, der Eddie.

Jetzt, sagte er, hätte er gern gewußt, ob das die Kirche war, in die sie bei diesen Besuchen manchmal sonntags gegangen waren. Er sah sich um, während er das sagte, und wir taten es ihm nach, als ob auch uns irgendeine Erinnerung zurückkommen könnte. Die Heiligen auf dem gemalten Fenster sahen kummervoll auf den Altar herab, und ein Cherub kämpfte sich über den Köpfen staunender Apostel empor, auf einen gleißenden Sonnenball von Heiligem Geist zu. Aber er war sich nicht sicher. Ich wußte, daß er zum letztenmal hier war, so wie wir zum erstenmal. Ich stellte mir vor, wie das Geläute der Kirchenglocke draußen durch das nasse Laub drang und mein Vater als kleiner Junge darauf zuging, hinter ihm Eddie auf einem Pferd, während seine Eltern mit bedächtigen Schritten die Nachhut dieser kleinen Prozession bildeten und die See ganz hinten die Küste Woge um Woge überrannte.

»Eddie ist gar nicht bei dieser Schießerei umgekommen«, sagte er plötzlich und wandte sofort die Augen von uns ab.

Er hatte es gesagt, und ich fühlte mich so ruhig wie der Tod. Liam sagte nichts. Der Satz verschwand in den Tiefen der Kirche und tauchte dann in meinem Kopf wieder auf. Wir mußten etwas sagen. Liam fragte: Was ist dann passiert, wenn er nicht umgebracht wurde? Ich hätte ihn für die Frage umarmen können, aber gleichzeitig hätte ich ihn am liebsten gestoppt. Ausnahmsweise wußte ich mehr als er. Mehr als sie beide. Mehr zu wissen war, wie ihrer beider Vater zu sein. Ich sah meinem Vater direkt ins Gesicht, und es war hart, mit ansehen zu müssen, wie er unter der Anstrengung, uns seine zentnerschwere unwahre Geschichte zu erzählen, die Augen zusammenkniff. Ich hätte gern seine Wange berührt, um den Muskel, der da sichtbar wurde, zu entspannen, und die ergrauenden Stoppeln berührt, die man im merkwürdigen Licht erkennen konnte. Sein Kinn hing tief hinab, als hätte er eine Violine darunter geklemmt.

»Nein, er wurde nicht in der Brennerei umgebracht. Er war ein Denunziant. Seine eigenen Leute haben ihn umgebracht.«

Jetzt war es ganz heraus, und eine große Scham und Trauer drückte seinen Kopf tiefer und tiefer hinunter, auf das Pult der Kirchenbank zu. Er sah uns nicht an. Regentropfen verliefen sich auf den blassen Seitenfenstern und trappelten auf dem Boden. Ich konnte Eddie sehen, ganz klar und deutlich, wie er, einen Arm in die Höhe gestreckt, auf einem Pferd saß und das Pferd mit gesenktem Kopf Bocksprünge machte, wie bei einem Rodeo. Ich rieb mir mit der Hand über das feuchte Gesicht. Ich müßte dem ein Ende machen. Mutter, ich müßte dem ein Ende machen. Du müßtest dem ein Ende machen. Wäre es dann noch schlimmer? »Papa«, sagte ich im Geist, »ich weiß, daß es zu spät ist, aber geh ein paar Minuten zurück, wieder in die Kirche hinein und in den Regen, und sag nichts. Sag's nie. Sag's nie.«

Er redete die ganze Zeit, zwang es aus sich heraus, und Liams Gesicht war weiß wie ein Stern neben ihm. Denunziant. Hatte seine Kameraden verraten. Warum er das getan hatte, war nie herausgekommen. Sein Bruder. Man mußte Gott danken, daß seine Eltern das nicht mehr miterlebt hatten. Es war ein abgestandenes Geheimnis, wie ein Schwall Mundgeruch, und wie wir drei da auf der Kirchenbank zusammengedrängt saßen, wie

Verschwörer, während die Sonne langsam hervorkam und die Vögel wieder piepsten und zwitscherten, war es wie eine trügerische Erleichterung, als wäre die Kirche eine Maschine, die zu stampfen aufgehört hatte und die Welt wieder hereinließ um ihre befriedete Stille.

»Weiß Mutter davon?« fragte Liam.

Er nickte.

»Ist sie deswegen die ganze Zeit so durcheinander? Hast du's ihr erst vor kurzem gesagt?«

Er schüttelte den Kopf. Sie hatte es gleich nach ihrer Hochzeit erfahren. Danach? Das wunderte mich. Wie hatte sich ihr Vater gefühlt, als er hörte, mit wem sie ausging, wen sie heiraten würde? Hatte meine Großmutter es auch gewußt? Hätte sie nicht irgendwas unternommen? Es hätte nie zugelassen werden dürfen. Es war schlimmer, als die Gesetze der Blutsverwandtschaft zu brechen, von denen wir im Religionsunterricht gehört hatten. Das war eine Blutfehde, weit eher als die andere, die in der Familie meines Vaters. Das hier war die wirkliche Fehde. Das Wort hatte endlich seine Berechtigung. Die Bauernhofgeschichte wirkte jetzt geradezu lächerlich. Aber nicht auf ihn. Jedenfalls nicht, solange ich nichts sagte. Ach, Mutter, was haben deine Eltern bloß gesagt, als du ihnen erklärt hast, du würdest Frank heiraten? Den großen Trottel, der unschuldig wie ein Lamm in die Sache reintappte, der sich einbildete, er trüge ein schmutziges Geheimnis mit sich herum, und ihr davon erzählte, sobald sie ihn geheiratet hatte. Und wußte sie es da schon, tat sie dann so, als würde sie zum erstenmal davon hören? Nein. Das konnte ich nicht glauben. Ich wünschte, er hätte es ihr schon vorher gesagt. Dadurch wäre er unschuldiger gewesen. Dann hätte ich ihn sogar noch mehr geliebt. Aber ich konnte es mir nicht leisten, ihn noch mehr zu lieben, als ich es jetzt schon tat, denn dann hätte mein Gesicht angefangen in einzelne Stückchen zu zerbröckeln, und ich hätte es mit dem Riemen meiner Fliegerkappe zusammenhalten müssen. Bitte, Liam, stell keine Fragen mehr.

Er tat's nicht. Wir saßen für eine Weile stumm da. Ich

wußte, daß mein Vater ein bißchen gebetet hatte, aber irgendwie hatte ich ihn gar nicht gehört. Liam wirkte gefaßt. Er fühlt sich jetzt erwachsen, dachte ich bei mir. Er wird damit besser fertig als ich, das war's, was ihm durch den Kopf ging, als ich sah, wie er mich anschaute, und ich wußte, daß ich genauso mitgenommen aussah, wie er es erwartet hatte.

Mein Vater seufzte und stand auf. Dann fiel es mir ein. »Woher weißt du das eigentlich alles mit Eddie? Wer hat's dir erzählt?« fragte ich, obwohl ich wollte, es wäre alles vorbei. Aber es konnte nicht vorbei sein, bevor er mir alles erzählt hatte.

»Ich hab schon die ganze Zeit darauf gewartet, daß einer von euch danach fragt. Ich habe, acht Monate nachdem es passiert ist, davon erfahren; von meinen Schwestern, Ena und Bernadette, als sie von dem Bauernhof in der Nähe von Buncrana, wo sie mißhandelt worden waren, weggingen und nach Derry kamen. In der Nacht nach dem Brand waren sie da, auf dem Bauernhof. Da haben sie Eddie hingebracht – oder Eddie hat sie da hingebracht, und da haben sie ihn verhört, von da haben sie ihn zu seiner Hinrichtung weggeführt. Sie waren die letzten, die ihn gesehen haben.«

Er redete noch weiter darüber, aber obwohl ich hörte, was er sagte, klang es jetzt so selbstverständlich und doch gleichzeitig so unglaublich, daß ich es nicht aufnehmen konnte, nicht mit diesem Ort in Verbindung bringen konnte, mit diesem Bauernhof, wo das Ganze passiert war, nicht nachvollziehen konnte, was dieses Bauernhaus für ihn bedeutete.

»Ja«, fragte Liam, »aber was haben wir dann da gemacht, als wir klein waren? Worum ging's da?«

Es ging darum, daß die Tante gestorben war und ihm ein paar Sachen aus seinem Elternhaus vermacht hatte. Er war hingegangen, um sie sich zu holen, aber umsonst. Sie hatten nichts herausgerückt.

Er und Liam gingen zwischen den Sitzreihen auf die Tür zu und redeten noch miteinander. Ich folgte ihnen langsam.

Wir traten hinaus in den Sonnenschein und machten uns auf den Heimweg. Ich blieb die ganze Zeit dicht neben ihm, obwohl ich wußte, daß auch er – zum Teil aus falschen Gründen – glaubte, ich sei erschüttert und klammerte mich an ihn, hielte mich im Windschatten seines Kummers. Als wir in die Küche kamen, sah meine Mutter auf, und über ihr Gesicht glitt die ganze Geschichte seiner Familie und ihrer Familie und von uns selbst in einem einzigen intuitiven Walzer der Begrüßung und dann des Schmerzes.

VIERTES KAPITEL

Mutter

Mai 1953

Meine Mutter bewegte sich durch das Haus, als lasteten Zentner auf ihr; und wenn sie sich setzte, war es so, als kehrte sich der Druck um und baute sich in ihr immer mehr und mehr auf und bräche unvermutet an ihrem Mund oder ihren Händen aus, daß sie immer wieder zusammenzuckten. Ich wußte jetzt, oder glaubte zu wissen, was es war, besonders wenn ich sah, mit welcher Angst und welchem Mitleid ihre Augen meinem Vater folgten, so daß ich mich wunderte, daß er nicht plötzlich erstarrte und erkannte, daß etwas nicht stimmte, daß es da etwas gab, worum sie stumm um Vergebung bat. Ich konnte es ihm nicht sagen, wenn sie es nicht tat. Ich konnte ihr nicht zu verstehen geben, daß ich Bescheid wußte. Das hätte sie nur noch ängstlicher, noch deprimierter gemacht. Ich zermarterte mir den Kopf nach einer Möglichkeit, ihr diese Last von der Seele zu nehmen, aber ich kam und kam nicht darauf; jede Wortfolge, die mir in den Mund kam, schmeckte tödlich. Ich kam nach Haus, und da stand sie auf dem Treppenabsatz und sah aus dem Fenster, wo es noch immer spukte, aber jetzt war es ein wirkliches Gespenst, das in der Luft um sie herum lauerte. Sie kam dann mit mir herunter, kurzatmig und mit hämmerndem Herzen, und stellte sich an den Herd und schob die Töpfe hin und her, in denen das Abendessen köchelte, und ihr Gesicht war verkrampft vom Weinen, aber ohne Tränen.

Sie war andauernd auf der Treppe, gewöhnlich auf dem Absatz, von wo sie aus dem Fenster sah und vor sich hin flüsterte, manchmal einen unartikulierten Schrei ausstieß. Als ich einmal zu ihr hinaufging, drehte sie sich nach mir um, und ihre Augen waren naß.

»Brennt. Es brennt. Alles da draußen brennt.«

Sie fuchtelte mit der Hand in Richtung des Feldes draußen vor dem Fenster. Dann wandte sie sich wieder ab, und ihr Mund zuckte wie ein Muskel in ihrem reglosen Gesicht.

Es war dauernd so. Selbst nachts weckten uns Stimmen, und dann gingen wir runter und fanden sie im Hof, wie sie schluchzte und in ihrem Nachthemd fror und sich gegen meinen Vater wehrte, der versuchte, sie wieder ins Haus zu führen.

»Was ist denn, Schatz?« fragte er dann.

»Es brennt, alles brennt«, schrie sie und riß ihre Hand von ihm los und ging ein paar Schritte weg, die Arme um die Brust geschlungen, und starrte in den Himmel.

»Komm ins Bett; du holst dir noch den Tod in dieser Kälte; jetzt komm schon, sei ein braves Mädchen.«

Aber sie schüttelte nur den Kopf und starrte weiter dorthin, und ihr Gesicht glänzte vor Tränen.

Alle waren wach, standen zusammengedrängt an der Hintertür und beobachteten die beiden im Hof: ihn mit seinem Regenmantel über dem Pyjama, sie schlüpfrig im Licht und Dunkel, fortwährend angezogen von der Schwärze außerhalb des Lichts, das aus der Küche drang. Dann, wenn er sie da hinten bei der Hofmauer erreicht hatte, hörte man immer ein Murmeln und Schluchzen, und ihre Schultern verschwanden hinter dem schwarzen Balken seines Arms, der sich um sie legte. Und dann kamen sie auf uns zu, sie mit gesenktem Kopf, und wir alle traten in die Küche zurück und weiter in die Diele, bis zum Fuß der Treppe, während er sie zum Klappbett führte und sie überredete, sich hinzulegen. Ich konnte sehen, wie sie fröstelte, als die Decken über sie gezogen wurden, und er kam und scheuchte uns hinauf ins Bett, sein Gesicht ernst und wie in Stein gemeißelt, mit stoppeligen Wangen.

»Wovon redet sie eigentlich?« fragte ich oft. »Was brennt denn? Was ist mit ihr los?«

»Es ist so was wie schlafwandeln«, sagte er dann, »wie träumen. Sie ist durcheinander; aber keine Sorge, sie wird sich wieder fangen, und dann geht's ihr wieder gut.«

»Warum ist sie denn durcheinander?«

»Weil sie ihren Vater verloren hat. Und deshalb ist ihr die Erinnerung an Una – daß sie Una verloren hat – auch wieder hochgekommen.«

Wir hatten alle Angst. Ich schämte mich außerdem auch. Wenn ich sie so sah, wie sie durchs Haus irrte, die Wände berührte, mit dem Finger die getrockneten Lacktropfen an der Wohnzimmertür nachzog oder müde die Treppe hinaufstieg, um aus dem Fenster zu starren, brannten mir die Wangen, und das Halbdunkel schien voll von Augen zu sein. Sie entglitt uns zusehends, wurde sonderbar, wurde besessen, und ich wollte nicht, daß irgendein Außenstehender etwas davon erführe oder merkte.

Außerdem hatte ich schon immer das Gefühl gehabt, daß noch jemand anders gestorben war, noch jemand anders als Una und der Vater und die Mutter meiner Mutter und Eddie, jemand, von dem ich wußte, jemand Geheimgehaltenes, für den man schon lange jede Hoffnung aufgegeben hatte. Und es hatte etwas mit meinem Vater zu tun. Etwas, was dadurch noch schlimmer geworden war, daß er uns erzählt hatte, Eddie sei ein Denunziant gewesen. Ich begriff, aber nur zum Teil. Es fehlte noch etwas. Meine Mutter war so untröstlich in ihrer Trauer, daß ich meinte, diese Trauer könnte nur einer verlorenen Seele gelten, jemandem, der ebenso unauflöslich eins mit dem Feuer der Hölle war wie Gas mit einer Flamme. Ich saß oft neben ihr vor dem Kamin und beobachtete, wie die Kohlen brannten. Zuerst fing ein Stück an zu qualmen, dann hörte man ein ganz leises Zischen, wenn die Flamme hochzüngelte. Sie sah, wie ich zuschaute.

»Siehst du?« sagte sie dann. »Der Schmerz ist furchtbar. Die Flamme ist du, und du bist die Flamme. Aber da ist trotzdem noch ein Unterschied. Das ist der Schmerz. Das Brennen.«

Dann weinte sie wieder. Manchmal ließ sie es zu, daß ich ihre Hand hielt, während sie weinte. Manchmal stieß sie meine Hand weg und saß steif da, und die Tränen waren dann das einzige, was sich an ihrem Gesicht bewegte, bis sie unter dem Kinn ganz naß war und die Haut in der Kuhle unten am Hals wie flüssig aussah.

Der Arzt kam und gab ihr Pillen und Präparate. Sie nahm sie ein und wurde ruhiger, aber ihr Kummer sammelte sich nur unter den Medikamenten und verhärtete sich wie eine Thrombose. Wenn er überhandnahm und die Medikamente überwand, zitterte ihr Körper, und ihre Augen glitzerten von Tränen, die selten flossen, aber da glänzten, in ihren Tränengängen gestaut, gefährlich. Sie litt solche Qualen, daß sie gar nicht weinen konnte, nur wünschen, sie könnte es. Ich konnte sie berühren, mit dem Finger die Wölbung ihres Unterarms nachfahren, mit dem Daumen an der Innenseite ihres Handgelenks mit seiner dicken blauen Ader reiben, und sie schien nichts zu spüren. »Das ist meine Mutter«, sagte ich dann zu mir. »Das ist meine Mutter.« Ich träumte von einer Zauberspritze, die ich ihr an der Innenseite des Arms in die Haut stechen und schwarz vor Kummer wieder herausziehen könnte und wieder hineinstechen und herausziehen, immer so weiter, bis sie durchsichtig und klar herauskäme, und dann würde ich zu ihr aufschauen und ein Lächeln auf ihrem Gesicht sehen und in ihren Augen die Fröhlichkeit, an die ich mich zu erinnern glaubte. Ihr Haar war kalt. Ihre Haut glänzte, über die Knochen gespannt, und zog sich in Runzeln zusammen. »Jesus«, flüsterte mein Vater vor sich hin, und der heilige Name zischte in seinem Mund wie Nattern in einer Grube, »Jesus, Jesus, wo bist du nur hin, Schatz?« Er hob ihr ganz sanft das Kinn, damit das Abendlicht in ihr Gesicht schien, und sie antwortete mit einem winzigkleinen gleichgültigen Lächeln. Sobald er die Hand zurückzog und sie das Gesicht wieder senkte, meinte ich – meinte er – zu hören, wie sie »Brennt, brennt« sagte, aber es war in Wirklichkeit nur so ein Geräusch, und alle Geräusche, die sie machte, klangen in unseren Ohren mittlerweile wie dieses eine Wort, und wenn mein Vater sich mit einem tiefen Seufzer aus dem Sessel stemmte, daß es mir von den ganzen salzigen, kalkigen Gerüchen des Hafens, die sich in den Falten seiner Latzhose verfingen, in der Nase prickelte, klang es so, als ob auch er dieses Wort sagte, obwohl seine Stimme nur ein Summen in seiner Kehle war. Ich schob dann die Hände in meine Strümpfe hinein, bis hinunter zu den Knöcheln, und umklammerte die Knochen und machte mich für eine Weile ganz steif, bevor ich mich von ihrem gesenkten Gesicht und ihren still gefalteten Händen und der beängstigenden Kälte ihres schwarz-grauen Haars losreißen konnte.

Liam und ich spielten Fußball auf dem Hinterhof, und die Panik, die uns beide erfüllte, machte unsere Bewegungen hektisch und laut. Wenn wir uns prügelten, taten wir es auf die gleiche nervös-angespannte Weise, mit trockenen Fausthieben, ohne jedes Ringen und Geschrei. Der Himmel wölbte sich zur Sonne empor und hinab zu den Sternen, und sie machte so weiter, fast bewegungslos, besessen und brennend, hörbar, unhörbar.

Dann endlich fing das wirkliche Weinen an, ein tödliches Schluchzen, das sein Entsetzen unter uns ausbreitete wie eine Seuche. Die Sonntage waren am schlimmsten. Wir kamen von der Messe zurück, allesamt herausgeputzt, meine Schwestern frisch wie zwei Knospen in ihren hellgrünen Tweedmänteln, meine Brüder und ich befangen in Hemd und Schlips, mit Haaren, die uns wegen Liams Empfehlung, sie mit Zuckerwasser zu kämmen, »damit sie stillsaßen«, in merkwürdigen Zacken vom Kopf abstanden.

Vater war uns einen Schritt voraus, wenn wir in die Diele kamen, denn er hörte sie schluchzen, ein Geräusch, das in Rucken und Schüben anschwoll und verebbte, ein Abschälen von unerträglich straffen Schichten von Panik, unter denen sich nur noch weitere – straffere – fanden. Ich wollte weglaufen, durch Meenan's Park fliehen, an den sonntäglichen Fußballspielern vorbei, vorbei an den hingekauerten Murmelspielern und den schaukelnden Kindern mit ihren steif ausgestreckten Beinen, an den Kartenspielern vorbei, die auf den zerbrochenen Betonplatten der Luftschutzbunker in einer blaßblauen Rauchtrance hockten, und weiter, in die verrammelte Lecky Road, den langgestreckten Hügel hinauf zur Bishop Street, die Abercorn Street wieder hinunter, zum Fluß und über die Brücke in die Sicherheit wirklich fremden Territoriums, in die Andersheit der Protestanten mit ihren Bibeln und die Wehmut der Eisenbahnlinie, die abschwenkte und in Richtung Coleraine, Portstewart, Belfast verschwand. Aber ich wollte mich auch dem Schluchzen in den Rachen stürzen, es mit weit ausgebreiteten Armen empfangen, hineinschreien, es zwingen, mit Worten auf mich loszugehen, Worten, Worten, und Schluß mit diesem unaufhörlichen Geräusch, seiner Tierhaftigkeit, seiner Entstellung des vertrauten Tonfalls meiner Mutter. Statt dessen stand ich nur da und sah sie an, während mein Vater hilflos an ihr herummachte und alle zu ihr hingingen und sie berührten, sie liebkosten, ihr über das Haar strichen, ihren Tränen freien Lauf ließen. Eilis kniete sich vor sie hin und drückte sie an sich, das Gesicht in ihren Magen gepreßt, aber die Arme meiner Mutter hingen kraftlos an ihrem Körper herunter, und ihr zur Hälfte gebürstetes Haar fiel ihr schräg über das tränenüberströmte Gesicht. Die Haarbürste lag in einer Ecke der Küche, wo sie sie hingeschleudert hatte. Ich hob sie auf und zupfte an ihren Haaren, die in den Drahtborsten hängengeblieben waren, wickelte sie mir um die Finger, fühlte, wie sie auf meiner Haut weich wurden, als ob ihre harte Anspannung sich nach und nach auflöste und in mich überginge. Ich spürte, wie sie innen durch meinen Körper wanderte, auf der Suche nach einem Platz zum Ausruhen, einem Nest, worin sie sich niederlassen und gedeihen könnte, und es im Gewirr meines Magens fand und sich dort anhäufte.

Sie weinte wochen-, dann monatelang. Ein Sommer verging in einem Taumel von Licht, und wir wechselten uns mit Kochen und Einkaufen ab und bemühten uns alle, ein bißchen was dazuzuverdienen – sammelten Schrott, Lumpen, Einmachgläser und verkauften sie dann einem Händler in der Lecky Road. In seinem Schuppen war es immer dunkel und überall vollgehäuft mit dem Zeug. Im Hof dahinter stand immer ein Karren mit schräg in die Luft ragender Deichsel, an deren Stangenenden sich das Licht fing. Alles übrige war malvenfarbenes Dunkel, und alle Gerüche des Ortes folgten dem Mann auf dem Fuß, wenn er näher kam, um sich anzusehen, was wir gebracht hatten. Er trug einen gegürteten schmuddeligen Regenmantel, dessen Kragen bei jedem Wetter hochgeschlagen war. Sein Haar war wirr und borstig, seine Hosen zerlumpt; aber seine Schuhe waren immer sauber. Wenn er uns die Münzen gab, klimperten sie in unseren Händen, aber sie waren so schmutzig, daß sie überhaupt nicht glänzten. Wir wuschen sie immer in der Spüle mit Wasser und Seife, und wenn sie zuletzt braun, gelb, silbern glitzernd herauskamen, hatten wir das Gefühl, wir hätten ihnen erst ihren wahren Wert zurückgegeben. Ich kam mir immer besser bezahlt vor, wenn ich die sauberen Münzen auf den Kaminsims legte oder sie meiner Mutter zeigte. Sie nahm sie manchmal und steckte sie in die Tasche ihrer Schürze und sagte: »Das ist fabelhaft. Ihr seid gute Kinder. Gute Kinder.« Aber wenn dann einer von uns später das Geld wiederhaben wollte, um Essen einzukaufen, sah sie immer verdutzt drein, und wir mußten die Münzen aus ihrer Tasche herausfischen und sie ihr zeigen. Das brachte sie oft wieder zum Weinen. Ich war froh, als das Wetter wieder trüber wurde. Es war irgendwie passender, besonders wenn der Wind mir den Regen schräg ins Gesicht peitschte, während ich, mit zehn, zwölf Pfund Kartoffeln, Möhren, Zwiebeln und einer Rolle salzgesättigter Landbutter bepackt, die mir in der Stoffeinkaufstasche gegen die Beine knallten, vom Lebensmittelgeschäft nach Hause rannte. Als der Schnee kam, krachte ich einmal mit dem Schlitten gegen die Mauer am Ende der Straße und brach mir den Arm. Meine Mutter wollte oft, daß ich den klobigen Gipsverband aus der Schlinge nahm, und dann streichelte sie ihn, als könnte sie den Arm darin erreichen. Es war ein komisches Gefühl, zu sehen und zu hören, wie sich ihre Hand auf dem Gips bewegte, und nichts anderes als einen leichten Druck zu spüren und ein Jucken, das sich innen in flechtenförmigen Mustern ausbreitete.

»Das Paradies war nicht weit weg, als ich starb«, sagte sie eines Tages – an einem Dienstag im Februar – aus heiterem Himmel, während mein Vater Geschirr spülte und Deirdre und ich abtrockneten und aufräumten. Ich mußte über diese Bemerkung lächeln. Der Teller mit dem blauen Weidenmuster, den ich gerade in der Hand hielt, war leicht und blank, als ich ihn zu den anderen ins Regal legte. Mir wurde zum erstenmal wirklich bewußt, daß sie einmal verliebt gewesen war. Ihre Stimme war klar und jung; und tatsächlich, als ich aus der Spülküche herauskam, um sie anzusehen, lächelte sie still vor sich hin. Ich drehte mich nach meinem Vater um, aber er starrte nur in das schaumige Wasser, die kräftigen Arme halb untergetaucht und reglos. Deirdre zwinkerte mir zu zum Zeichen, daß auch sie sich amüsierte. Dann, ein paar Wochen später, an einem Freitag im April, sagte Mutter, als sie am Plättbrett stand und Laken faltete, mit derselben Stimme: »Nicht weit weg. Ich konnte den Rand sehen.« Das war ihre neue Art, Konversation zu machen. Zusammenhängende Bemerkungen, die Tage, Wochen, Monate auseinanderlagen, aber immer mit ihrer neuen Stimme herauskamen. Ich wußte, daß sie immer sonderbarer wurde; sie erzählte sich eine Geschichte, die sich nur ab und zu in ihrer Rede äußerte.

Geredet hat sie vor allem mit meinen kleineren Geschwistern, Gerard, Eamon, Deirdre. Manchmal hielt sie Gerards kleinen runden flachsblonden Kopf an ihre Brust, beugte sich hinunter und sagte mit ihrer neuen Stimme irgendwelche Dinge in sein verlegenes Gesicht, Dinge, die mich faszinierten und verblüfften. »Um die halbe Welt zu reisen und nie wieder ein Wort zu sagen. Der arme Feigling. Die einsame Seele.« Ich hörte ihr zu und beneidete ihn. Ich hatte den Eindruck, daß sie ihm und den anderen kleine Ausbrüche von Vertraulichkeit zuteil werden ließ, aber meinen Vater, Eilis, Liam und mich davon ausschloß. Einmal, als ich das Radio hinten aufgeschraubt hatte und versuchte, es wieder zum Funktionieren zu bringen, beugte sie sich herüber und schnippte mit dem Fingernagel gegen eine der Röhren. Das Ding gab ein heiseres Pfeifen von sich und flammte einmal kurz auf, bevor es seinen Geist aufgab. Eine Bemerkung hing zwischen uns in der Luft und dehnte sich in einer Lichtblase aus, aber meine Mutter sagte nichts. Ich ließ die verstreuten Innereien des Radiogerätes auf dem Tisch liegen und holte einen Gummiball aus der Schublade. Seit mein Arm wieder geheilt war, sollte ich diesen Ball so oft wie möglich in der Faust zusammenquetschen, um meine verkümmerten Muskeln wieder aufzubauen. Ich stand also da und quetschte und sah sie an, bis mein Unterarm erlahmte. Sie redete über dies und das, Nichtssagendes. Wie grausam sie war! Ich sehnte mich so sehr danach, daß sie mit ihrer neuen Stimme zu mir sprach, und sie spürte mein Verlangen und sperrte sich dagegen. Ich ging nach oben und setzte mich im kalten Schlafzimmer aufs Bett und sah auf das Herz-Jesu-Bild und glaubte zu wissen, wie Jesus sich fühlen mußte, mit der offenen Brust und dem durchbohrten, bluttriefenden Muskel, der darin prangte. Ich hatte noch immer den Ball in der Hand. Ich warf ihn von unten herauf gegen das Glas, traf voll das Herz und fing ihn beim ersten Dotzen wieder auf. Ihre Stimme drang von unten zu mir herauf, jung und wohlklingend, aber ich verstand nicht, was sie sagte. Ich legte mich aufs Bett und weinte. Sie war in jemand anders verliebt gewesen, jemand anders als meinen Vater. Das war's, was sie ihm die ganze Zeit sagte und nicht sagte. Und mir sagte. Und vor allem sich selbst sagte. Ein gewaltiges Wehgeschrei von Möwen erfüllte die Luft, als eine Sturmbö vom Hafen heraufkam, und das Zimmer schien sich mit ihren emporschwebenden Schatten in den Himmel aufzuschwingen.

Eines Tages, es muß im darauffolgenden Winter gewesen sein, ging sie zum Regal, wo die runden weißen Dosen mit den Pillen standen, und trug sie alle in der hochgehaltenen Schürze zu mir. Sie sagte, ich solle die Dosen öffnen und in eine Untertasse leeren. Ich tat's. Dann sagte sie, ich solle die Pillen ins Feuer werfen. Auch das tat ich. Da lagen sie wie bunte Kleckse und dunkelten zu nichts. Dann holte sie fünf Medizinfläschchen heraus, rot, blau, gelb und zwei farblose. Sie nahm einen

Krug aus dem Wandschrank und leerte sie alle hinein, eins nach dem anderen. Sie sagte, ich solle daran riechen. Ich beugte mich darüber und atmete ein.

»Schleim«, sagte sie und nickte mir zu. »Chemischer Schleim. Widerlich. Es wird mir schlecht davon. Schon bei der bloßen Vorstellung, daß ich den je geschluckt hab, wird mir schlecht. Schau, wie er meine Zähne zugerichtet hat.« Sie zeigte mir ihre verfaulten Zähne. Dann ging sie nach hinten in die Spülküche und schüttete alles in den Ausguß. Sie kam wieder herein und lächelte mich an, aber ihr weißes Lächeln war jetzt ruiniert, war's schon seit einiger Zeit gewesen, und sie roch aus dem Mund.

»Jetzt geht's mir besser, Sohn. Aber ich werde nie wieder so sein wie früher. Du armes Kind. Meine arme Familie.«

Sie drückte meinen Kopf an ihre Brust. Sie roch noch immer nach Medizin, und ich konnte spüren, daß sie gealtert war, als ginge ihr Atem jetzt flacher als früher. Ich hielt sie für einen Augenblick fest und schämte mich der Scham, die ich verspürt hatte. Aber mir war noch nie weniger danach gewesen, irgendwelche Fragen zu stellen. An dem Abend kochte sie für uns, zum erstenmal seit Wochen, und sie sprach sogar von Halloween und Weihnachten. Bis zum Abend des Allerseelenfestes waren ihre falschen Zähne fertig, und ihr Lächeln war wieder weiß. Aber jedesmal, wenn ich sie lächeln sah, damals und seitdem immer, konnte ich ihre Stimme hören, die, rauh vor Kummer, »Brennt, brennt« sagte, und dann lauschte ich auf die andere, junge und klare Stimme, die dahinter in ihrer Krypta lag. Aber sie schlief dort, die Stimme, und schlief immer weiter, hinter ihrem unechten weißen Lächeln.

Ihre beängstigende Krankheit ließ sie beide altern. Mein Vater besaß noch immer eine unglaubliche Kraft, aber ich ahnte, daß er sie allmählich als nutzlos empfand. Manchmal, wenn er auf dem Heimweg von der Arbeit die Gasse heraufkam, standen zwei oder drei von uns auf der Hofmauer. Sobald er auf unserer Höhe war, stürzten wir uns auf ihn. Er fing uns einen nach dem anderen auf und nahm uns mit demselben Schwung huckepack, ging geduckt durch das Tor und setzte uns dann wieder auf die Mauer, als wögen wir überhaupt nichts. Aber als wir einmal, nachdem meine Mutter wieder gesund geworden war, sprangen, fing er uns zwar auf – erst Eilis, dann Deirdre, dann Gerard, dann Eamon –, aber bevor Liam oder ich springen konnte, ließ er die anderen vorsichtig zu Boden gleiten und winkte ab.

»Nicht heut abend, Kinder. Ihr seid mir zu viele.«

Ich sah ihm nach, wie er durch den Hof auf das Haus zuging und eine Spur von Kindern hinter sich ließ, und hielt mich an der Wäscheleinenstange fest, während ich auf der abgerundeten Oberkante der Mauer balancierte. Liam machte neben mir auf der Mauer einen Handstand und versuchte, die Beine dabei ausgestreckt zu halten.

»Schwer angeschlagen, der Mann, schwer angeschlagen«, sagte er, den Kopf verkehrt herum. Ich weiß noch, daß ich mich wunderte, wie komisch sein Mund aussah, wenn er in dieser Stellung redete. Dann machte er einen Salto und landete auf beiden Füßen in der Gasse. »Wie nicht anders zu erwarten«, fügte er hinzu.

Ich nickte, aber ich hatte das überhaupt nicht erwartet, nicht so schnell jedenfalls, wenigstens nicht, bis er es sagte. Ich ließ mich vorsichtig von der Mauer heruntergleiten, als wäre sie wer weiß wie hoch, und war dankbar für den festen schwarzen Lehm der Gasse, den ich unter meinen Sohlen spürte. Aber selbst diese Festigkeit schwand dahin, als ich ans Tor kam und durch das Küchenfenster sah, wie sie ihn mit ihren falschen Zähnen anlächelte, während sie miteinander redeten.

Aufklärung

September 1953

Der Geistliche Direktor der Schule wollte mich sprechen. Mein Name wurde in der Klasse aufgerufen. Ich sollte mich in Pater Nugents Zimmer melden. Alle lächelten wissend. Das war das Aufklärungsgespräch, zu dem wir alle einzeln abkommandiert wurden. Mein Banknachbar, der Fast-Albino Nigger Crossan, zwickte mich, als ich mich an ihm vorbeischob, in die Innenseite des Oberschenkels. Er hatte uns Sachen erzählt, von denen einem ganz schwindlig wurde. Pater Nugent hatte ihn nie zu sich bestellt. Dieser Umstand wurde allgemein als Eingeständnis von Niggers überlegenem Wissen oder aber als beleidigender Hinweis auf seine heillose Verderbtheit gewertet.

Obwohl es ein warmer Tag war, brannte in Nugents Zimmer ein loderndes Feuer, und zu beiden Seiten des Kamins stand, dicht herangerückt, je ein Sessel. Nugent war ein kleiner Mann mit ergrautem Haar, randloser Brille und einem glänzenden, unschuldigen Gesicht. Er erhob selten die Stimme, verlor selten die Beherrschung und hatte, soweit bekannt, noch nie jemanden geschlagen. Er fragte, ob es mir etwas ausmachte, wenn er rauchte. Ich schüttelte den Kopf. Er suchte nach Streichhölzern, meinte dann, es sei sowieso schlecht für seine Gesundheit.

»Sie könnten sie doch am Feuer anzünden, Pater«, sagte ich.

»Natürlich, du hast recht, du hast völlig recht. Sehr gut.«

Er zündete sich die Zigarette mit einem Fidibus an, ließ sich mir gegenüber in den Sessel fallen und nickte mir durch die blaue Rauchspirale zu. Dann schaltete er, obwohl es ein heller Tag war, die Lampe ein, die neben ihm auf dem Tisch stand. An der dem Feuer zugewandten Seite war ich am Rösten, deshalb stemmte ich die Absätze leicht gegen den dünnen Teppich und schob den Sessel so unauffällig wie möglich zurück. Der Teppich schlug hinter dem Sessel Falten. Ich saß fest. Während er ins Feuer starrte, mit gütig-verlegener Miene vor den glühenden Kohlen brütete, wiederholte ich mir im Kopf die Hauptpunkte des Vortrags, den ich, nach dem, was die anderen gesagt hatten, zu erwarten hatte. Erstens die Sache mit dem Mysterium des Lebens. Dann die Inkarnation – die Fleischwerdung des Geistes. Verweis auf Jesus. Auf Seine Mutter. Kein Wort von Joseph. Dann Übergang zu unser aller Stammeltern, Adam und Eva. Dann zum Sündenfall. Dann zu unseren Eltern zu Haus. Dann zur Sache selbst, zum Akt als solchem.

Er ging genauso vor, wie man es mir vorhergesagt hatte. Du wurdest, sagte er mir – nachdem wir die einleitenden Passagen hinter uns gebracht hatten –, von deinen Eltern geboren. Das war mir bekannt, aber ich hielt es nicht für höflich, rüpelhaft darauf hinzuweisen. Und zwar, fuhr er fort, als Resultat des Geschlechtsakts, der sexuellen Vereinigung deiner Eltern. Auch das war mir bekannt, aber hier regte sich doch meine Neugier, denn auch wenn ich viel darüber gehört hatte, hatte ich keine Ahnung, was das war. Was ich gehört hatte, war unwahrscheinlich genug. Es klang wie eine mechanische Präzisionsarbeit, die ich beim besten Willen nicht mit dem in Verbindung bringen konnte, was die Kirche Wollust nannte und was irgendwie wild, heftig, leichtsinnig zu sein schien, wie gemeinsam essen und trinken und dabei zu Musikbegleitung auf den Tischen tanzen. Ich wußte Bescheid, hatte aber keine Ahnung. Ich wollte es wissen, wollte aber nicht feststellen müssen, daß ich es schon gewußt hatte. Ich wollte etwas anderes hören, von einer subtileren Weise erfahren, mit einer Frau zusammenzusein, wie er es nannte, obwohl mir die Verschwommenheit des Ausdrucks mißfiel. Vor allen Dingen wollte ich glauben, daß es für meine Eltern und die ganze Generation vor uns etwas anderes war; so daß dieser Geschlechtsverkehr, wenn er denn wirklich so funktionierte, nur unser Problem sein würde, nur die Sache unserer Generation, und es uns nicht peinlich zu sein brauchte, ihnen anschließend in die Augen zu sehen.

»... sind in Liebe zusammengekommen«, sagte er gerade. Ich nickte verständnisinnig, obwohl ich, wie mir voll Panik bewußt wurde, bis dahin so gut wie gar nichts mitbekommen hatte.

Ich beschloß, besser aufzupassen, aber er wählte gerade diesen Augenblick aus, um mit einem langen Schürhaken im Feuer zu stochern, und dann sahen wir beide zu, wie die Kohlen ihre rote Seite nach oben kehrten und Funken sprühten. Ich dachte an das Mädchen, in das ich verknallt war, Irene Mackey. Ich hätte ohne weiteres mit ihr zusammenkommen können, wenn ich mich nur getraut hätte, sie anzusprechen. Pater Nugent redete jetzt gerade über die Leidenschaft. Liebe zeugt Leidenschaft. Die Leidenschaft ruft Veränderungen im Körper hervor. Der Penis ... Hatte ich dieses Wort schon mal gehört? Kannte ich es? Ich kannte es, aber gehört hatte ich es noch nie. Ich nickte energisch. Penis? So hieß das also.

»Ja.«

Einen Augenblick später sagte er »Vagina« und wollte von mir wissen, ob ich dieses Wort kannte und was das wäre. Ich wußte, was es sein mußte, aber vorstellen konnte ich es mir nicht, und als er fragte, ob ich wüßte, wo es sich befand, produzierte ich ein etwas hysterisches Lächeln und sagte ja, ja, das wußte ich, aber gleichzeitig sagte ich mir nein, weißt du nicht, nicht so richtig, frag ihn, du dummer Scheißer, frag ihn, dazu bist du doch hier, aber ich war zu nichts anderem fähig, als ihn anzustarren und zu spüren, wie mein Kopf zwischendurch immer wieder nickte, auch wenn ich nicht wußte, wozu, denn alles, was ich sah, waren seine Lippen, die sich vor und zurück, auf und ab bewegten, und seine Zähne, die immer wieder verschwanden, und das Kaminfeuer, das manchmal auf seinen Brillengläsern blinkte, so daß seine Augen eine bösartige Röte annahmen, und seine schwarze Soutane verlieh ihm das Aussehen eines seltsamen Tieres mit brennenden Augen, das sich schnurrend vorbeugte und zum Sprung bereit machte.

»Wenn der vergrößerte Penis in die Vagina eindringt, wird Sperma emittiert.«

Emittiert? Heiliger Herr Jesus, emittiert? Eh-mit-tiert? Ermit-tiert? Was war *das* denn für ein Wort? Ich quetschte meine Stimme raus.

»Er tut was?«

Pater Nugent hielt mit hochgezogenen Augenbrauen inne. »Er...?«

Dann fiel bei ihm der Groschen.

»Ach so, emittiert. Vom Lateinischen *emittere,* aussenden. Das Sperma wird hinausgeschickt.«

Das verblüffte mich. Es klang nach einer Prozedur, die in großer Entfernung erfolgte.

»Sie meinen, er schickt es ihr?« In was? wollte ich fragen. In einem Umschlag? In einem kleinen Päckchen? Wovon, in Herrgotts Namen, faselte dieser Spinner da eigentlich?

»In gewissem Sinne. Der spezifischere Ausdruck ist ›ejakuliert‹.«

Oh, aus dem Lateinischen, würde er bestimmt sagen und tat's denn auch prompt. Herzlichen Dank, Pater. Jetzt schleudert er es raus, wie einen Speer. Und Sperma ist das griechische Wort für Samen. Muß man Latein und Griechisch können, um es zu machen? Sagt Er zu Ihr: »Bitte schön. Das kommt aus dem Lateinischen, für ›werfen‹ oder ›schicken‹«? Wenn kein Latein im Spiel ist, dann ist es Sünde. Liebe ist lateinisch, Wollust nicht. Ich rief mir alle entsprechenden englischen Wörter, die ich bislang gehört hatte, ins Gedächtnis zurück. Sie klangen zweifellos ein ganzes Stück barbarischer.

»Verstehst du jetzt?« Er sah mich so lieb an, daß ich es nicht übers Herz brachte, nein zu sagen. Ich war total verwirrt und hatte keine blasse Ahnung, wie der berühmte Akt nun eigentlich aussah oder wie in aller Welt meine Eltern ihn ohne eine solide Kenntnis lateinischer Vokabeln zustande gebracht haben konnten. Vielleicht verlieh einem das Sakrament der Ehe ja dieses Wissen ganz automatisch, so daß man es dann auf die von der Kirche empfohlene Weise tun konnte. Mein Gesicht hellte sich bei diesem Gedanken auf, und er hielt dies irrtümlicherweise für ein Zeichen der Erleuchtung.

»Begreifst du jetzt?«

»Ja, Pater.«

Der Samen wuchs im Schoß zu einem Kind heran. Schoß kannte ich vom Ave-Maria her, auf lateinisch und auf englisch.

Und auf irisch. Das war alles soweit völlig in Ordnung. Ich fühlte mich an der einen Seite von oben bis unten angesengt, und in meiner rechten Kniekehle sammelte sich der Schweiß. Er sah mich erwartungsvoll an. Er hatte mich offenbar etwas gefragt. Ich änderte meinen Gesichtsausdruck: hob die Brauen und riß die Augen auf, um möglichst interessiert auszusehen.

»Und, tust du's?«

Schmerzensreiche Mutter Christi, tu ich was? Was tu ich? Sollte ich so tun, als würde ich vor Hitze ohnmächtig? Warum klopfte nicht jemand an die Tür? In einem Taumel der Dankbarkeit hörte ich ihn weiterreden, noch bevor ich imstande gewesen war, meine Zunge vom Gaumen zu lösen.

»In diesem Alter denken die meisten Jungen nicht daran.«

Da irrst du dich aber, schrie ich innerlich. Ein Haufen von ihnen denken an gar nichts anderes. Aber was mich angeht, hast du recht. Ich bin normal.

»Erst später beginnen sie sich zu fragen, woher ein im Zölibat lebender alter Mann wie ich solche Dinge wissen kann.«

Da war ich denn doch platt. Ich dachte, er redete über Sex. Wen scherte es, ob er im Zölibat lebte? Das Zölibat war doch nur so ein komischer Geruch nach Seife und Puder. Wenn ich mir also, fuhr er fort, später einmal Gedanken darüber machen würde – obwohl ich ihm gern gesagt hätte, daß nichts weniger wahrscheinlich als das war –, aber wenn ich es erst einmal tat, würde ich erkennen, daß es die Möglichkeit gab, sein Leben einem Menschen zu weihen, und die Möglichkeit, sein Leben Gott zu weihen, und daß diese zwei Lebensweisen einander sehr ähnelten, da die Liebe, auf die sich beide gründeten, ihrer Natur nach bedingungslos war. Er hielt inne. Dieses Wort war schon einmal gefallen, an dem Tag, an dem Liam und ich gefirmt worden waren. Wovor bei der Firmung jeder eine Heidenangst hatte, war, zum Fragenbeantworten nach vorne gerufen zu werden – aus der versammelten Mannschaft herausgepickt zu werden, die da in mehreren Reihen in der Kirche saß, während der Bischof, von zwei Priestern eskortiert und von einem Meßdiener gefolgt, der den Saum seines Gewandes hochhielt, langsam auf den Altar zuging. Alle paar Schritte blieb er stehen, ließ den Blick über eine Sitzreihe schweifen und zeigte auf jemanden. Der betreffende Junge wurde dann hinausgeführt und mußte mit einem der Lehrer am Ende der Reihe warten, bis der Bischof den Altar erreicht, sich auf seinen Thron gesetzt und sein Meßgewand ausgebreitet hatte und das Zeichen gab, die Jungen möchten nach vorn kommen. Wir machten uns alle so klein wie möglich und starrten auf den Fußboden. Er blieb am Ende unserer Reihe stehen. Ich spürte, wie er uns musterte, und spürte, wie sein fetter kleiner Finger deutete. »Du bist dran«, flüsterte Liam, »er zeigt auf dich.« Ich sah den ausgestreckten Finger und den Lehrer, der sich schon seinen Weg zwischen den Bänken bahnte. Er legte mir eine Hand auf die Schulter. »Nicht ich, Sir. Das war Campbell, auf den er gezeigt hat.« Busty Campbell, mein Platznachbar, rammte mir den Ellbogen in die Rippen. »Nein, mein Sohn«, sagte der Lehrer, »das warst du. Hab keine Angst. Es wird schon alles gutgehen.«

Fünf von uns wurden nach vorn zum Altar geführt. Wir würden als erste gefirmt werden: als Soldaten Christi, als Mitglieder der streitenden Kirche auf Erden. Er würde uns als Symbol für die Schläge, die wir bei der Verteidigung unseres Glaubens empfangen würden, einen leichten Backenstreich geben, und dann würde er uns das Kreuzeszeichen auf der Stirn machen und dadurch firmen. Aber zuerst sollte diese Zufallsauswahl die Gewißheit bringen, daß man der Klasse die Lehren der Kirche richtig beigebracht hatte. Jeder kniete sich vor dem Bischof hin, er beugte sich vor und stellte irgendwelche Fragen, der Schüler antwortete, wurde gefirmt und in die Seitenkapelle geführt, wo er – vor den Augen der Erwachsenen, die entlang der Seitenbänke versammelt standen – darauf warten würde, sich wieder seiner Reihe anzuschließen, sobald sie vorgetreten war und wieder zu ihrem Platz zurückkehrte. Ich war der letzte der fünf.

Der Altar duftete süß nach Weihrauch. Der golddurchwirkte Ornat des Bischofs und sein goldener Hirtenstab, den er aufrecht in der rechten Hand hielt, strahlten auf mich hernieder. Ich hatte das Gefühl, daß ich, wenn er mich berührte, gleichfalls zu Gold werden würde, mein Gesicht zu einer Metallmaske und meine Beine schwer, mein Körper kostbar und tot. Der Bischof lächelte mich an.

»Sage mir, mein Kind, was ist das zentrale Geheimnis unseres Glaubens?«

»Die Inkarnation Christi, Euer Lordschaft.«

Das war einfach. Wir hatten das in der Klasse bis zum Gehtnichtmehr wiederholt.

»Was bedeutet Inkarnation? Kannst du mir das sagen?«

»Das Annehmen eines menschlichen Leibes. Die Menschwerdung Gottes.«

»Hervorragend.«

Pater Browne, der mit dem buschigen grauen Haar, nickte mir, von hinter dem Thron, ermutigend zu. Die mollige Hand des Bischofs bewegte sich auf mich zu. Als ich spürte, wie sich mein Magen beim Gedanken an seine Berührung, beim Gedanken, daß alles vorbei war, zusammenzog, mußte ich fast kichern. Mein Gesicht zuckte, und seine Hand hielt inne.

»Eine letzte Frage noch. Wie ist Gottes Liebe zu den Menschen ihrer Natur nach beschaffen?«

Ich sah auf sein Meßgewand. Mir fiel kein einziges Wort ein. In meinem Magen entstand ein kalter Kloß, der sich langsam ausdehnte. Der Bischof betrachtete mich. Pater Browne hatte aufgehört zu nicken. Pater Mullan sah mich von der anderen Seite des Throns aus stirnrunzelnd an. In der überfüllten Kathedrale hinter mir herrschte eine fast vollkommene Stille; nur einer hustete. Die Wärme, die die versammelte Gemeinde ausstrahlte, erreichte mich und drang durch mich hindurch, so daß ich ganz naßgeschwitzt war. Ich dachte schon daran, in Tränen auszubrechen, aber dann dachte ich, ich müßte die Frage irgendwie beantworten. Da wurde mir bewußt, daß ich sie vergessen hatte. Was hatte er noch mal gefragt? Jetzt fiel es mir wieder ein.

»Bedingungslos«, flüsterte ich.

Alle lächelten. Der Bischof gab mir einen leichten Backenstreich, rieb seinen Daumen auf meiner Stirn, murmelte etwas Lateinisches.

Ich blieb knien. Pater Browne gab mir mit einer Geste zu verstehen, ich sollte aufstehen. Ich kniete da, gebannt.

»Bedingungslos«, sagte ich noch einmal.

Der Bischof beugte sich vor und sagte: »Du kannst jetzt aufstehen. Dein Lehrer wird dich hinüberbringen.«

Aber ich konnte mich nicht rühren. Ich war zu Gold geworden. Mein Körper war ein einziger massiver Block: ein Barren. Sie würden mich hochwuchten und vom Altar wegtragen müssen und mich kniend in einer Mauernische der Kapelle abstellen. Pater Browne berührte meine Schulter, und ich stand sofort auf, der Lehrer packte mich am Ellbogen und begleitete mich dahin, wo die anderen vier standen, und ließ mich dort bei ihnen stehen, mit kribbelnder Kopfhaut und dem Wort »bedingungslos«, das mir unaufhörlich durch den Kopf ging, ein Wort, das wie der Strahl eines Leuchtturms an- und ausging und aus meinem Mund die Gesichter der starrenden Gemeinde bestrich und in einer See aus Klängen ertrank, als der Chor zu singen begann. Das war das erste Mal gewesen, daß der Bischof zu mir gesprochen hatte.

Nugent redete noch immer.

Er sagte gerade, er habe um des Geistes willen dem Fleische entsagt. Das Fleisch war gut, gut *in* sich, aber nicht *aus* sich. Das war ein wichtiger Unterschied.

Ich gab ihm, heftig nickend, recht.

Die Gefahr des Fleisches, verkündete er, war, daß es zu einer Lust werden konnte, die von dem lebte, was ihre Kost war.

Er lehnte sich in seinem Sessel zurück und sah mich erwartungsvoll an.

Wovon sonst sollte etwas leben? fragte ich mich, aber wieder lächelte er mich erwartungsvoll an, und wieder wurde mir bewußt, daß er mich etwas gefragt hatte, was ich nicht mitbekommen hatte. Der Lärm in meinem Kopf war ohrenbetäubend.

»Kennst du diesen Ausspruch – über die Lust?« fragte Pater Nugent.

Ich starrte ihn entsetzt an. War das etwas, was ich hätte wissen sollen?

»Er ist von Shakespeare, glaube ich. Aus einem der Dramen.«

Dramen. Ich hatte gedacht, es gäbe nur das eine, den *Kaufmann von Venedig,* den wir im dritten Jahr lasen und einstudierten. Dieser Mann war reif fürs Irrenhaus. Bald würde ich's auch sein.

Er beugte sich vor, und ich lehnte mich so weit zurück, wie es überhaupt ging. Das Feuer spiegelte sich in seinen Brillenfenstern.

»Sexualität ohne Liebe kommt einem Mord nahe. Du ermordest deinen eigenen Körper und den Körper der Frau, mit der du den lieblosen Akt vollziehst. Und indem du das Fleisch mordest, mordest du die Seele auch.«

Er lehnte sich zurück, und die Feuer verschwanden aus seiner Brille. Es gefiel mir, wo er dieses »auch« hingesetzt hatte. Das war stilistisch gelungen, irgendwie richtig feierlich. Er redete schon wieder weiter.

»... der Mißbrauch unseres geheimnisvollsten Vermögens, der Macht, Leben hervorzubringen. Nichts anderes kommt dieser Macht gleich, ausgenommen die Liebe, welcher dieses Leben entspringt, die in Gott ist, und die Liebe, die das Leben in uns selbst hervorbringt – die natürlich gleichfalls in Gott ist, aber ebenso auch dasjenige ist, was uns zeit unseres Lebens formt, bestimmt und heiligt.«

Er hielt inne und holte Atem. Wieder nickte ich, aber gleichzeitig fing ich an, kaum wahrnehmbare Bewegungen im Sessel zu vollführen, um zu signalisieren, daß ich die Vorstellung für beendet betrachtete.

»Und noch etwas. Was die Frauen angeht. Das Wichtigste überhaupt. Meide jede Brutalität. Das erst wird dich zum Manne machen. Nicht Körperkraft. Nicht Kämpfen. Nicht Sport. Nicht Geld. Viele deiner Kameraden sind ... wie soll ich sagen? Ein bißchen rüpelhaft, ja? Hart nur um des Hartseins willen, verstehst du, was ich meine, mein Sohn? Davor hüte dich. Gehe hin in Frieden.«

Er stand auf und segnete mich mit einem flinken Kreuzeszeichen, das mich für einen Augenblick wieder an den Sessel nagelte. Er begleitete mich bis zum Ende des Korridors mit seinen zwei Reihen von billardgrünen Türen links und rechts. Ich rannte aus dem Gebäude, wischte durch die Hintertür hinaus, um Irene Mackey, wenn sie von ihrer Schule zum Mittagessen nach Haus ging, nach Möglichkeit abzufangen. Bloß um sie anzusehen und mir einzureden, daß sie mich auch ansah. Während ich lief, stellte ich mir vor, wie Pater Nugent zögernd seine Tür zumachte und die Sessel ansah, die zu beiden Seiten des Kamins standen, stumm jetzt und aller Vertraulichkeiten entleert, im verblaßten Licht seiner Lampe und der hohen Fenster.

Ins Kino

November 1953

Wir sahen uns den Film *Drei Fremdenlegionäre* an. Die Idee, die Leichen der toten Legionäre an die Brustwehr zu stellen, erschien uns brillant, auch wenn es recht hitzige Diskussionen darüber gab, wie Tote so mit Gewehr im Anschlag stehen können sollten und wie die Tuareg so blind sein konnten, den Trick nicht zu bemerken.

Wir übernahmen den Ausspruch des bösen Sergeanten als Schlachtruf, den wir regelmäßig skandierten, wenn wir im Pulk das protestantische Gebiet durchquerten, das zwischen der Schule und unserem Viertel lag.

»In Zinderneuf tut jeder seine Pflicht, ob tot oder lebendig. Die Araber sollen glauben, wir hätten tausend Mann.«

Der Geschichtslehrer tadelte uns dafür, daß wir den ganzen englischen Eliteschüler-Unsinn bewunderten, der im Film vorgeführt wurde. Die drei Brüder. Das gestohlene Juwel. Beau Gestes sogenannte Wikingerbestattung, ganz zum Schluß. Der Name Beau Geste selbst. Wir sollten lieber mehr über die irische Tradition in der französischen Fremdenlegion lernen. John Devoy, beispielsweise, der große Organisator der Fenier, war in seiner Jugend in die Legion eingetreten, um die militärische Ausbildung zu erhalten, die er benötigen würde, um gegen die Engländer zu kämpfen. Die Franzosen, sagte er, waren schon immer unsere Freunde gewesen.

So heißt es, so heißt es, sagte mein Vater zu mir. Aber eigentlich ist doch eins wie's andere ein Empire. Frankreich und Amerika waren Republiken; sie hätten nie zu Imperien werden dürfen. Echte Republikaner würden das niemals tun. Aber andererseits, fragte er mit spürbarer Bitterkeit, wer hatte schon je einen echten Republikaner getroffen? Die sind noch seltener als echte Christen. Er verschanzte sich wieder hinter der Zeitung.

Deinen Bruder, wollte ich sagen, den hast du gekannt. Dein eigener Bruder. Der war einer. Aber du wirst es niemals wissen.

Statt dessen fragte ich ihn, warum Devoy sich mit den Franzosen im Kampf gegen die Araber zusammengetan hatte, um anschließend für Irland gegen das Britische Empire zu kämpfen. Er zuckte die Schultern. Vielleicht hatte er zu viele Filme gesehen, lachte er.

Aber jeden zweiten Sonnabendnachmittag, wenn unser Verein kein Heimspiel hatte, gingen wir ins Kino, ins City Cinema oder in die St Columb's Hall. Einmal, an einem Feiertag, als wir schulfrei hatten, gingen wir in eine Sechs-Uhr-Vorstellung. Bei dieser Gelegenheit hatte Irene Mackey endlich eingewilligt, mit mir und den anderen mitzugehen. Sie war noch immer Grenaghans Freundin; die Anwesenheit der anderen gab ihr das Gefühl, es sei schon in Ordnung, mit mir auszugehen. Er war ein Schlägertyp, auch wenn er ein Hinkebein hatte. Aber seinetwegen, beschloß ich, würde ich mir später Sorgen machen. Sie würde neben mir sitzen. Das genügte. Rechts von mir saßen Harkin und Moran. Links von Irene saßen Toner, dessen Freundin Sheila und dann O'Donnell. Wie alle anderen im Saal begleiteten wir die Werbung und einen Dokumentarfilm über den Weizenanbau in der kanadischen Prärie mit Gejohle. Dann fing der eigentliche Film an – ein Krimi. Ich schob mich vorsichtig an Irene heran, und sie kuschelte sich an mich. Jemand trat von hinten gegen die Lehne meines Sitzes und lachte.

»Ihr zwei, benehmt euch«, sagte eine Männerstimme.

Wir erröteten beide und rückten ein Stückchen auseinander. Harkin, der aus einem Becher Eiskrem löffelte, flüsterte mir zu: »Ein Wort von dir, und ich dreh mich um und besorg's deinem Hintermann. Voll in die Fresse.«

Irene sah mich entsetzt an.

»Nein. Laß schon. Wir sehn uns den Film an.«

Nach einer Weile, als die Handlung in Gang gekommen war, fing O'Donnell an, Wetten darüber abzuschließen, was als nächstes passieren würde und wer der Mörder war.

»Wer ist der Arsch im Schlafzimmer? Ein Sechser, daß es ihr Alter ist, der große Typ mit der Brille.«

»Der ihr Alter? Nie im Leben. Laß deinen Sechser sehn, und es gilt«, flüsterte Harkin an Irene und mir vorbei. O'Donnells Hand tauchte aus dem Dunkel auf und präsentierte ein silbernes Sixpencestück. Dann zog sie sich wieder zurück.

»Es gilt«, sagte Harkin und zeigte seinerseits einen Sechser.

Wir lagen alle halb in unseren Sitzen, eingefangen im grellen Licht der Leinwand über uns. Die Heldin ging in die Küche und kochte Kaffee.

»Ist Kaffee sehr verschieden von Tee?« flüsterte Sheila.

»Red keinen Blödsinn«, antwortete Toner, peinlich berührt. »Was völlig anderes.«

»Was weißt denn du?« meckerte O'Donnell von der anderen Seite. »Du hast doch in deinem ganzen Leben noch keinen Kaffee getrunken.«

»Hab ich doch. Draußen auf der amerikanischen Basis. Ich hatte da mal Zeug von Liptons Laden ausgeliefert, und da haben sie mir Kaffee gegeben. Zigmal hab ich den getrunken.«

»Mund halten, ihr Bande«, sagte die Männerstimme hinter uns, »es gibt auch Leute, die den Film hören wollen. Dafür haben wir nämlich bezahlt.«

Die Taschenlampe der Platzanweiserin tanzte über uns hinweg, und wir rutschten ein bißchen tiefer in die Sitze. Alle machten »psst!« Der Film hatte seinen Höhepunkt erreicht. Auf der Leinwand verhörte ein Kriminalbeamter gerade einen Verdächtigen.

Moran, rübergereckt, im Flüsterton: »Kennt ihr den vom Eskimo-Detektiv? Fragt er den Verdächtigen: ›Wo waren Sie in der Nacht vom 21. September auf den 21. März?‹«

Toner lachte laut los.

»Kapier ich nicht«, sagte Sheila.

»Schon gut; wir erklären's dir hinterher. Jesus.«

»Wo ist der Witz?« flüsterte Irene in mein Ohr.

»Er hat ihn nicht richtig erzählt. Ich sag's dir dann draußen.« Der Magen krampfte sich mir zusammen. *Das* kapierte sie nicht?

Auf der Leinwand drehte sich ein Türknauf, und die Tür

ging langsam auf. Eine behandschuhte Hand kam kurz ins Bild.

Nat wollte die Wohnung verlassen. Die Tür ging noch weiter auf.

»Du Idiot«, rief Moran, »der Typ ist im Schlafzimmer. Quassel weiter, Blödmann.«

»Psst«, sagte der Mann hinter uns.

Ein paar Reihen weiter hinten fing ein Mädchen an zu schluchzen.

»Jetzt wird sie gleich umgebracht. Warum sagt's ihr niemand?«

»He, Miss, jetzt werden Sie gleich umgebracht«, rief Harkin.

Ein paar Leute lachten, aber es wurde auch viel gezischt, und der Lichtstrahl der Platzanweiserin strich über uns hinweg und verharrte für ein paar Sekunden. Irene umklammerte meine Hand. Ich schloß meine um ihre, und wir schlangen die Finger ineinander.

Auf der Leinwand stand der Held an der Tür und schickte sich an zu gehen.

»NEIN, NEIN, NEIN«, brüllten wir unisono. »Du Blödmann. Du sperrst sie mit ihm ein. Er ist im Schlafzimmer.«

»Die ist jetzt erledigt«, verkündete Toner.

Sheila fing an zu weinen. Irene klammerte sich an meinen Arm.

»Ich kann nicht hinschauen«, flüsterte sie. »Sag's mir, wenn alles vorbei ist.«

»Aber das ist doch die spannendste Stelle!«

Doch sie vergrub ihr Gesicht an meiner Schulter und wollte nicht hinschauen. Im Kino war es totenstill.

»Jesus, es ist tatsächlich ihr Alter«, flüsterte Toner, als die Kamera auf einem Foto des Vaters der Heldin verharrte.

»Du schuldest mir 'n Sechser, Harkin«, sagte O'Donnell schadenfroh und klatschte in die Hände.

Der Mörder zog sich die Maske vom Gesicht. Es war wirklich ihr Vater. Ich war entsetzt. Ich vergaß Irene.

»Ihr Vater?« quiekte Sheila ungläubig. »Er wird doch nicht

seine eigene Tochter umbringen. BESTIE!« brüllte sie zur Leinwand. Die Leute um uns herum lachten.

Der Held stampfte schon mit gezogenem Revolver die Treppe hinauf.

Ein Schuß, eine Umarmung, abschließende Worte aus dem Off. *Ende.*

»Jesus, der war gut«, sagte Toner, als die Beleuchtung wieder anging, »ich wußte die ganze Zeit, daß es der war.«

»Einen Scheißdreck hast du gewußt«, lachte Moran höhnisch, »du dachtest, es wär der Mann im Drugstore. Jedem andern wär klar gewesen, daß es ihr Alter war.«

Ich verabschiedete mich von Irene an meiner Ecke, weil sie meinte, es wär wahrscheinlicher, daß uns Grenaghan an *ihrer* über den Weg lief. Wir standen in der Nähe der Straßenlaterne. Von dort aus konnte ich meine Tür sehen, und ich behielt sie im Auge für den Fall, daß jemand rauskam, um die leeren Milchflaschen rauszustellen. Wir küßten uns einmal, sehr sanft. Während ich mich vorbeugte, um sie noch einmal zu küssen, überlegte ich mir, ob ich ihr vorschlagen sollte, daß wir uns aus dem Licht verzogen und mal eben um die Ecke, in die Seitengasse gingen. Über uns erschien ein Schatten an der Wand, und in dem Augenblick, als sie einen Schritt zurücktrat, wußte ich, daß es Grenaghan war. Er war nur ein verschwommener Fleck, der sich in der Nähe bewegte. Die Haustür öffnete sich. Mein Vater trat heraus in das Viereck aus gelbem Licht. Ich sah ihn vollkommen deutlich. Grenaghan blieb stehen und schaute hin. Mein Vater sah zu uns herüber. Dann ging er wieder ins Haus, ließ aber die Tür offen. Grenaghan holte zu einem Schwinger aus und erwischte mich seitlich am Kopf. Dann tauchte Liam mit ein paar der anderen auf, darunter Harkin, Moran und O'Donnell. Sie rannten alle auf Grenaghan los, der machte kehrt, sprang auf die Mauer und ließ sich runter aufs Feld fallen. In die Dunkelheit folgten sie ihm nicht.

Liam zog mich in eine sitzende Haltung hoch und lehnte mich an die Mauer.

»Wo ist Irene?« fragte ich.

»Irene? Du willst wissen, wo *die* ist? Die ist hundert Meter die Straße runter an uns vorbeigerannt. Hat kein Wort gesagt. Das war bestimmt alles eine abgekartete Sache, zwischen ihr und Grenaghan.«

Ich schüttelte den Kopf. Das stimmte nicht. Die hielten mich alle für einen Idioten. Aber Irene ging mir von da an aus dem Weg, und ich brachte es nicht fertig, ihr hinterherzulaufen und sie direkt zu fragen. Sie blieb bei Grenaghan. Mein Vater zog mir die Lippe runter, um zu sehen, ob sie innen aufgeschlagen war.

»Im Licht stehen und dann noch mit dem Rücken zur Dunkelheit. Da braucht man sich nicht zu wundern. Du hättest aufpassen sollen. Und überhaupt bist du noch viel zu jung, um mit Mädchen herumzuziehen. Kümmer dich lieber um deine Schule. Und mach einen Bogen um Grenaghan und jeden, der was mit ihm zu tun hat. Hörst du?«

Dann ging er raus und schloß die Haustür ab, bevor wir ins Bett gingen. Das Haus kam mir eng und klein vor, und mein Kopf dröhnte.

Verflucht

Dezember 1953

Die Geschichte war nämlich die, sagte Liam, als ich wissen wollte, warum man einen Bogen um Grenaghan machen sollte. Die alte Geschichte über den Diözesanexorzisten, Pater Browne, der eine ganze Nacht lang mit dem Teufel gekämpft und am nächsten Morgen davon ganz weiße Haare bekommen hatte, sagte er, hast du ja schon mal gehört. Gott weiß, wie der Teufel nach einer Nacht mit diesem Irren ausgesehen haben mag. Jedenfalls, es war diese Familie – die Grenaghans –, um die sich das Ganze drehte. Vor vielen, vielen Jahren hatte sich Jimmy Grenaghan, der Großvater von deinem Grenaghan, in eine Frau namens Claire Falkener verliebt. Aber er war hoffnungslos schüchtern und hatte ihr nie etwas davon gesagt, obwohl sie es schon wußte. Damals, um die Jahrhundertwende, herrschten sehr strenge Sitten. Sie durfte nichts sagen, und er wurde schon beim bloßen Gedanken, sie oder sonsteine Frau anzusprechen, knallrot. »Besser, geliebt zu haben und nicht reden können, als überhaupt je was gesagt zu haben«, meckerte Liam spöttisch.

Claire wartete und wartete. Grenaghan sah sie dauernd an, machte aber den Mund nicht auf. Ihre Familie, die Falkeners, ermutigten ihn nicht. Jimmy würde nie erwachsen weden. Er hatte Angst vor seinem eigenen Schatten, und wenn er lächelte, sagten sie, dann war das kein Lächeln, sondern eine Entschuldigung dafür, daß er existierte. Und überhaupt, wer wollte schon einen Duckmäuser wie den in der Familie haben? Also gut, über kurz oder lang hatte Claire das Warten satt, lernte einen anderen Mann kennen, Danno Bredin, und heiratete ihn. Bredin war bei der Handelsmarine, deshalb war er viel weg, manchmal bis zu acht Monate im Jahr. Sie hatten drei Kinder, einen Jungen und zwei Mädchen. Zur allgemeinen Verwunderung brach Jimmy Grenaghan irgendwann nach England auf, um sich dort Arbeit zu suchen. Niemand hätte gedacht, daß er je den Mut aufbringen würde, sich eine Fahrkarte zu kaufen und seine

Mama zu verlassen. Aber er tat's, und er blieb mehrere Jahre weg. Und damit nicht genug, er kam als ausgebildeter Handwerker nach Derry zurück und bekam eine Stelle hier in der Gießerei. Er war inzwischen ein anderer Mensch geworden, wie umgewandelt – nicht mehr das schüchterne Hühnchen, das er früher gewesen war. Er sah sogar anders aus, bewegte sich anders, zog sich gut an, redete frei und selbstsicher. England hatte ihn von Grund auf verändert, hatte ihm richtig gutgetan. Aber er sah nie eine andere Frau an. Statt dessen fing er an, Claire zu besuchen, wurde für die Kinder mit der Zeit zu so etwas wie einem zweiten Vater, kaufte ihnen Geschenke, ging sogar so weit, mit ihr ab und zu auszugehen, zum Neujahrsspektakel oder zu einem Spaziergang über die Landstraßen. Die Leute sogen den Atem ein und zischelten über sie. Aber dann, während des Krieges, kam die Nachricht, Danno Bredins Schiff sei mit Mann und Maus vor der Küste Argentiniens gesunken. Claire und Jimmy warteten sechs Monate ab, dann zog er bei ihr ein. Sie heirateten nicht; lebten nur zusammen. Der Priester kam vorbei und las ihr die Leviten. Sie hörte sich das nur an und machte die Tür hinter ihm zu. Als der Priester wiederkam, stand Jimmy an der Tür und versperrte mit dem Arm den Durchgang und ließ ihn nicht herein. Meinte, die Sache gehe ihn überhaupt nichts an. Viele Nachbarn wechselten kein Wort mehr mit ihnen. Jimmy wurde geächtet; ebenso Claire. Für sie war es schlimmer, weil sie den ganzen Tag in der Straße blieb. Er hatte wenigstens seine Arbeit, wo er hinkonnte, als Werkmeister in der Gießerei. Da konnten ihm nicht viele dumm kommen. Dann kehrte Danno Bredin zurück. Er war bei dem Schiffsunglück verletzt worden, hatte seither ein steifes Bein und sah kränklich aus. Er war vorzeitig in den Ruhestand geschickt worden. Da kam er also an, mit Hinkebein und allem, und fand den Kuckuck, Jimmy, in seinem Nest vor.

Claire und Jimmy müssen wirklich verliebt gewesen sein, denn sie wollte Bredin nicht wieder ins Haus lassen. Sie erklärte ihm, die Ehe mit ihm sei überhaupt keine Ehe gewesen, wo er die meiste Zeit auf See war. Behauptete, er hätte was mit anderen Frauen gehabt, sie wüßte es ganz genau. Es gab einen Heidenspektakel. Bredin hätte wegen dem Haus vor Gericht gehen können. Aber statt dessen mietete er sich im Haus gegenüber, bei einer Witwe, ein Schlafzimmer und saß von da an tagaus, tagein dort drin am Fenster und starrte über die Straße weg auf sein Haus, auf seine Kinder. Er redete mit niemand ein Wort. Er ging nie aus, saß bloß so da, ein Gesicht im Fenster, das auf die Trümmer seines Lebens starrte. In der Straße – es war die Wellington Street – herrschte bald eine unheimliche Atmosphäre. Die Leute gingen nur ungern zwischen diesen zwei Häusern hindurch – sogar Claire gewöhnte sich an, das Haus durch die Hintertür zu verlassen, dann die Gasse runter und weiter über die Lecky Road zu laufen, so daß sie das verschrumpelte Gesicht ihres Ehemannes, das sie beobachtete, nicht zu sehen brauchte. Jimmy ignorierte ihn völlig, stellte sich sogar jeden Abend nach dem Essen extra vor die Haustür, rauchte eine Zigarette und schaute die Straße rauf und runter, damit Bredin ja sah, wie absolut kalt ihn das Ganze ließ. Eines Tages saß Bredin schließlich nicht mehr am Fenster. Er war krank geworden. Er siechte noch eine Zeitlang dahin. Der Arzt meinte, es bestehe für ihn keine Hoffnung. Und tatsächlich starb er auch bald. Das Begräbnis war eine grauenhafte Angelegenheit. Bredins Verwandte wollten nichts davon wissen, daß Claire oder ihre Kinder daran teilnahmen. Als der Leichenwagen sich in Bewegung setzte, bäumten sich die Pferde auf und wieherten, als scheuten sie vor irgend etwas, und der Sarg wackelte im gläsernen Wagenkasten zwischen den blanken Metallstangen hin und her. Die Familie spuckte auf die geschlossene Tür von Claires und Jimmys Haus. Eines der Vorderfenster wurde eingeschlagen. Bredins Mutter stellte sich vor die Haustür und verfluchte, lang und unversöhnlich, alle, die darinnen wohnten, dafür, daß sie das Leben ihres Sohnes ruiniert hätten. Sie sollten weder Glück in diesem Leben finden noch Frieden im nächsten. Von dem Tage an sollten sie selbst, ihre Kinder und Kindeskinder vom schwärzesten Elend verfolgt werden. Sie sollten nie ein Haus ihr eigen nennen, das nicht verflucht wäre. Sie sollten jeden Tag und jede Nacht sein Gesicht sehen, bis ans Ende ihrer Tage; in monotonem Singsang schleuderte sie mit schwacher schriller Stimme ihre Sätze gegen die verschlossene Tür, die Fenster mit den zugezogenen Vorhängen, das Loch in der einen Fensterscheibe, bis man sie schließlich wegzog.

Für eine Weile war alles ruhig. Dann aber fingen die Nachbarn an zu sagen, sie hörten seltsame Geräusche, die aus dem Haus drangen, wie Donnerrollen und Gerassel. Die Kinder weinten. Sie sagten, manchmal, wenn sie auf die Straße wollten, könnten sie die Haustür nicht aufmachen, weil es sich so anfühlte, als hielte jemand sie zu. Claire alterte schnell und sah immer verängstigt aus. Sie suchte den Priester auf, aber der meinte, er könnte nichts für sie tun, solange sie nicht Jimmy verließ. Eines Tages dann kam Jimmy von der Arbeit heim. Er hatte herumerzählt, daß sie versuchten, das Haus zu verkaufen, obwohl jedermann wußte, daß das gar nicht möglich war. Wer würde das Haus schon wollen? An dem Tag stellte sich Jimmy, wie er das so häufig getan hatte, vor die Tür, rauchte eine Zigarette und starrte auf das leere Fenster vom Haus gegenüber, in dem Bredin gewohnt hatte. Später wurde erzählt, daß er, als er den Stummel in den Rinnstein schnippte und wieder hineingehen wollte, noch kurz innehielt und etwas – einen Fluch, Bredins Namen, irgendwas in der Art – zum leeren Fenster schrie. Dann ging er ins Haus zurück. Am andern Morgen fand man ihn am Fuß der Treppe, mit gebrochenem Genick. Die Polizei meinte, es sei ein Unfall. Sechs Monate später starb Claire in ihrem Bett, mit einem Ausdruck des Entsetzens im Gesicht, aber ohne einen Kratzer am Körper. Die Kinder wurden von Grenaghans Familie abgeholt; die Falkeners wollten nichts mit ihnen zu tun haben.

Aber der Fluch hörte nicht auf. In jedem Haus, das einem Grenaghan oder Falkener gehörte, spukte es. An manchen Tagen war es unmöglich, die Treppe zu den Schlafzimmern rauf- oder, wenn man oben war, runterzusteigen. Niemand sah je irgend etwas – da war nur so eine Kraft, die den Durchgang versperrte und jede Bewegung lähmte, die das ganze Haus zum Erzittern brachte und undeutliche Laute zurückließ, wie von fernen, klagenden Stimmen.

Die Leute sagten, daß kein Mitglied dieser zwei Familien je heiraten sollte. Man sollte sie einfach aussterben lassen. Das sei der einzige Weg, den Geist zu besänftigen. Und auch die, die unverheiratet blieben, würden zeit ihres Lebens diese gespenstische Kraft in ihren Häusern spüren. Sie sollten auswandern. Die Jungen sollten Mönche werden, die Mädchen Nonnen. Was auch immer, wenn es nur die Heimsuchung beendete. Was auch immer.

Also, sagte Liam, hältst du dich am besten aus der Sache raus. Die da, die Mackey, gehört dafür in die Klapsmühle, daß sie bei Grenaghan bleibt. *Wenn* sie bei ihm bleibt. Und niemand, der auch nur einen Funken Verstand hat, wird je was mit ihm zu tun haben, weder als Freund noch als Feind. Er ist kein richtiger Schläger – nur ein Schreckgespenst. Geh ihm aus dem Weg. Er hat böses Blut in sich.

»Wenn du an den ganzen Scheiß glaubst«, fügte er hinzu.

Einkehr

März 1954

»... und damit Sinn und Zweck der Einkehr an sich zunichte gemacht.« Das waren die Worte des Rektors. Er saß an seinem Schreibtisch, flankiert vom Dechanten und von Pater Nugent, dem Geistlichen Direktor. Moran und ich standen vor ihnen, die Hände hinter dem Rücken, musterten die drei Priester und wurden unsererseits von ihnen gemustert, und keiner der Beteiligten schien so recht zu wissen, was jetzt werden sollte. Der Rektor hatte ein klares, freundliches Gesicht; er war prinzipiell für Offenheit in allen Dingen, geriet aber regelmäßig in arge Verlegenheit, sobald Offenheit nicht ganz das war, was gefragt war. Pater Nugent war betrübt, aber auch leicht amüsiert. Ich konnte erkennen, daß ihm die Angelegenheit nicht übermäßig zu schaffen machte. Anders stand es mit Pater McAuley. Er bestand auf einer Bestrafung. Er war klein, dunkel und unsicher. Wenn wir ihn gelegentlich als Vertretung in Latein oder Griechisch hatten, weil unser eigentlicher Lehrer krank oder aus irgendwelchen Gründen nicht da war, machte er manchmal grammatikalische Fehler, auf die wir ihn stets auf die höflichste und zurückhaltendste Weise aufmerksam zu machen pflegten. Moran und ich hatten uns bei diesen Gelegenheiten immer besonders hervorgetan. Jetzt, dachte er, waren wir dran.

Moran und ich waren dabei beobachtet worden, wie wir eines Sonnabends während der jährlichen geistlichen Einkehr das Schulgelände verlassen und uns auf den Weg zum Fußballplatz in Brandywell gemacht hatten, um uns das Pokalspiel gegen Linfield anzuschauen, einen militant protestantischen Verein aus Belfast. Es tat uns beiden leid, daß wir gesehen worden waren, aber nicht, daß wir es getan hatten, besonders weil unsere Mannschaft in der letzten Minute gewonnen hatte.

Der Dechant erklärte, eine körperliche Züchtigung sei seiner Meinung nach nicht genug. Sie sei zu schnell vorbei. Statt dessen müßten wir uns einer dauerhafteren und dem Verstoß eher angemessenen Buße unterziehen. Man sei darin übereingekommen, erklärte er uns, daß wir einen einmonatigen Kurs in geistlicher Lektüre absolvieren sollten. Moran würde von Pater Nugent beaufsichtigt werden; der Dechant würde mich beaufsichtigen. Der Text würde eine Auswahl aus den *Geistlichen Übungen* des heiligen Ignatius von Loyola sein, des Stifters des Jesuitenordens. Zu diesem Zweck würden wir beide für die Dauer dieses Monats jeden Tag nachsitzen.

Zweite Woche, vierter Tag, Besinnung über zwei Banner, das eine von Christus, dem höchsten Befehlshaber und unserem Herrn; das andere von Luzifer, dem Todfeind unserer menschlichen Natur. Die Methode des Dechanten war einfach. Er wählte bestimmte Passagen aus, ich lernte sie auswendig, sagte sie ihm auf, er sagte, ich solle sie beherzigen, und ich nahm mir das nächste Stück vor. Die ausgewählten Passagen waren in ihrer Rationalität und ihrer Inbrunst so vollkommen ausgewogen, daß ich weit mehr Trost in ihnen fand, als dem Dechanten lieb sein konnte – auch wenn sie zugleich von einer bestürzenden Klarheit waren.

Der erste Punkt ist: sich bildlich vorzustellen, wie sich der Anführer aller Feinde in jenem weiten Feldlager von Babylon auf einem großmächtigen Thron aus Feuer und Rauch niederläßt, in einer schreckenerregenden und abscheulichen Gestalt.

Und demgegenüber:

Der erste Punkt ist: erwägen, wie Christus unser Herr Sich in einem großen Feldlager in jener Gegend von Jerusalem an einen bescheidenen Platz begibt, schön und liebenswürdig.

Also sendet Satan seine Dämonen aus und Christus seine Apostel; Satan versucht uns mit Reichtümern, Ehren, Stolz; Christus erlöst uns mit Armut, Geringschätzung aller Reichtümer, Demut. Die Regeln, um in diesem Leben »eine heile und gute Wahl zu treffen«; sechs Punkte in der ersten Art und in der zweiten Art vier Regeln und eine Bemerkung. Die erste Regel besagt, daß die Wahl aus der Liebe zu Gott heraus zu treffen ist. In der zweiten Regel bestand die Übung darin:

einen Menschen sich vorstellen, den ich nie gesehen noch gekannt habe, und ihm seine ganze Vollkommenheit wünschen; dann erwägen, was ich ihm sagen würde, daß er tun und wählen solle zur je größeren Ehre Gottes unseres Herrn und zur größeren Vollkommenheit seiner Seele. Und auf gleiche Weise verfahre ich mit mir selbst und halte mich an die Regel, die ich für den andern aufstelle.

Die dritte und die vierte Regel verlangten von uns, daß wir uns überlegten, welche Wahl wir treffen würden, wenn wir im Sterben lägen, oder welche Wahl wir wünschten, zu Lebzeiten getroffen zu haben, wenn wir am Jüngsten Tag vor Christus stünden.

Einen Monat lang, tagaus, tagein, setzte ich mich im Zimmer des Dechanten auf einen harten Stuhl und sagte ihm die Passagen auf, während er in einem Sessel saß und den Text aufmerksam mitlas. Er wurde der ganzen Sache lange vor mir überdrüssig. Loyola war für Widrigkeiten und Schrecken gerüstet; der Dechant war es nicht. Er nickte von Zeit zu Zeit bestätigend, aber ihm ging es nur darum, daß ich den Wortlaut exakt wiedergab – was die Worte bedeuten mochten, war ihm gleichgültig.

Die *Übungen* waren rein und kräftigend. Aus ihnen wuchs ein Mensch, den ich nie gesehen noch gekannt hatte, in seiner ganzen Vollkommenheit hervor und traf diese und jene Wahl in Übereinstimmung mit dieser Vollkommenheit. Er war ein Stern, sicher und doch ruhelos, aber seine Ruhelosigkeit kontinuierlich verringernd, indem er Gewißheit anhäufte, indem er eine Wahl nach der anderen traf, um so mehr erkennend, je mehr Unruhe es ihn kostete zu erkennen. Aber wenn ich ihn mir so vorstellte, sah ich mich auch wieder selbst in einem Geflirr von Licht und Dunkel, sah meinen Vater wieder, sah Eddie, erkannte meine Mutter, sah sie alle verschwimmen und verblassen, wußte, daß auch ich verschwommen war, verirrt war, weil ich nicht wußte, wie ich mich entscheiden sollte. Ich lag nachts wach, das Buch neben mir auf dem Kissen aufgeschlagen, während meine Brüder im Dunkeln schliefen, in meinen Ohren der Aufschrei der Zuschauer rauschte, der das Entscheidungstor begleitet hatte, der Dechant wieder im Klassenzimmer erschien und ein nervöser Radar anfing, mich innerlich abzutasten, das hereinkommende Feuer erspürte, die Entscheidungen, die immer schneller von Loyolas Babylon fortstrebten, Jerusalem, das Einzug hielt.

Bordell

April 1954

Direkt neben dem Jungeneingang zum Fußballplatz gab's ein Haus, dessen Rolläden ständig heruntergelassen waren und das in dem Ruf stand, ein Bordell zu sein. Liam behauptete, es sei mit Sicherheit eins, er wisse die Namen der Männer, die da hingingen, ganz genau – und die Namen von ein paar der Frauen auch. Es gab speziell einen Mann, einen Postinspektor namens Charlie McCabe, der jeden Dienstag hinging. McCabe war eine große Nummer in der Diözesanarbeit – sammelte Spenden für mildtätige Zwecke und ging, wie Liam sagte, den Geistlichen ständig um den Bart. Ein Oberschleimer. Ich glaubte Liam nicht. Zwischen ihm und mir, Toner und Harkin entbrannte darüber ein Streit. Die Sache endete damit, daß ich mich in einer Wette bereit erklärte, zu dem Haus zu gehen und »McCabe aufzuscheuchen«.

Ich würde zwei Shilling bekommen, wenn ich an die Tür ging, klopfte und nach »meinem Onkel«, Charlie McCabe, fragte und behauptete, er werde in einer dringenden Angelegenheit zu Hause erwartet. Wenn ich McCabe nicht dazu brachte, an die Tür zu kommen, behielt Liam das Geld. Er hielt es mir in der offenen Hand hin, damit ich sah, daß es eine echte Wette war, und sagte: »Mach, daß du fortkommst.« Ich ging die Sackgasse hinunter bis zum letzten Haus auf der linken Seite. An den zwei Fenstern zur Straße, links und rechts von der Tür, waren die Rolläden heruntergelassen. Ich klopfte an. Erst passierte lange Zeit nichts, dann machte eine junge Frau auf. Sie hatte verwuscheltes Haar und trug eine blaue Bluse und einen blauen Rock. Ihr Mund war scharlachrot geschminkt. Als sie fragte, was ich wollte, sagte ich, ich müßte meinen Onkel sprechen, Charlie McCabe, es sei ein Notfall. Seine Tochter habe einen Unfall gehabt, sagte ich. Sie sah mich mit einem halben Lächeln an und fragte, was für einen Unfall. Blöderweise war ich darauf nicht vorbereitet. Seiner Tochter geht's schlecht, sagte ich rasch. Sie muß vielleicht ins Krankenhaus. Sie ließ mich vor der Tür stehen und entschwand ins Wohnzimmer am Ende des kurzen Flurs. Ich hörte sie reden und dann lachen. Der Kopf eines Mannes lugte hinter der Tür hervor, sah mich an und zog sich wieder zurück. Weitere Stimmen. Dann erschien ein anderer, kurzer und stämmiger Mann, der gerade dabei war, sich den Gürtel zuzuschnallen – oder schnallte er ihn auf? Er trug ein kragenloses gestreiftes Hemd und eine Moleskinhose. Er blieb keinen halben Meter vor mir stehen und fragte, wer ich sei. Ich sagte ihm einen falschen Namen – Rory Harkin. Wo ich denn her sei? Wieder log ich. Rossville Street. Es gebe keine Harkins in der Rossville Street, sagte er sehr beiläufig, die beiden losen Enden seines Gürtels noch immer in den Händen. Ich trat einen Schritt zurück. Und Charlie McCabe sei nicht in diesem Haus, sagte er. Er sei nie in diesem Haus. Und er habe gar keine Tochter. Ab diesem Moment bewegten wir uns beide gleichzeitig. Seine Hand griff nach meiner Hemdbrust, während ich einen Satz zurück machte, der Gürtel löste sich zischend, und ich schoß auf die Ecke zu, wo die anderen schon kehrtmachten und losrannten. Wir blieben nicht eher stehen, als bis wir wieder auf unserem eigenen Territorium waren, im Viertel der abschüssigen Straßen. Als wir am oberen Ende der Beechwood Street entlanggingen, kamen wir an Larry vorbei, der, die Hände in den Taschen, herumstand und wie immer die Bligh's Lane hinaufstarrte. Liam meinte, ein Bordellbesuch würde Larry nur guttun. Dieser ganze Quatsch von wegen dem Weibsteufel gehe ihm auf den Wecker. Der Mann hatte ganz einfach Bammel vor Sex, wie die meisten älteren Leute. Ich starrte zu Larry hinüber. Er stand vollkommen reglos da. Ich konnte schon verstehen, wie man vor Sex Angst haben konnte. Ich mußte dabei an Feuer denken, funkelnd von Gier und Gefahr.

»Zwei Kröten war die Sache jedenfalls wert«, sagte Liam und wägte die Münzen in der Hand ab. »Wir machen halbehalbe, eine Kröte für jeden. Ich hab's organisiert, du hast es getan.«

War dieses Haus wirklich ein Bordell? Das war, was man sich zuflüsterte. War das McCabe gewesen? wollte Liam wissen. Er war nicht lange genug dageblieben, um etwas erkennen zu können; alles, was er gesehen hatte, war, wie der Mann herausgekommen war, in der einen Hand den Gürtel, die andere ausgestreckt, um mich zu packen. Nein, das war nicht McCabe, antwortete ich. Jemand anders. Alles, woran ich mich erinnern konnte, waren seine Hände an der Gürtelschnalle. Ebensowenig kannte ich die junge Frau, aber an sie konnte ich mich erinnern, in allen Einzelheiten: an ihr schläfriges Aussehen, ihr halbes Lächeln, ihren roten, roten Mund. Wie das wohl wäre mit ihr? Ich konnte es mir gar nicht vorstellen. Doch. Konnte ich. Aber genau das durfte ich nicht. Man brauchte ja bloß zu sehen, was aus Larry McLaughlin geworden war, der immer am Fuß der Bligh's Lane stand und nie ein Wort sagte. Zu meinem Schutz flüsterte ich mir im hinteren Schlafzimmer die Worte des heiligen Ignatius zu:

Bei den Personen, die von Todsünde zu Todsünde schreiten, pflegt der böse Feind gemeinhin augenscheinliche Lust vor Augen zu führen, indem er Bilder sinnlicher Genüsse und Lüste hervorruft, um sie je mehr in ihren Lastern und Sünden zu erhalten und zunehmen zu lassen.

Und dennoch schwebte mir die Vision dieser jungen Frau weiter vor Augen, im einen Moment unbestimmt, im nächsten klar und deutlich, und streckte die Hand nach mir aus, löste den Verschluß ihres Rocks, der zu Boden raschelte, während ich zurücksprang und wieder vortrat, inwendig verschwimmend, und meine Wahl traf.

Katie

Mai 1954

Katie war in England gewesen, ihre erste Reise überhaupt, weil ihre Tochter Maeve dort geheiratet hatte. Über die Sache war viel geflüstert und gerätselt worden – warum sie zum Heiraten nicht nach Haus kam, wie es normal gewesen wäre; warum nur Katie rübergefahren war, obwohl ihre ganzen Brüder und Schwestern gleichfalls eingeladen gewesen waren. »Sie hat einen Schwarzen geheiratet«, erzählte mir Liam, »und es heißt, er wär nicht mal ein Christ, geschweige denn ein Katholik. Also alle auf die Barrikaden und flink dahinter versteckt. Aber Katie ist fabelhaft. Es paßt ihr überhaupt nicht, aber sie würde unter keinen Umständen wegbleiben, auch wenn ihr vor dem Alleinreisen graut.« Die Hochzeit fand in Luton statt, einem Ort, den wir nur deswegen kannten, weil er einen Fußballverein hatte – oder so was Ähnliches.

Nach ihrer Rückkehr redete Katie eine Woche lang ununterbrochen von England, Luton, Zügen, Schiffen, dem Hochzeitsessen, Maeve und ihrem Mann, Marcus, deren Wohnung, wie glücklich sie seien – sie hörte gar nicht mehr auf. Aber ihr Geplapper nützte überhaupt nichts. Meine Mutter mißbilligte die ganze Sache, meinte zu Katie, sie wünsche Maeve bestimmt nichts Böses, aber es sei keine christliche Ehe, es würde nichts Gutes dabei rauskommen. Sie bekamen einen furchtbaren Krach miteinander. Schließlich erklärte Katie, sie würde unser Haus nie wieder betreten, und ging, die Tür hinter sich zuknallend.

Sie ließ sich eine halbe Ewigkeit nicht blicken. Aber dann kam die Nachricht, Maeve sei schwanger. Bei der Aussicht auf ein Enkelkind geriet Katie völlig aus dem Häuschen. Sie war ganz aufgeregt und sorgte sich und redete von nichts anderem mehr. Erneut zum Bruch kam es, als meine Mutter die Befürchtung äußerte, Marcus könne Maeve jetzt verlassen. Die Geschichte würde sich wiederholen. So wie McIlhenny Katie sitzengelassen hatte, würde Marcus Maeve sitzenlassen. Als ich

Katie einmal spätabends von uns zu sich nach Haus begleitete, schäumte sie vor Wut über die Idee. Die zwei Sachen hätten überhaupt nichts miteinander zu tun, erklärte sie mir. Denn in ihrem Fall sei irgend etwas Merkwürdiges passiert. Sie sei nicht ganz so blöd, wie meine Mutter meinte. Sie fragte sich, was dieses Etwas wohl sei. Hatte ich mal irgendwas gehört? Hatte mein Großvater in den letzten Tagen vor seinem Tod je McIlhenny mir gegenüber erwähnt? Ich sagte nein. Ihr Vater, sagte sie, war, nachdem McIlhenny verschwunden war, wirklich lieb zu ihr gewesen – außer, was eine Sache anging. Er wollte nichts davon hören, daß sie ihm nach Chicago folgte; meinte, er tauge nichts; meinte, sie könnten es sich nicht leisten; meinte, sie dürfe während der Schwangerschaft nicht reisen. Das konnte alles gestimmt haben. Aber Katie hatte den Eindruck, daß es dabei um mehr ging als nur um Geld; er hatte nicht ein einziges Mal gesagt, McIlhenny würde irgendwann zurückkommen, als ob er gewußt hätte, daß keinerlei Aussicht darauf bestand. Aber woher hatte er es wissen können?

Ich schüttelte den Kopf. Ich beschloß, nichts zu sagen, den Mund zu halten. Als wir ihr Haus erreichten, schniefte Katie ins Taschentuch. Jetzt kommt alles raus, verkündete sie, während sie nach hinten in die Spülküche ging, um den Kessel aufzusetzen. Sie hatten ihr nie verziehen, weder ihr Vater noch ihre eigene Schwester – meine Mutter –, und so leid es ihr tat, mir das sagen zu müssen … aber mit wem hätte sie andererseits sonst reden können, außer mit ihrer Tochter, Maeve, und Maeve war nicht mehr da, und genau durch sie wurde sie, Katie, noch einmal für etwas bestraft, wofür sie überhaupt nichts konnte. Daß ihre Schwester so reden mußte, daß Maeve von ihrem Mann verlassen werden würde, als ob das etwas wie ein Familienfluch wäre, etwas wie eine Strafe, die sie für das erdulden mußte, was ihr Mann ihr angetan hatte. Und wo, fragte sie mich zornig, wo war diese Schwester, als meine Tochter geheiratet hat? Wo war meine Familie, als ich allein zu Maeves Hochzeit nach England fahren mußte? Wenn das keine Strafe ist, dann weiß ich auch nicht, was das ist. Und daß sie dann auch noch so hart sein muß, wie ich zurückkomme, so hartherzig, daß ich ihr nicht mal erzählen kann, daß meine Tochter ein Kind erwartet, ohne daß mir mit diesen dauernden Sprüchen – »Wie die Mutter, so die Tochter«, »Du bist verlassen worden, sie wird verlassen werden« – gleich all die alten Wunden wieder aufgerissen werden.

Sie schwieg einen Moment. Ich wollte gehen, aber sie fing schon wieder an, noch während sie aufstand, um mich zur Tür zu begleiten.

Das ist jahrealter Groll und nichts anderes, sagte sie. Einfach weil McIlhenny sie abserviert hat, als sie sechsundzwanzig war, und mich geheiratet hat, als ich achtzehn war – darauf läuft das Ganze hinaus. Das ist der Grund, warum sie diese fixe Idee hat, daß Maeve sitzengelassen werden könnte, so wie ich. Weil sie selbst sitzengelassen wurde. Und ich bemitleide sie auch noch und verspreche ihr, daß ich deinem Vater nie was von McIlhenny sagen werde. Das ist jetzt der Dank dafür. Ich hab sie bei diesem Mann ausgestochen, auch wenn's mir weiß Gott lieber wäre, ich hätt's nicht getan, und ich hab mein Wort gehalten; ich habe bis zum heutigen Tag kein Sterbenswörtchen von ihm gesagt, und da zahlt sie es mir jetzt durch Maeve heim, *seine* Tochter und *meine* Tochter. Und komm mir um Christi willen nicht mit Religion. Ich halte jede Wette, daß dieser Neger Marcus sehr viel besser zu Maeve sein wird als jeder gottesfürchtige Dämlack, den sie hier hätte kennenlernen können – oder als der äußerst gottesfürchtige Weiße, den ich geheiratet habe und der jetzt drüben in Chicago lebt und jeden Sonntag, den Gott werden läßt, zur Messe geht.

»Bitte schön«, sagte sie, als sie mir die Tür aufhielt, »das war die letzte Geschichte, die ich dir oder sonsteinem von euch Kindern erzählt habe. Und ich bin froh, daß es zur Abwechslung eine wahre ist.«

DRITTER TEIL

FÜNFTES KAPITEL

Religionskunde

September 1954

»Wie lange«, fragte der Lehrer für Religionskunde, »braucht ein Floh, um durch ein Faß voll Teer zu kriechen?«

»Sechs Wochen?« riskierte ich.

»Falsch«, antwortete er und schlug mir, nicht sehr fest, mit dem Handrücken ins Gesicht. »Versuch's noch einmal.«

»Sechs Monate?«

»Du verstehst nicht, worauf ich hinauswill, nicht wahr?« Er zog mich, nicht fest, an den Haaren, so daß mein Kopf sich dem hölzernen Pult näherte, und ließ mich dann wieder los. Er ging den Mittelgang hinunter an die Tafel.

»Ich werde die Antwort an die Tafel schreiben, damit ihr sie um so besser versteht.« Mit einer überzeugenden Gebärde des Überdrusses kritzelte er die Worte »Amiens Street Station« an die Tafel.

Er drehte sich zu uns um. Wir starrten ihn an. Er deutete auf mich.

»Widerlege mich. Ficht die Antwort an.«

»Ich kann nicht anfechten, was ich nicht verstehe, Pater.«

»Womit du implizierst, daß du dem auch nicht beipflichten kannst?«

»Das kann ich auch nicht.«

»Gut. Das ist ein erstrebenswerter Zustand. Das ist der Zustand des Erzogenwerdens. Versuchen wir es noch einmal. Wie viele Engel können auf dem Kopf einer Stecknadel balancieren? Dies, ich warne dich, ist eine traditionelle Frage und alles andere als absonderlich.«

»Balance, Pater, ist nichts, dessen Engel bedürften.«

»Nein? Du verfügst über seraphische Einsichten, die mir fehlen.«

Ich blieb stumm. Ich wußte nicht, was seine letzte Bemerkung bedeutete.

»Noch einmal. Diesmal schrittweise. Stimmst du darin mit mir überein, daß wir, wenn wir von einem Geist sprechen, die vorausgegangene Existenz von etwas oder jemand Körperlichem implizieren? Das heißt, von etwas oder jemandem, das beziehungsweise der einen Körper besessen hatte, bevor er Geist wurde? Ja oder nein?«

»Ja, Pater.«

»Dann sage mir, wer oder was war der Heilige Geist, bevor er ein Geist wurde?«

Ich schwieg. Links von mir lachte Alec McShane auf. Der Lehrer runzelte die Stirn.

»Wir haben es hier mit einem theologischen Problem von exzeptioneller Wichtigkeit zu tun. Kaum der geeignete Anlaß für eine weitere Zurschaustellung der Idiotie, welche die ländliche Bevölkerung kennzeichnet. Ich hätte gern eine Antwort.«

Er zeigte wieder auf mich.

»Ich kann's nicht sagen, Pater. Ich weiß keine Antwort.«

»Gut. Bei der ersten Frage verstehst du die Antwort nicht. Bei der zweiten bestreitest du die Statthaftigkeit der Frage als solcher. Bei der dritten weißt du keine Antwort. Ich hoffe, ihr begreift jetzt, warum die Religion etwas Besonderes ist. Mein Hauptanliegen ist, euch begreiflich zu machen, daß es das Rationale gibt, das Irrationale und das Nichtrationale – und euch anschließend hilflos in diesem Morast sitzenzulassen. Dadurch werde ich dem Staat einen gewissen Dienst erweisen und der Kirche einen sogar noch größeren. *Doctrina, dogma, decisio* – nach diesen dreien könnt ihr euer Leben ausrichten, auf daß ihr der Desintegration eurer geistigen Fähigkeiten entgehen möget. Keine ernste Gefahr, wie ich einräumen muß, für viele der in so eintönigen Reihen vor mir placierten Mitglieder dieser Klasse und Schicht.«

Der Vater dieses Mannes war päpstlicher Ritter. Er war Sir Roy Creedon. *Sir.* Ich war wütend, aber ich mußte über meine Wut lächeln. Er hatte recht, das war Erziehung.

Sein Kragen glänzte weiß um seinen stämmigen Hals. Er seufzte gern und viel, wobei sich seine Soutane über der Schärpe blähte. Sir Roy fuhr einen Rover. Roy mit dem Rover. Nur Sir Roy und die Polizei hatten Autos. Ritter in schimmernder Rüstung. Päpstliche und antipäpstliche Ritter.

»Wenn euer Geographielehrer euch sagte, der Glaube könne Berge versetzen, so wärt ihr berechtigt, eine gewisse Verwunderung an den Tag zu legen. Wenn euer Mathematiklehrer euch sagte, in jeder gegebenen Reihe würde das erste das letzte sein und das letzte das erste, so dürftet ihr ihn für berauscht halten. Ich aber kann euch im Zustand vollkommener Nüchternheit all diese Dinge sagen, und ihr werdet sie glauben. Alles, was ich verlange, ist, daß ihr lernt, dies zu tun, ohne den Versuch zu unternehmen, es zu verstehen. Einst hatten wir hier in Irland den schlichten Glauben des Landmanns. Jetzt werden wir dank der kostenlosen Ausbildung und des gottlosen Sozialismus den schlichten Glauben des Proletariats haben. Es besteht keine Notwendigkeit, euch zur Schlichtheit zu ermahnen. Ihr erreicht diesen Zustand ohne jegliche Anstrengung. Aber ich werde euch in diesem Jahr und in den folgenden Jahren ermahnen, mir zu glauben, daß Erziehung auf eine Weise betrieben werden kann, welche diese Schlichtheit bekräftigt, anstatt sie zu beeinträchtigen. Es ist dies natürlich ein absolut zweckloses Unterfangen, eines indes, das von der Gesellschaft, zu deren glücklich entrechteten Mitgliedern ihr zu rechnen seid, verlangt wird. Nun wünsche ich zu schweigen und desgleichen, daß ihr schweigt, bis die Schulglocke uns von der Last unserer beiderseitigen Anwesenheit erlöst.«

Und wir saßen stumm da, während er mit dem Rücken zu uns am Fenster stand und vollkommen reglos hinausblickte.

Die ganze Geschichte?

November 1954

Eine Entscheidung, eine Wahl war zu treffen zwischen dem, was tatsächlich passiert war, und dem, was ich mir vorstellte, was ich gehört hatte, was ich weiterhin hörte. Da gab es die Geschichte von einem der IRA-Männer in der Brennerei, der sich an einen senkrechten Eisenträger an der Ecke des Gebäudes anschnallte, als dieses in Flammen aufging. Er hatte eine Maschinenpistole, wahrscheinlich eine Thompson, und er feuerte damit drauflos, als die Polizisten wie Schatten über die Straße auf das Gebäude zurannten. Er befand sich in fünf, sechs Meter Höhe, und die Kugeln sprühten aus der Thompson wie aus einem Gartenschlauch mit Zerstäuberaufsatz überallhin. Aber der Schütze gab, schwarz vor dem Flammenhintergrund, unbeweglich an einem Fleck stehend, ein hervorragendes Ziel ab. Er mußte zwanzig-, dreißigmal getroffen worden sein, und seine Gestalt blieb da stehen, über den Träger vornübergebeugt, glitzernd, wenn die Flammen das Blut beschienen, mit dem seine Vorderseite durchtränkt war, die Arme gerade herabhängend. Ich erinnere mich nicht an seinen Namen. Sein Leichnam verschwand, als die Whiskeyfässer explodierten und das ganze Gebäude sich aufwölbte und dann in sich zusammenstürzte.

Trotzdem war das nur ein Detail. Vielleicht hatte ich mir das bloß alles eingebildet und hätte besser versuchen sollen, es zu vergessen. Und was, während sich das Ganze ereignete – wenn es sich denn ereignet hatte –, war sonst noch passiert? Ein paar der Männer hatten es geschafft, aus dem Gebäude herauszukommen, bevor die Polizei es vollständig abgeriegelt hatte, waren durch das Gewirr von Seitensträßchen gerannt – vielleicht sogar geschlendert – und hatten sich in ein sicheres Haus gerettet. Eddie hatte seine Waffe während dieser ganzen Flucht behalten – ein Gewehr aus dem Ersten Weltkrieg, das einem drei Jahre vorher, während des Unabhängigkeitskrieges, in der Grafschaft Tipperary getöteten Black-and-Tan-Soldaten gehört hatte. War es Dan, der das erzählt hatte? Oder Katie? Oder Großvater? Ich wußte es nicht. Ich konnte alle ihre Stimmen in der Küche hören, aber ich konnte keine Stimme mit einer bestimmten Einzelheit in Verbindung bringen. Das machte es schwer, die Sache in einen logischen Zusammenhang zu bringen. Ein Großteil davon muß reines Schmuckwerk gewesen sein: die Leute knüpften in ihren Köpfen seltsame kleine Verbindungen zwischen Dingen, die sie gehört oder über die sie gelesen hatten, und versuchten, sich bei diesen endlosen Gesprächen in den Vordergrund zu drängen, gaben mehr oder weniger direkt zu verstehen, daß sie Bescheid wüßten, daß sie noch eine ganze Menge mehr erzählen könnten, aber ...

Das Jahr war 1922. Spätfrühling. Das stand fest. Eddies Eltern, die Eltern meines Vaters, waren im Dezember 1921 gestorben. Billy Mahon war im November 1921 über das Brückengeländer gegangen. Die Schwestern meines Vaters hatten acht Monate lang auf diesem Bauernhof gelebt; sie waren ungefähr im Februar 1922 hingeschickt worden und im November von da weggegangen. Da hatten sie dann meinem Vater von Eddie erzählt und den vermummten Männern, die in dieser Nacht mit ihm angekommen waren. Also hatte er das, was er für die ganze Geschichte hielt, all die langen Jahre über gewußt. Und meine Mutter hatte etwa um diese Zeit McIlhenny gekannt; war mit ihm gegangen. Dann hatte er sie wegen Katie sitzenlassen, die er 1926 geheiratet hatte. Kurz danach wurde Katie schwanger. Und Sergeant Burke oder sonstjemand von der Polizei hatte ihn, nachdem jemand (wer?) jemandem (meinem Großvater?) einen Tip gegeben hatte, im Juli desselben Jahres außer Landes geschafft, nach Chicago. Meine Mutter lernte meinen Vater ein paar Jahre später kennen, wohl um 1930 herum. Sie warteten lange mit der Heirat – sie hatten kein Geld, keinerlei Aussichten. Er war noch immer Boxer. Sie heirateten 1935. Was wußte sie, als sie sich kennenlernten, als sie heirateten? Wußte sie damals von Eddie? Wußte sie von McIlhenny? Ich war mir ziemlich sicher, daß nein; sie konnte nichts gewußt haben, andernfalls wäre sie an dem Tag nicht so erschüttert gewesen, als sie aus Großvaters Schlafzimmer heruntergekommen war und Eddies Namen gesagt und geweint hatte. Aber ich wußte nicht, was sie gewußt hatte, als sie meinen Vater heiratete. Ich fragte mich, ob ich es überhaupt wissen wollte. Wie dem auch sei, ich würde mir das für später aufsparen und erst einmal den Rest zu klären versuchen.

Sie erreichten also das sichere Haus – zu wievielt? Großvater, Larry, Eddie und vielleicht der Verräter selbst, McIlhenny. Vielleicht noch andere. Es fand eine Art Sitzung statt, eine Untersuchung. Es gab einen Spitzel irgendwo, ja, jemand hatte Informationen weitergegeben. Sie verließen das Haus und schlugen sich durch das neuentstandene Grenzland nach Donegal durch. Sie mußten möglichst schnell über die Grenze kommen. Hatten sie ein Auto? Fuhren sie mit einem Karren oder etwas in der Art? Hatten sie Pferde? Aber *wohin* sie fuhren, das wußte ich. Zum Fehdehof, dem Heim, das Eddie verlassen hatte. Dort wurde er verhört. Das war die eigentliche Ursache der Fehde. Denn als seine Tante und sein Onkel aufgefordert wurden, Eddies kleine Schwestern zu nehmen und mit ihnen im Schuppen neben dem Hühnerstall zu verschwinden und dort zu bleiben, bis man sie wieder herausrief, und als sie das Gebrüll und die Schreie hörten, denn sie müssen sie gehört haben, verhärteten sie sich gegen Eddie und Eddies Familie. Vielleicht hatten sie gesehen, wie er weggeführt wurde. Ena und Bernadette wimmerten und waren zu Tode erschrocken. Tante und Onkel waren zu Tode erschrocken. Man schärfte ihnen ein, den Mund zu halten. Wenn sie irgend etwas ausplauderten, würde man sie sich vorknöpfen, so wie man sich gleich ihren verräterischen Neffen vorknöpfen würde. Bernadette und Ena hatten das gehört – oder etwas in der Art. Sie wußten, daß sie Eddie nie wiedersehen würden. Jedenfalls, die Tante und der Onkel hatten es ihnen wiederholt, sie Republikanerbälger genannt, Denunziantenbrut, was weiß ich nicht alles. Es war vermutlich kurz danach gewesen, daß sie die zwei kleinen Schwestern in den Schuppen verbannt und angefangen hatten, sie wie Dienstmägde zu behandeln. Und das war es, was mein Vater Monate später herausgefunden hatte. Seine Schwestern waren mittlerweile fast völlig abgestumpft – durch den Schock, die Angst, die Mißhandlungen, die sie ausgestanden hatten. Acht Monate lang. Bernadette hatte ihre Schwester Ena eines Nachts nach Derry gebracht und meinen Vater gebeten, sie bei sich aufzunehmen, und ihm erzählt, wie es ihnen dort in Wirklichkeit ergangen war, und ihm die Wahrheit über Eddie gesagt. Und der Krach in demselben Bauernhaus, an den ich mich aus meiner Kindheit erinnerte – der war dreiundzwanzig Jahre später gewesen, nachdem die Tante gestorben war und ein Notar meinen Vater informiert hatte, sie habe ihm einige Dinge aus dem Besitz seiner Eltern vermacht, Dinge, die sie, keine Woche nachdem diese gestorben waren, aus ihrem Haus mitgenommen und bis zu ihrem Tod behalten hatte. Aber er bekam nichts davon. Der Onkel – es war nur ein angeheirateter Onkel – weigerte sich, irgend etwas herauszugeben, und erklärte, mein Vater könne ihn gern verklagen, dann werde er, der Onkel, Eddie, der den meisten Leuten noch immer in guter Erinnerung war, öffentlich bloßstellen. Mein Vater hätte ohnehin nicht das Geld gehabt, vor Gericht zu gehen. Und ebensowenig hätte er es ertragen, daß sein Bruder öffentlich bloßgestellt wurde. Also hatte er uns schleunigst eingesammelt und rausgeschafft. Und dann, Jahre später, Liam und mich wieder in die Nähe des Hauses gebracht und uns vom Feld der Verschwundenen erzählt. Und ich hatte mich über ihn lustig gemacht.

Und in dieser Nacht, im Bauernhaus? Eddie muß gewußt haben, daß er in ernsten Schwierigkeiten war. Er hatte mehr gewußt als jeder andere unmittelbar Beteiligte. Er war irgendwie rausgekommen. Wer sonst konnte die Polizei informiert haben? Mein Großvater? Einer der älteren Männer? Unmöglich. Hatte Eddie sonst noch jemandem was davon erzählt? Nein. Sie hatten mit Sicherheit alle ihre Alibis gehabt, ihre Überzeugung, ihre Verdachte. Hatten sie ihn geschlagen? Ihn gefesselt? Ihn mit Zigaretten verbrannt? Immer wieder mit einem weichen schweren Buch auf seinen Kopf eingeschlagen? Auf die

Art konnte man jemanden übel mißhandeln, ohne daß er das Bewußtsein verlor. War das eins der Bücher gewesen, die ich in diesen Regalen gesehen hatte? Aber selbst dann konnte Eddie nicht gestanden haben – nicht, wenn er unschuldig war, und nicht, wenn er wußte, daß jemand anders, vielleicht sogar einer von denen, die ihn verhörten, der wirkliche Denunziant war. Also schafften sie ihn von dem Bauernhof weg und gingen querfeldein zum Grianan, wo sie nach Einbruch der Dunkelheit ankamen. Sie steckten ihn in den Geheimgang, der in die Mauer hineinführt, rollten den Stein vor die Öffnung und setzten sich ins Gras, rauchten und besprachen, was sie jetzt tun sollten. Dann holte Großvater vielleicht einen Revolver heraus und drückte ihn Larry in die Hand und befahl ihm, reinzugehen und es zu tun. Und Larry kroch durch den Gang in den engen Raum, wo Eddie auf dem Wunschthron saß, und er hockte sich vor Eddie hin und sah ihn an und sagte vielleicht etwas, sagte vielleicht, er solle seine Gebete sprechen, und dann schoß er auf ihn, mehrmals oder vielleicht auch nur einmal, und die Festung dröhnte, als wäre sie hohl. Wie hörten es die anderen, die da draußen auf dem grasigen Boden der Festung saßen oder standen? Vielleicht war es nur ein kurzer, trockener Knall, oder auch mehrere. Vielleicht hörten sie vor dem Schuß noch Eddies Stimme. Ließen sie seine Leiche über Nacht da liegen? Befahl ihm Larry, sich hinzuknien, und schoß ihm dann von hinten ins Genick? Sagte Larry zu Eddie, es sei alles in Ordnung, er könne jetzt gehen, und ließ ihn vor und erschoß ihn dann, als er sich bückte, um in den Gang zu kriechen? Niemand würde das jemals wissen, weil das die Nacht war, in der Larry den Weibsteufel getroffen hatte und für immer verstummt war. Er hatte einfach Großvater den Revolver ohne ein Wort zurückgegeben und hatte sich auf den Heimweg gemacht, den dunklen Pfad hinunter, während die anderen sich wieder nach Donegal zurückgezogen hatten.

Es war schwer zu glauben, daß Larry nie geredet haben sollte. Wenn er seinen Posten an der Ecke der Lone Moor Road verließ und zum Tee nach Hause ging, dann mußte er doch geredet haben, in seinen eigenen vier Wänden, mit seiner steinalten Mutter, mit Willie, seinem unverheirateten Bruder, der auf dem Schlachthof arbeitete. Aber nein, es hieß, daß er überhaupt nie ein Wort sprach. Sein Bruder war da auch nicht viel besser. Er redete über das Wetter oder die Fleischpreise oder Hunderennen, aber das war's auch. Du konntest dich vor Larry hinstellen und zehn Minuten lang auf ihn einreden, und die einzige Reaktion, die du aus ihm herausbekamst, war die, daß sein Blick von deinem Gesicht auf seine Schuhe schweifte und dann wieder zurück. Der Mann, der mit dem Teufel Sex gehabt hatte. Der Mann, der den Bruder meines Vaters getötet hatte. Alles in derselben Nacht. Da stand er, dunkel in seinem blankgewetzten Anzug, seinem Hemd mit ordentlich zugeknöpftem Kragen, immer demselben schmierigen Schlips, der sich wie eine Zunge im V-Ausschnitt seines Pullovers verdrehte, mit den kleinen Füßen, die in schwarzen Schuhen mit blankpolierten Spitzen steckten – die Hände in den Taschen, das scharf geschnittene Gesicht grau und geruchlos unter der Schirmmütze. Man konnte Larry tausendmal ansehen, ihn sich tausendmal vorstellen, und trotzdem mußte man ihn das nächstemal, wenn man an ihm vorbeikam, wieder ansehen, um sich zu vergewissern, daß er immer noch da war, lebendig und leblos, stehend bestattet in der toten Luft, die ihn wie ein Gehäuse umschloß.

Was machten die anderen mit dem Leichnam? Begruben sie ihn dort in der Nähe, trugen sie ihn den ganzen Weg zurück und warfen ihn in den Fluß, über die Brüstung der Brücke? Unwahrscheinlich. Großvater hatte es mir nicht erzählt, und ich hatte vergessen zu fragen. War noch irgend jemand am Leben, der wußte, wo sich die Leiche befand? Und die ganze Zeit über war McIlhenny vielleicht bei sich zu Haus gewesen; vielleicht hatte er einen Spaziergang mit meiner Mutter gemacht oder war bei ihr gewesen, hatte mit ihr geplaudert, hatte dafür gesorgt, daß alle wußten, daß er sie besucht hatte. Und die ganze Zeit über war Burke in seiner Kaserne gewesen, hatte gewußt, was passieren konnte, hatte gehofft, daß es passieren würde, hatte sich an Billy Mahon erinnert. Und die Brennerei hatte bis zum Morgengrauen geschwelt und die Möwen überrascht, die vom Hafen hereinkamen und Kreise um sie zogen und schreiend vor ihrer Hitze und ihrem Geruch flohen.

Der Vater meiner Mutter hatte den Bruder meines Vaters töten lassen. Sie wußte es, hatte davon kurz vor Großvaters Tod erfahren. Mein Vater wußte davon überhaupt nichts. Meine Mutter war mit McIlhenny gegangen, dem Verräter, der es so eingefädelt hatte, daß Eddie exekutiert wurde. Das wußte mein Vater nicht. Und McIlhenny hatte sie sitzenlassen und hatte Katie, ihre Schwester, geheiratet. Dann hatte er einen Tip gekriegt und hatte sich nach Chicago abgesetzt. Das wußte Katie nicht. Ebensowenig mein Vater. Meine Mutter hatte schon immer gewußt, daß McIlhenny geflohen war, hatte gewußt, daß er ein Denunziant war. Ihr Vater mußte es ihr erzählt haben; was er ihr nicht erzählt hatte, bis kurz vor seinem Tod nicht, war die Wahrheit über Eddie, was wirklich mit ihm passiert war. Jetzt kannte sie die ganze Geschichte. Wußte, daß ich sie auch kannte. Und sie würde kein Wort davon erzählen. Und ich ebensowenig. Aber sie nahm es mir übel, daß ich sie kannte. Und mein Vater glaubte, er hätte mir alles erzählt. Ich konnte ihm nichts sagen, obwohl ich es nicht ertragen konnte, daß er nicht Bescheid wußte. Aber nur meine Mutter konnte es ihm sagen. Niemand sonst. War es ihre Art, ihn zu lieben, ihm nichts davon zu sagen? Es war meine Art, sie beide zu lieben, keinem von beiden etwas zu sagen. Aber das zu wissen, was ich wußte, entfremdete mich beiden.

Crazy Joe

Januar 1955

Es war Crazy Joe, der die Geschichte für mich beinah vervollständigte. Er wurde in regelmäßigen Abständen in Gransha eingewiesen, der örtlichen Irrenanstalt. Aber jedesmal, wenn er wieder herauskam, wirkte er nur um so verwirrter, um so verstörter.

»Gottes einzige Entschuldigung ist, daß er gar nicht existiert«, verkündete mir Joe und knallte dabei mit seinem Stock gegen das Geländer vor der Stadtbücherei. »Wie findest du den, junger Caliban? Gut, was?«

Er hatte vorn an seinem Hemd eine lange Eigelbschliere. Seine Augen schäumten. Die Bibliothekarin hatte ihn von zwei Parkwächtern entfernen lassen, weil er Radau machte und weil er wieder einmal angefangen hatte, Bücher aus den Regalen zu ziehen und sie auf den Boden zu werfen, und dazu gebrüllt hatte, sie seien Schund, Schrott, Müll. Ich war ihm nach draußen gefolgt und hatte ihn beobachtet, wie er den Schlackenweg zornentbrannt auf und ab stampfte, in besinnungsloser Wut mit seinem Stock auf die Rhododendronbüsche einschlug, brüllend Flüche ausstieß. Als er mich endlich bemerkte, strahlte er und kam herübergerannt, zerrte an meinem Hemdsärmel, legte mir die Hand um den Nacken und zog mich hinunter, an sein verwirrtes Gesicht heran.

»Was glaubst du wohl, wer das geschrieben hat, nun? Keiner von deinen dummen Dichtern, das kann ich dir verraten. Wirst du jemals erwachsen werden? Du bist noch größer geworden, als du schon warst, und trotzdem bist du noch immer so dumm. Keinerlei Besserung zu verzeichnen. Dich gelüstet's nach den Frauen, möchte ich wetten? Süßer Jesus! Bei den Leiden der Wüstenväter, bei der Seelenqual des Judas, wirst du jemals etwas dazulernen, wirst du je in dieser unsrer Scheißexistenz erlöst werden, du nichtsnutzige Kreatur?«

Seine schmalen Schultern hoben und senkten sich, und sein

Gesicht war gebläht vor Wut. Er starrte mich an, aber sein Blick war so flackernd und verwirrt, daß er vermutlich nicht allzuviel erkennen konnte.

»Was diese Dreckschlampe angeht, die mich schon wieder hat rausschmeißen lassen, die seh ich in der Hölle wieder, eines Tages brenne ich noch die ganze verdammte Bücherei nieder, mitsamt dieser analphabetischen ignoranten geschlechtslosen Hure! Heidin! Heidnische Fanatikerin!«

Dann faßte er sich, hob einen Finger und intonierte: »Die kostbare Bibliothek zu Alexandria wurde geplündert oder zerstört; und fast zwanzig Jahre danach erregte der Anblick der leeren Regale das Bedauern und die Empörung jedes Betrachters, dessen Geist noch nicht völlig von religiösen Vorurteilen verfinstert war.«

Dann schüttelte er den Kopf und hielt inne. »Religiöse Vorurteile ist gut. Der hätte hier leben sollen, dann hätte er gesehen, was ...«

Er schüttelte noch einmal den Kopf und wandte sich ab.

»Zeitverschwendung«, knurrte er.

Dann drehte er sich mir wieder zu, und während er, auf seinen Stock gestützt, sein Kunstgebiß rein- und rausschob, verlangsamte sich seine Atmung allmählich, wurde sein Gesicht ruhiger und blasser.

»Weißt du was?« Er lächelte. »Mir wäre jetzt nichts lieber als ein Spaziergang um den Wasserlilienteich, wenn du mir erlauben würdest, mich auf deinen Arm zu stützen. Dann wäre alles in bester Ordnung.«

Wir gingen langsam außen herum, und der Atem saß ihm noch immer rachsüchtig in der Brust, entspannte sich aber allmählich.

»Die bloße Nähe der Vergangenheit schlägt mir auf die Verdauungsstörung, junger Mann. Ich hoffe, du verstehst das. Ich denke schon; sie wirkt sich bei dir genauso aus, ich brauch dich nur anzusehen. Geistige Verstopfung. Ich will dir etwas beibringen. Aber tu mir einen Gefallen. Vergilt es mir dadurch, daß du nicht immer ein solcher junger Idiot bleibst. Verbringe nicht dein ganzes Leben als Schüler. Es ist beleidigend. Ständig läufst du wie ein Hund herum und schnüffelst jedem Geheimnis am Arsch, eine schmutzige Angewohnheit. Kopuliere, wenn du unbedingt mußt. Bring's hinter dich. Dann werd erwachsen. Jetzt laß meinen Arm los. Ich möchte mich ausruhen.«

Er stützte sich auf das Geländer und betrachtete die Seerosen.

»Eiternde Lilien. O Shenandoah! Dein kleines Schwesterchen, tot. Ich liebte Ihre Tochter, Mister. Orange Lilien, Orangistenlilien. Lilljebullero! ... Du sagst mir nie etwas Hörenswertes, aber du hörst Unmengen Sagenswertes von mir. Alles vergeudet. Und jetzt, nach dieser Geschichte, wenn sie melden, daß ich wieder mal aus der Bücherei rausgeflogen bin, was werden sie wohl tun, meine netten Anverwandten? Sie werden mich wieder einsperren, mit all diesen menschlichen Wracks zusammen, und windelweich werden sie mich schlagen, diese Pfleger. Mögen sie in der Hölle schmoren!«

Ich wußte, daß er wiederholt für längere Zeit in der städtischen Irrenanstalt gewesen war, die einen sehr schlimmen Ruf hatte. Der einzige Unterschied zwischen den Pflegern und den Insassen, hieß es, sei die Uniform. Er hatte recht. Es gab nichts, was ich ihm hätte sagen können. Ich fühlte mich in seiner Gegenwart immer hilflos, im Kopf erregt, im Herzen lahm.

»Und was«, fragte er und drehte seinen großen Kopf auf seinem kleinen Körper herum, drehte ihn herum, als zöge er die Feder eines Spielzeugs auf, »und was weißt du jetzt, was du damals, als ich dich da drin in den Kunstsaal mitnahm, noch nicht gewußt hattest? Du brauchst nicht zu antworten. Ich weiß Bescheid. Wer war's denn, der dir als erster von Larry erzählt hat? Wer war's denn, der dich auf die richtige Fährte gesetzt hat? Keine Antwort nötig. Du weißt es. Wo ist es passiert? Bumm-bumm. Sein ungeheures Ausdonnern, in Ewigkeit amen. Den Trutzberg hinauf, dann wieder hinuntergestürzt, sie behaupten, er habe den Teufel gesehen, erbärmliche Männlein. Was?«

Er sprach von Larry. Das war mir schon im ersten Augenblick klar gewesen. Wenn ich nichts sagte, dachte ich, dann würde er vielleicht weiterreden. Aber genausogut konnte es sein, daß er die Arme in die Luft warf, seinen Stock fallen ließ, mir befahl, ihn ihm wieder aufzuheben, ihn nahm und davonstapfte. Er geriet allmählich wieder in Erregung. Einer der Parkwächter, die mitgeholfen hatten, Joe aus der Bücherei zu entfernen, kam gerade auf der anderen Seite des Teiches vorbeigeschlendert und beobachtete uns verstohlen. Er war bereit einzuschreiten, falls Joe versuchen sollte, wieder hineinzugehen. Auch Joe sah ihn.

»Henry Patterson«, sagte er, »so heißt der Kerl. Vierzig Jahre alt und hat gerade den Höhepunkt seiner Karriere erreicht, indem er einen alten Mann wie mich aus einer Bücherei geworfen hat. Ein kräftiger Schweinehund. Er hat Hände wie Baumwurzeln. Als er mich da drin bei der Schulter gepackt hat, hat er mir mit seiner Pranke beinah die Knochen herausgerissen. Die Gicht soll ihn holen, daß er Hände wie Türknäufe kriegt.«

Wir sahen eine Weile zu, wie Patterson langsam seinen weiten Rundgang um uns herum fortsetzte. Dann gingen wir weiter, Joe mit einer Hand auf meinem Arm. Er wollte sich neben die Rosenbeete setzen, also gingen wir auf die nächste Parkbank zu. Er ließ sich nieder und wischte sich das Gesicht mit einem großen weißen Taschentuch ab, obwohl es ein bewölkter und nicht besonders warmer Tag war.

»Ich würde weinen, wenn ich könnte«, sagte er. »Das Taschentuch hilft manchmal, das in Gang zu bringen. Aber heute nicht, heute nicht. Tröste mich mit einer Geschichte oder vielleicht auch mit einem Lied. Ja, das wär besser. Du kennst keine Geschichten, die zu hören sich lohnte. Sing stattdessen. Ein hübsches, leises Lied. Und daß du ja die Vögel nicht erschreckst.«

Wir lehnten uns aneinander, und ich sang ihm *Sweet Afton* vor. Bei der zweiten Strophe fing er an zu weinen, rüttelte mich aber am Arm und nickte mir zu, damit ich weitersang.

My Mary's asleep
By yon murmuring stream,
Flow gently, sweet Afton,
Disturb not her dream.

»Ach ja«, seufzte er, als ich fertig war, »magst du es auch noch so verhunzen, junger Caliban, es bleibt doch ein liebliches Lied. Kennst du *The Quiet Land of Erin?*«

Ich sang ihm auch das vor und hielt dabei nach etwaigen herannahenden Spaziergängern Ausschau, weil ich dann augenblicklich verstummt wäre. Aber niemand kam vorbei. Dann sang er selbst ein paar Zeilen vor sich hin, die Hände auf die Knie seiner priesterschwarzen Hose gestützt.

And 'tis I would let the Sunday go
In the cuckoo-glen above the bay.

Ich beobachtete, wie ein Rosenblütenblatt herabfiel und auf dem Gras noch ein Stückchen weiterrutschte, bevor es, unsicher, liegenblieb.

»Sonntage«, sagte Joe, »sind fürchterliche Tage. Alles Furchtbare, wovon ich weiß, ist an einem Sonntag passiert. Ist es nicht seltsam? Du wirst es ja selbst wissen, bei deiner Familiengeschichte. Feuer an einem Sonnabend, Hinrichtung an einem Sonntag. Oder war das Feuer an einem Freitag? Kaum zu glauben, daß ich so etwas vergessen würde. Also, an den Tag erinnere ich mich. In meinem ganzen Leben hab ich nicht so viele Schüsse gehört. Aber was den Sonntag angeht, da bin ich mir sicher. Nein, es fing an einem Sonntag an, so war das.«

»Was fing an einem Sonntag an?«

Er sang ganz beiläufig, in einem parodistischen Ton:

Am Sonntag fragten wir ihn nach dem Grund,
Am Montag fuhr er in den Höllenschlund ...

Ich schwieg einen Augenblick.

»Waren Sie also da? An dem Sonntag? Oder am Tag der Schießerei?«

Er grübelte eine Weile, die Hände auf den Stock gestützt, das Kinn auf die Hände gesenkt. Er sperrte den Mund ein-, zweimal weit auf.

»Na, wer war schon nicht da, wo immer das war, damals. Jeder, der Rang und Namen hatte, war da, allesamt eingehängt, und tanzten nach eines anderen Pfeife, bloß wußten sie's nicht. Ich war damals ein junger Mann. Noch nicht so verrückt, glaub ich, aber auf dem besten Weg, auf dem besten Weg.«

Er hielt einen Augenblick inne.

»Die junge Maeve hat also geheiratet, hör ich? Und auch noch einen Bimbo! Das Gesicht ihres Vaters hätt ich ja gern gesehen, als er davon erfahren hat!«

Er kicherte meckernd auf seine gleichgültige Weise.

»Es wär für Sie schlecht möglich gewesen, sein Gesicht zu sehen, wo er doch schon so lange in Chicago ist«, erwiderte ich.

»Oh, sein Gesicht sehe ich noch immer, das kannst du mir glauben. Vier Uhr morgens. Achter Juli 1926. Steigt aus dem Polizeiauto, wie ein Schatten. Zwei Männer im Fond. Und unser lieber alter Freund Burke am Lenkrad. McIlhenny bleibt kurz stehen, um seinen Kragen hochzuschlagen, und ich trete auf die Straße, genau das tu ich, von der Hauswand, wo ich mich wegen des Regens untergestellt hatte, und ich seh genau hin, und ich sehe, wer es ist, und weg bin ich, wie ein Schatten, die Straße hinauf, und laß ihn da im Regen stehen.«

»Ja, und was hat er da gemacht?«

»Was zum Teufel glaubst du wohl, was er gemacht hat? Denunziert. Denunziert. Seine eigenen Leute für ein paar Shilling verkauft. Das eine sag ich dir. Er hat mich nicht gesehen. Aber er ist gerade rechtzeitig abgehauen. Hat danach weder seine Frau noch sein Kind je wiedergesehen. Aber wer hat ihm gesteckt, daß er beobachtet worden war? Das kann ich nicht mit Sicherheit sagen, obwohl ich mir so meinen Teil denke. Wundert mich, daß die Polizei sich seinetwegen überhaupt die Mühe gemacht hat. Er ist ihnen einmal in seinem ganzen Leben von Nutzen gewesen und danach nie wieder.« Dann breitete er die Arme aus und sang:

Schätzchen, gut' Nacht, wir warten auf dich,
Schätzchen, gut' Nacht, bald wirst du's bereuen ...

Er stand auf. Ich reichte ihm seinen Stock.

»Ich bin weg«, verkündete er, »und wenn ich dich wiedersehe, wirst du ein ganzes Stück älter sein. Aber ich werde ganz genauso alt sein, wie ich immer gewesen bin.«

Er tippte sich mit dem Finger an die Stirn und strahlte mich an.

»Ewige Jugend. Das Geheimnis der Irren.«

Er machte einen Schritt von mir weg, drehte sich dann noch einmal um.

»Das ist die Wirkung der Strafe: daß man sich an alles erinnert.«

Er ging los, den Weg hinunter, und summte vor sich hin, während ich noch ein Weilchen dablieb und zusah, wie das unsicher im Gras liegende Rosenblütenblatt sich bemühte, den nächsten Windhauch zu erwischen. *Er* hatte also den Tip gegeben, Joe? Joe hatte McIlhenny als den Spitzel identifiziert? Es kam mir unwahrscheinlich vor, aber es hatte ganz so geklungen.

Auf irisch

Oktober 1955

Meine Mutter konnte kein Irisch, aber sie wußte einzelne Stückchen und Fragmente von irischen Gedichten und Liedern. Während ihrer Krankheit hatte sie mich einmal gefragt, ob ich irgendwelche alten Gedichte auf irisch wüßte, ob ich in der Schule welche gelernt hätte. Aber ich kannte sehr wenige. Da gab's eins, sagte sie, das von einer Frau handelte, und die Frau klagte in dem Gedicht, sie habe etwas Schreckliches getan, sie habe den Mann verlassen, den sie liebte, aber sie könnte sich noch erinnern, daß die Bäume des Waldes, bevor das passiert war, wie wild für sie musiziert hätten, und die Brust habe ihr geschmerzt vom donnernden Rauschen der See. Kannte ich dieses Gedicht? Die Frau hieß Líadan. Vielleicht, sagte sie, gab es auch ein Lied darüber. Aber ich kannte es nicht. Warum hatte sie ihn denn verlassen? fragte ich. Sie wußte es nicht, außer daß es etwas damit zu tun hatte, wie man ins Paradies kam.

Ich beschloß, ihr alles zu sagen, was ich wußte. Aber jedesmal, wenn ich anfangen wollte, verließ mich wieder der Mut. Ich dachte, wenn ich nur den Anfang schaffte, würde ich bis zum Schluß durchhalten. Es war alles möglich. Vielleicht würde sie sich die Ohren zuhalten und anfangen zu weinen. Oder noch Schlimmeres. Aber ich mußte sagen, daß ich Bescheid wußte. Die Wahrheit war in mir dick angeschwollen. Ich hatte daran gedacht, es Liam zu erzählen, aber das erschien mir unrecht. Zuerst mußte ich es ihr erzählen. Anschließend konnte ich es auch ihm sagen, wenn sie es erlaubte. Ich nahm mehrere Anläufe, aber ich brachte es einfach nicht fertig.

Ich beschloß, alles in ein Heft zu schreiben, zum Teil, um es selbst zu begreifen, zum Teil, um es mir noch einmal genau durch den Kopf gehen zu lassen und zu entscheiden, welche Details ich aufnehmen und welche ich weglassen sollte. Aber dann packte mich die Angst, jemand könnte es finden und lesen. Also übersetzte ich das Ganze mit Hilfe eines Lexikons ins Irische, was mich über eine Woche Arbeit kostete. Dann vernichtete ich die englische Fassung – ich verbrannte sie vor den Augen meiner Mutter, obwohl sie meinte, ich würde mit dem ganzen Papier das Feuer ersticken.

Ich wartete ein paar Tage ab. Dann, eines Abends – mein Vater war da und las sich durch *Pear's Encyclopaedia*, seine »Bildung aus der freien Hand«, wie er sie nannte, und ich saß am Tisch und machte meine Hausaufgaben – las ich ihm das Ganze einfach auf irisch vor. Es sei ein Aufsatz, den wir in der Schule aufbekommen hätten, sagte ich ihm, in Heimatkunde. Er nickte bloß und lächelte und sagte, es klinge wunderschön. Meine Mutter hatte aufmerksam zugehört. Ich wußte, daß sie wußte, was ich da tat. Mein Vater klopfte mir auf die Schulter und sagte, er höre es gern, daß im Haus Irisch gesprochen wurde. Als er rausging, um den Hof zu fegen, konnte ich spüren, daß sie mich ansah, obwohl ich ihr den Rücken zukehrte. Sie blieb lange still sitzen. Ich sah ihm durch das Fenster zu, wie er aus einem Eimer Wasser auf den Zement schwappen ließ und dann energisch schrubbte. Sie stand seufzend auf und wandte sich zur Treppe. Er hatte aufgehört zu fegen, stand auf den Besen gestützt da und starrte auf den Boden. Ich wußte, daß auch sie ihn ansah. Dann sagte sie etwas, ganz kurz, vielleicht etwas Zorniges, was ich nicht mitbekam, weil ich weinte.

Wir erfuhren, daß die zwei Söhne von Sergeant Burke, seine einzigen Kinder, nach Maynooth aufs Priesterseminar gegangen waren. Wenigstens würden keine weiteren Burkes in die Welt gesetzt werden, meinte Onkel Tom. Da würd ich keine Wetten drauf abschließen, meinte sein Bruder Dan. Den Namen werden sie nicht tragen, das ist aber auch alles. Meine Mutter schreckte aus ihrer Lethargie auf und bat Gott, er möge Dan diese Äußerung über die frommen Priester vergeben. Alle lachten. Wie geschaffen für die schwarze Uniform, diese Familie, sagte jemand anders. Wag's ja nicht, sagte meine Mutter, wag's ja nicht, die beiden Dinge in einen Topf zu werfen. Das sind zwei verschiedene Welten, zwei verschiedene Welten.

Staatsbürgerkunde

November 1956

Wir starrten den Redner an, einen Priester in britischer Uniform, einen Militärgeistlichen, einen glatten hochgewachsenen Mann mit einem hochmütigen glatten Akzent, einem gutaussehenden, nur an den Wangen ein wenig von Bluthochdruck geröteten Gesicht, einen Besucher unserer Schule, vom Rektor vorgestellt, vom Erziehungsministerium ausgesandt. Als er seine Schirmmütze aufsetzte, den Lehrern auf der Bühne die Hand schüttelte, seine Papiere zusammenfaltete, den zögernden Applaus mit einem Lächeln quittierte, wirkte er auf mich maßlos vornehm. Er begrüßte uns mit einer leichten Verbeugung, legte die Hände andächtig aneinander, und nachdem er dem Rektor und dem Kollegium seinen Dank und seine Anerkennung ausgesprochen hatte, begann er seine Rede.

»Sähet ihr das Foyle-Becken vom Gipfel des Binevenagh aus, fast vierhundert Meter über dem Meeresspiegel, zu euren Füßen die vogelreichen schlammigen Niederungen des Flusses Roe, würdet ihr erst eine Ahnung von der Schönheit und zugleich der strategischen Bedeutung der eindrucksvollen, aus Land und Wasser gebildeten Region gewinnen, in der eure Stadt eingebettet liegt. Dies war und ist noch heute die Stadt, die die östlichen Zugänge zum Atlantik beherrscht, ein noch immer wichtiger Hafen für die großen NATO-Flotten, die regelmäßig während jener Manöver hier einlaufen, die Teil der Vorbereitungen der westlichen Welt sind, die internationale kommunistische Bedrohung zu zerschlagen. Diese Bedrohung ist heute ebenso real, wie es einst jene war, welche die deutschen U-Boote darstellten – die U-Boote, die sich am Ende des Krieges hier ergaben und die nun auf dem Grund des Ozeans rosten, Symbole und Mahnmale unseres unerschütterlichen Willens, Demokratie und Freiheit zu verteidigen, Symbole der Energie und Entschlossenheit, mit der wir jederzeit all unsere Ressourcen mobilisieren werden, um das demokratische System zu erhalten, in dem wir alle das Glück haben zu leben. Heute, da die sowjetischen Unterseeboote unter den Wogen des Atlantiks dahingleiten und Matrosen aus aller Herren Länder in Derry eintreffen und die bunte Vielfalt des städtischen Lebens noch weiter anreichern, werdet ihr euch wohl an die Auswirkungen des Krieges erinnern, die die Stadt miterlebt hat: an die Unzahl deutscher Gefangener, die tapferen Überlebenden der U-Boot-Angriffe, die Reihen aufgebrachter deutscher Unterseeboote, die Hunderte von amerikanischen und britischen Kriegsschiffen, den noch immer existierenden großen amerikanischen Marinestützpunkt von 1941, an die deutschen Kampfflugzeuge bei ihren Bombenangriffen auf die Stadt, die diese unbeschadet überstehen und von denen sie in der Folge vollkommen verschont bleiben sollte – an all diese dramatischen Anblicke, die Zeugnis ablegen von der ruhmreichen Rolle, die eure Stadt in jenem titanischen Ringen gespielt hat. Und wieder seid ihr aufgerufen, in einer Schlacht mitzustreiten, die, wenn auch weniger augenfällig, so doch nicht minder dramatisch ist: einem Kampf gegen einen Widersacher, der nicht deswegen weniger real ist, weil er weniger sichtbar ist. Dies ist eine Schlacht, zu der die Herzen und Geister der Menschen aufgerufen sind; eine Schlacht zwischen der Ungläubigkeit und dem Glauben; eine Schlacht zwischen tückischen Listen und mannhafter Freiheit; eine Schlacht zwischen dem kalten Atheismus und der wohltuenden Wärme jenes christlichen Glaubens, der im Laufe der Jahrhunderte so viele irische Herzen entflammt hat. Nicht für sie, nicht für solch ein Volk die geschlossenen Kirchen, die Gefangenenlager, die enteigneten Ländereien eines säkularen Militärstaates, die Früchte eines gottlosen Bekenntnisses! Der Atheismus widerspricht nicht nur unserer Vernunft, sondern auch unseren Instinkten. Er kann sich nicht lange behaupten. Irland hat nie ein solches Übel erwählt, denn Irland und das irische Volk vertrauen, und vertrauen zu Recht, ihren tiefsten Instinkten. Gemeinsam mit den anderen Mitbewohnern dieser Inseln werden sie jeden kleinlichen Zwist, jede vorübergehende Uneinigkeit, die gegenwärtig zwischen ihnen bestehen mag, als bloße Ablenkungen und Behinderungen beilegen und statt dessen ihren Blick zu einer erhabeneren und edleren Vision auf jene sonnenüberfluteten Hochländer menschlicher Freiheit richten, welche die gefurchten Hänge des Binevenagh darstellen und das weite Plateau, das sich, hinter ihm, von diesen umkämpften Wassern bis hin zur Sicherheit unserer binnenländischen Städte und Dörfer hindehnt. Unsere internen Auseinandersetzungen sind nicht mehr als Familienstreitigkeiten; da wir nun mit einem äußeren Feind konfrontiert sind, muß die Solidarität unserer christlichen Familie wieder zum Durchbruch gelangen, zu unser aller Verteidigung neu belebt werden, ebenso wie jedes Glied der buntgewürfelten irischen Familie im Laufe der Jahrhunderte immer wieder um den Erhalt seiner eigenen grundlegenden Freiheiten gerungen hat. Wir besitzen zahlreiche Denkmäler des unbändigen irischen Drangs, diese Freiheiten zu verteidigen – angefangen bei der Mauer dieser Stadt selbst bis hin zur uralten Festung Grianan, die das uralte Hinterland von Columbas Klostersiedlung bewachte, von der aus das Christentum auf die Nachbarinsel gelangte. Mit solch einer Geschichte, mit solch einem Land, mit solch einem Volk – gleichermaßen gerühmt als großmütiger Feind wie als treuer Verbündeter – können wir voller Zuversicht in die Zukunft blicken, im Bewußtsein dessen, daß die wild wogenden Fluten des fernen Atlantiks ein ebenso wesenhafter Teil unseres Lebensraums sind wie die Straßen, auf denen wir gehen, die Denkmäler, die wir bewahren, die Zuneigungen, die wir in uns hegen. Ich weiß, daß eure Stadt dasselbe, was sie in dem nunmehr der Vergangenheit angehörenden Krieg geleistet hat, abermals leisten wird in dem Krieg, der uns bereits erreicht hat und der erst noch, in der Zukunft, zu gewinnen sein wird. Es ist eine schwere Verantwortung. Doch es erfüllt mich mit einem Gefühl stolzer Freude zu wissen, daß diese Verantwortung auf den Schultern der Menschen ebenjener Stadt ruhen wird, die ich während des Krieges kennenlernte, im gemeinsamen Hauptquartier der Marine und der Luftwaffe, im Magee College, und dich ich seither immer wieder gern besucht habe. Nur hier, wo die Launen und Schrullen der Mode mit heiterer Geringschätzung behandelt werden, nur hier, in einer Gesellschaft, die fest in Tradition und Kontinuität verwurzelt ist – nur hier gewinnt man eine Ahnung von den innigen Beziehungen, die zwischen dem menschlichen Streben und den ewigen Wahrheiten bestehen. Ohne dieses unablässige Gefühl der Kontinuität würde der Mensch wenig mehr sein als die Fliege, die nur einen Sommer überdauert. *Mit* ihm, als einem eifersüchtig gehüteten Teil unseres Erbes, werden wir zu Akteuren in einem gewaltigen Drama, einer Geschichte, die in einer Welt jenseits der unsrigen endet, einer Welt, für welche die unsrige eine gewaltige, herrliche Vorbereitung darstellt. Gott ist das Ziel, auf das unsere Geschichte hinstrebt; unsere Geschichte ist die Domäne der Gottesfürchtigen, der Tapferen, der Ritterlichen, der Gesitteten, der Demütigen. Ich grüße euch alle.«

Im Gänsemarsch zogen wir von der Aula wieder in unsere Klassen. Alle waren merkwürdig still.

Am nächsten Tag besprachen wir in der Geschichtsstunde die Rede. Pater McAuley bat um erste Reaktionen, bekam aber keine. Hatten wir nicht zugehört? brüllte er. Hatten wir nicht aufgepaßt? Gehörten wir dem Pflanzen-, dem Tier-, dem Mineralreich an? Fiel uns keinerlei Zusammenhang auf zwischen dem Besuch dieses Mannes und den jüngsten Bombenanschlägen?

Um ihn davon abzuhalten, sich vollends in einen seiner Wutausbrüche hineinzusteigern, meldete sich Irwin und fragte, was das ganze Gerede über den Binevenagh sollte. Was hatte der Berg mit dem Kommunismus zu tun? Schon etwas besänftigt, aber noch immer diese leicht verächtliche Geduld ausstrahlend, die alle seine an uns gerichteten Äußerungen kennzeichnete, erklärte McAuley, durch Erwähnung des Binevenagh sei es dem Mann gelungen, uns einen allgemeinen Überblick sowohl über die Region wie über die gegenwärtige Situation zu verschaffen. Er war von etwas ausgegangen, was wir kannten, und hatte daran etwas geknüpft, was wir nicht kannten. Das war ein pädagogischer Kunstgriff, sagte er uns. Das mußten wir aufschreiben. Wieder trat Schweigen ein. Entnervt erklärte uns

McAuley dann, der Vortrag sei dazu gedacht gewesen, unseren Blick von unseren belanglosen Streitereien abzuwenden und uns unseren Platz in der Welt vor Augen zu führen. Der Mann hatte Weitblick. Sehr wohl erinnerte sich McAuley an diese U-Boote, die draußen in Lisahally aufgereiht gelegen hatten; sehr wohl erinnerte er sich an die amerikanischen Schiffe im Lough; sehr wohl erinnerte er sich an dies, das und jenes. Wir versanken innerlich in einem Morast von Langeweile. Dann fragte McShane, ob der Mann ein katholischer Priester sei. Aber ganz gewiß nicht, antwortete McAuley, der Mann war ein anglikanischer oder, wie das auch genannt wurde, ein anglo-katholischer Geistlicher, wenngleich es, soweit es ihn – und uns – betraf, keinen anderen Katholizismus gab als den römisch-katholischen. Das erzählte er uns jedes Jahr. Also dürften wir nie die Bezeichnung »anglo-katholisch« verwenden, denn dies käme dem Eingeständnis gleich, daß die Reformation eine gewisse Berechtigung gehabt hatte. Diese feine Unterscheidung war uns zu hoch. Also was war denn nun schlimmer, fragte ich, der Kommunismus oder die Reformation? Beide waren schlecht, aber die Reformation war schon Geschichte. Der Kommunismus war eine aktuelle Bedrohung. Aber werden wir hier von der Reformation nicht noch immer bedroht? Wird es hier einem nicht zum Vorwurf gemacht, daß man Katholik ist? Genau das war es, wovon der Gastredner gesprochen hatte, erklärte er, ohne jegliches Zeichen von Unbehagen. Vergeßt diese alten Unterscheidungen. Das war ein kleinlicher Streit innerhalb der christlichen Familie. Er würde sich schon von selbst erledigen. Aber wenn das alles beigelegt sein würde, würde der Kommunismus noch immer dasein und jeden bedrohen, der an Gott glaubte. Wir gehörten zur westlichen Welt, und zu ihr mußten wir uns bekennen. In unseren engen Sträßlein eingesperrt, erklärte er uns, entbehrten wir jenes Überblicks vom Gipfel aus, den der Mann geschildert hatte, aber solange wir uns unseren Glauben bewahrten, würden wir, einfach dadurch, unsere Rolle in der Welt ausfüllen. Wir mußten erkennen, wie irrelevant, gemessen an den Forderungen der Weltgeschichte, unsere inneren

Differenzen waren. Das war's, worauf wir unseren Blick richten sollten – auf den globalen Horizont. Und in der nächsten Stunde würden wir mit der europäischen Geschichte weitermachen. Dem Wiener Kongreß. Geschichte handelte von geistigen Strömungen, nicht von Menschen. Wir mußten lernen, diese Strömungen zu erkennen. Obwohl es weiß Gott trotz all seiner Anstrengungen und derjenigen des Gastredners unwahrscheinlich war, daß wir dieses Ziel jemals erreichen würden. Als die Glocke läutete, rannte er aus dem Klassenzimmer, um draußen auf dem Korridor seine Zigarette zu rauchen, bevor die nächste Klasse eintrudelte.

»Propaganda«, sagte Irwin. »Es ist nichts anderes. Zuerst sind's die Deutschen. Dann sind's die Russen. Immer ist es die IRA. Britische Propaganda. Was haben die Deutschen oder die Russen mit uns zu schaffen? Die Briten sind für uns das Problem. McAuley ist ein Volltrottel.«

Ich mußte an den deutschen Jungen denken, dem mein Vater immer extra was zu essen mitgebracht hatte, wenn er im Kriegsgefangenenlager, unten im Hafen, gewesen war, und der meinem Vater, wie man mir erzählt hatte, zum Dank seine Pistole geschenkt hatte – die Pistole, die vor Jahren in der Polizeikaserne verschwunden war und seither so viel ausgelöst hatte. Aber das war vielleicht alles nur ein kleinlicher Streit. So langsam fiel bei mir endlich der Groschen. Ein Auge für das große Ganze. Das war's, was ich brauchte.

Sergeant Burke

Dezember 1957

Passen Sie auf, Ma'am, hatte Sergeant Burke zu meiner Mutter gesagt (oder etwas in der Art), ich bring Ihnen keinen weiteren Ärger, also beruhigen Sie sich. Wir haben eine Menge Dinge in den Akten, die ich gern in Ordnung bringen und endgültig abschließen möchte, und die datieren alle von vor meiner Zeit als Sergeant hier. Oh, sie konnte mir nicht genau erzählen, wie er das alles gesagt hatte, es war einfach so aus ihm herausgeströmt, wie Hitze aus einem Fieberkranken. Jedesmal, wenn er »keinen Ärger, keinen Ärger mehr« sagte, und er sagte das andauernd, habe ich Ärger gerochen, sagte sie, hab ich gespürt, wie mir meine Sachen zu eng wurden, als ob sie jemand von hinten strammziehen würde. Ich wäre am liebsten gestorben, und gleichzeitig wollte ich ihm die Meinung sagen, aber ich konnte keins von beidem tun, also hab ich einfach dagesessen, Gott verzeih mir, und hab zu allem, was er sagte, nur genickt und gedacht, lieber Jesus, bewegt sich da ein Kind in mir drin, war das ein Tritt, was ich eben im Bauch gespürt hab, genau wie früher, wenn eines von euch anfing, sich zu bewegen, und ich an der Art, wie der Tritt war, erkennen konnte, ob's ein Junge oder ein Mädchen war – das konnte ich wirklich –, und ich hab mich nie geirrt, denn ich hab's immer deinem Vater gesagt, wenn er nach Haus kam, was es werden würde. Er hat immer darüber gelacht, aber geglaubt hat er mir doch. Wenn ich sagte, daß es ein Mädchen war, leuchtete sein Gesicht mehr auf, weil er fand, mit einem Mädchen wär's ein noch größeres Wunder, was aber nicht heißen soll, daß er irgendeinen von euch Jungs nicht gewollt hätte. Er war einfach so.

War ich an dem Tag, als Burke vorbeigekommen war, um mit ihr zu reden, in der Schule gewesen? Lange nachdem sie mir davon erzählt hatte, redete ich mir ein, ich wäre an dem Tag zu Haus gewesen und hätte seine Stimme gehört. Das samtige Gurren der Tauben in Freddie Campbells Schuppen, drei Türen weiter die Straße rauf, lullte mich an Sommernachmittagen oft in den Schlaf. Wir bildeten uns ein, große Taubenkenner zu sein, nannten die einzelnen Rassen bei ihren jeweiligen Namen – Pfautauben, Tümmler, Brieftauben, Roller – und sahen ihnen täglich zu, wie sie in Kreisen über den Dächern flatterten, bevor sie sich auf der Wellblechschräge des Schuppens niederließen. Die Sämereien, mit denen sie gefüttert wurden, und ihre blauweißen Ausscheidungen, das Weiß ein trockenes Aufblitzen, das Blau wie ein Auge im Kopf des Blitzes, besprenkelten die Hinterhöfe wie die Spuren eines harmlosen Gemetzels. War es an so einem Nachmittag gewesen, daß Burke gekommen war, während ich dalag und döste? Es war nicht so gewesen, aber ich wollte, daß es so war. Das Ganze passierte im Dezember 1957, als ich noch zur Schule ging; aber erst vier Jahre später, als ich gerade mit der Universität angefangen hatte, erzählte sie mir davon. Und auch dann tat sie's, glaube ich, nur, weil ich in den Sommerferien nach Frankreich fuhr und sie die fixe Idee hatte, ich würde vielleicht nie wiederkommen oder tödlich verunglücken. Es war am Abend vor meiner Abreise. Mein Vater war zu seinem Bruder Phonsie gegangen, der krank war. Ich fing allmählich an zu glauben, es störte sie nicht allzusehr, daß ich wußte, was ich wußte, glaubte, sie sei sich meines Schweigens inzwischen sicher, was immer ich auch wissen mochte.

Es muß endlich Schluß sein, hatte Burke gesagt, aus und vorbei, ein richtiger Schlußstrich. Wovon redete er eigentlich? hatte sie ihn gefragt. Och, hatte Burke erwidert, diesen ganzen Kummer begraben, hinter uns lassen, alles endgültig beilegen. Denken Sie an Ihren Vater, hatte er zu ihr gesagt, stirbt mit zwei Morden auf dem Gewissen, und in beiden Fällen war es der falsche Mann. Sehen Sie sich Katie an und ihre zerstörte Ehe und ihr Kind, das ohne einen Vater geblieben ist, und den Vater, der da draußen im Exil ein Doppelleben führt. Sehen Sie sich Frank an, Ihren Mann, zum Schweigen verurteilt, weil er glaubt, ein Denunziant habe Schande über seine Familie gebracht, Frank, der nicht über das reden will, was er in all diesen

Jahren durchmachen mußte, mit seinen Kindern, die ihm andauernd Fragen stellten, und den anderen, die sich selbst fragten – sich fragten, warum er in dieser Nacht, wo das Bürschchen die Pistole gefunden hatte, ungeschoren davongekommen war. Er selbst, behauptete Burke, hatte das in Ordnung gebracht, weil er nicht mit ansehen wollte, daß Frank noch mehr einsteckte, und weil er wußte, daß er nichts mit dieser noch sonsteiner Sache zu tun hatte. Haben Sie vielleicht deswegen meine zwei Jungen vor seinen Augen verprügelt? fragte sie ihn empört. Haben Sie ihm deshalb den ganzen Rücken grün und blau geschlagen? War doch klar, daß er das vor den anderen tun mußte, sagte er, den Männern von der Staatssicherheit aus Belfast, sonst hätte es komisch ausgesehen, und wenn *sie* die Sache in die Hand genommen hätten, wäre Frank für lange Zeit ins Gefängnis gewandert. Es hatte ihn einige Mühe gekostet, sie davon zu überzeugen, daß Frank harmlos war. Aber jetzt wollte er ihr sagen, daß es ihm leid tat – deswegen und auch wegen dieser anderen Sache, wie er dem Jungen wegen dem Steinwurf damals Ärger gemacht hatte. Aber hatte das Bürschchen es ihm nicht mit dem Bischof heimgezahlt? Ein heller Junge war das. Aber das Gift breitete sich aus und würde bald auch ihn und seine Geschwister anstecken. War's nicht langsam an der Zeit, daß das Ganze aufhörte? Gab's denn keinen, der sich davon befreien wollte? Warum mußte es immer und immer und immer so weitergehen?

Nun, sagte sie mir, sie hatte ihm ganz schnell aufgezählt, warum. Ungerechtigkeit. Die Polizei selbst. Die schmutzige Politik. Ist schon großartig, den Leuten, die die ganze Zeit darunter zu leiden hatten, zu sagen: Macht Schluß damit! Was erwartete man denn von ihnen? Sollten sie sagen, tut uns leid, daß wir je protestiert haben, und brav wie gehabt weitermachen, arbeitslos sein, die ewig Betrogenen sein, sich von jedem Polizisten, den die Lust dazu anwandelte, verprügeln lassen, sich von Beamten und Richtern einsperren lassen, die so bösartig waren, daß sie selbst eingesperrt gehörten, und zwar lebenslänglich, für den ganzen Schaden, den sie anrichteten, und all die Existenzen, die sie ruinierten? Er hatte darauf keine Antwort gewußt. Hatte einfach nur mit hängendem Kopf dagesessen und immer wieder mal geseufzt. Und dann hatte er gefragt, ob Frank Bescheid wisse und ob sie es ihm sagen würde? Und sie hatte gesagt, das gehe nur sie und ihren Mann etwas an, und wenn sich noch jemand einmischte, würde es wegen der Sache noch mehr Ärger geben, als es bisher schon gegeben hatte.

Was für Ärger? fragte ich sie. Was würde sie dann tun? Das wußte der Herr im Himmel, was sie tun könnte, denn was hatte sie schon für eine Macht? Aber die sollten ruhig glauben, sie könnte was tun oder würde was tun. Sie hatte geblufft, so wie wir es beim Pokern lernten, begriff ich, und ich bewunderte sie deswegen, fragte mich aber auch, wie sie das auf die Dauer würde durchhalten können. Jeder saß in seinem Käfig. Es war fast restlos aufgeräumt.

Anfangs, sagte sie, habe sie sich kaum gerührt, habe sich aber zu Tode geängstigt. Da war Burke, stand mitten in der Küche, die Schirmmütze in der Hand, die Uniform schwarz, ganz schwarz, mit ihrem Lederglanz vom Gürtel und dem Halfter, in dem die Pistole steckte, den Schlagstock schräg an der Hüfte. Störte es sie, wenn er die Mütze ablegte? Wenn er sich setzte? Da wären noch ein, zwei Dinge, die ihn beschäftigten, die er ihr erzählen müßte, nach denen er sie fragen müßte, und er habe gemeint, das ließe sich besser tagsüber erledigen, wenn Frank bei der Arbeit war. In Ordnung, Ma'am? Er hatte dann tatsächlich die Mütze abgenommen und sich gesetzt und sich die Mütze aufs Knie gelegt und den Schlagstock ein bißchen herumgeschoben, bis er bequem saß. Er war so massig, daß er das Fenster, vor dem er saß, fast völlig verdeckte. Und sein Gesicht konnte sie auch nicht richtig erkennen, weil es im Halbdunkel war.

Die Tür war nicht abgeschlossen gewesen, und sie hatte das leise Klopfen gehört und, ohne zu wissen, wer es war, »Herein!« gerufen, und da war er. Ihr erster Impuls war gewesen, zu schreien, er sollte verschwinden, aber ihre Stimme versagte. Einen Augenblick lang dachte sie, es könnte ein Unfall passiert sein, jemand sei gestorben oder verstümmelt, dein Vater könnte bei der Arbeit ertrunken sein, denn zu der Zeit war er im Wasser und zog an Trossen, die an den Schiffen befestigt waren, oder arbeitete hoch oben im Trockendock, wo er auf Laufstegen balancierte, die für seinen Geschmack viel zu eng und zu wackelig waren, so daß ihm schwindlig wurde. Sie schlachteten damals gerade eins der Kriegsschiffe aus, die seit dem Krieg dort eingemottet lagen. Dann dachte sie, es könnte einer von uns sein, ein Kind könnte von einem Kohlenlaster überfahren oder von einem der Pferde getreten worden sein, die die Tinkers auf dem Feld hinterm Haus unbeaufsichtigt grasen ließen. Aber in dem Augenblick, als er anfing zu reden, wußte sie, daß nichts dergleichen passiert war. Trotzdem hatte sie ihre Stimme noch immer nicht wiedergefunden, versuchte, sich den Mund mit Spucke anzufeuchten, sich die mit einemmal trockene Kehle freizuräuspern.

Burke sagte, er habe von Katies Tochter gehört, Maeve, daß sie geheiratet und ein Kind bekommen habe, drüben in England. Das habe ihn nachdenklich gemacht, behauptete er, und er habe an alles denken müssen, was in all den Jahren seit Katies Hochzeit passiert war. Es sei wirklich jammerschade, wie sich die Dinge manchmal entwickelten, denn das hätte durchaus eine glückliche Ehe werden können, und Katie und Maeve hätten nicht die eine ohne einen Mann und die andere ohne einen Vater zu bleiben brauchen, wenn nur nicht diese alten Geschichten wieder hochgekommen wären. Die Politik, sagte er, zerstörte in diesem Land das Leben der Menschen. Die Menschen wären besser dran, wenn sie bestimmte Dinge nicht wüßten, besonders junge Menschen, denn der Ärger blieb ihr Leben lang an ihnen hängen, und was hatte das für einen Sinn? Er meinte, erzählte sie mir, er wolle bald in den Ruhestand gehen und er habe selber genug von der ganzen Sache. Er wollte seinen Frieden mit der Vergangenheit machen, aber auch für ihn sei es schwer. Er erinnerte sich noch an seinen Freund Billy Mahon, der vor so vielen Jahrzehnten zusammen mit ihm bei der Polizei angefangen hatte, damals zur Zeit der Schießereien nach der

Teilung. Das waren schlimme Jahre, sagte er, die frühen Zwanziger. Nordirland war auf grausame Weise geboren worden. Und Billy Mahon war auf grausame Weise ums Leben gekommen, und dabei sei er gar nicht für den Tod vom Freund ihres Vaters verantwortlich gewesen, damals in dieser Nacht vor dem Zeitungsgebäude. Ihr Vater, sagte er ihr, war ein harter Mann und ein kluger Mann gewesen. Er war für diesen Mord nicht zur Verantwortung gezogen worden, und danach war er immer so vorsichtig gewesen, daß sie ihm nie etwas hatten anhängen können; redlich Mühe hätten sie sich aber schon gegeben, sagte sie zu ihm, und Sergeant Burke, sagte sie, habe dazu einfach nur genickt und gemeint, gut, sie hätten es ihm mit Hilfe von McIlhenny heimgezahlt, der später Katie geheiratet hatte. McIlhenny war ihr Mann gewesen. Er hatte ihnen den Tip gegeben. Aber es wäre zu gefährlich gewesen, wenn er Eddie direkt beschuldigt hätte, also hätten sie einen Weg gefunden, es durchsickern zu lassen, sozusagen aus Versehen, daß Eddie der Verräter war. Dazu hatten sie Larry McLaughlin benutzt; er glaubte, er hätte von einer »freundlichen Quelle« bei der Polizei belastendes Material gegen Eddie zugesteckt bekommen. Es war ein doppeltes Doppelspiel gewesen; und es hatte funktioniert. Als Eddie erschossen worden war, hätten sie eigentlich vorgehabt, ihren Vater über seinen Irrtum aufzuklären, aber sie hätten den Befehl erhalten, ihren Mann, McIlhenny, an seinem Platz zu lassen, als eine Art »Schläfer«, und das hatten sie auch getan, bis schließlich, nachdem er Katie geheiratet hatte, jemand von der Sache Wind bekommen und geplaudert hatte. Er habe sich oft gefragt, wer das gewesen sein konnte; denn er hatte McIlhenny außer Landes schaffen müssen, und der Mann sei in einem entsetzlichen Zustand gewesen, weil er wußte, daß er nie wieder würde zurückkommen können, und weil er seine junge Frau nicht verlassen wollte und nicht wußte, ob man ihr erlauben würde, ihm zu folgen, ob man ihr von der Sache erzählen würde. War es Ihr Vater, fragte er, der ihr verbot, nach Chicago zu fahren? Schwanger, wie sie war, erst seit ein paar Monaten verheiratet? War McIlhenny noch am Leben? Und stimmte es, daß er, wie er gehört habe, noch einmal geheiratet hatte und noch immer dort lebte und nie Kontakt mit irgendwem hatte?

Ich wollte ihr sagen, daß jetzt alles in Ordnung war, daß das alles vorbei war. Aber das war's gar nicht. Sie hatte mir nicht von sich und McIlhenny erzählt; sie hatte mir nicht gesagt, wieviel sie gewußt hatte oder mein Vater gewußt hatte, als sie geheiratet hatten. Ich weiß, daß du mit McIlhenny gegangen bist, Mutter. Ich weiß, daß du das meinem Vater bis heute verschwiegen hast.

Ich stellte mir vor, ich würde so mit ihr reden, probte im Geist Unterhaltungen, die ich nie führen würde. »Was *du* nicht weißt, kümmert *dich* nicht«, würde ich ihr sagen. »Was *ich* nicht weiß und du mir nicht sagen willst, macht *mir* sehr wohl Kummer. Und genau den Fall haben wir hier. Wenn du mich mehr lieben würdest oder wüßtest, wie sehr ich dich und ihn liebe, dann würdest du mir alles sagen. Wie kannst du es nicht wissen? Ich würde alles tun, *alles*, um dir zu helfen, wenn du mich nur ließest.« Aber stimmte das wirklich, daß sie alles erzählt hätte, wenn sie mich mehr geliebt hätte? Wenn sie wußte, daß es da noch *irgend etwas* gab, aber nicht wußte, *was* das war, wäre das nicht noch schlimmer für sie, wäre es nicht genau das, was sie davon abhalten würde, mir auch nur ein Wort mehr zu sagen? Sich etwas auszumalen, wie zum Beispiel, wie Eddie gestorben war, wer dabeigewesen war, was genau passiert war, das war vielleicht schlimmer, als einfach nur die eine bestimmte Anzahl von Fakten zu haben, die eine Geschichte, die alle anderen auslöschte, die eine Wahrheit, die sie erzählen konnte. Aber jeder, der dabeigewesen war, war entweder tot oder im Exil oder auf die eine oder andere Weise zum Schweigen gebracht worden. Und woher wußte ich, daß man mir die Wahrheit erzählt hatte? Sollte ich sie nicht einfach fragen? Was wußtest du, Mutter, als du meinen Vater geheiratet hast? Was wußte er? Wann habt ihr es euch gegenseitig erzählt? Warum hast du mich immer und immer wieder zum Schweigen gebracht? Erinnerst du dich nicht an die Rosen? Du wußtest doch, um was es dabei ging; er auch. Warum hast du's mir nicht gesagt? Wenn dir wirklich etwas an mir gelegen hätte, dann hättest du etwas gesagt. Siehst du denn nicht, was du anrichtest, selbst jetzt, erzählst mir alles, was Burke gesagt hat, und verrätst mir trotzdem nichts, was ich nicht schon selbst herausgefunden hab, erzählst mir nichts über dich und meinen Vater, dich und McIlhenny, aber sagst mir alles andere?

Ihr Blick ruhte auf mir. Ich lächelte sie an.

SECHSTES KAPITEL

Leute in kleinen Orten

Juni 1958

Einmal, sagte ich zu meiner Mutter, hat mir Katie eine seltsame Geschichte erzählt, die sie von ihrem Mann, McIlhenny, gehört hatte. Das war ganz am Anfang ihrer Schwangerschaft gewesen. Damals hatte McIlhenny für den Sommer einen Posten als Busschaffner bekommen, auf der Inishowen-Route, zwischen Derry und Donegal – Derry, Burnfoot, Fahan, Buncrana, Malin, Carndonagh, Gleneely, Moville, Derry, mit einer Menge von Zwischenstopps an Häusern, Hütten, Feldwegen. Kannte sie diese Geschichte? Erinnerte sie sich daran?

»Ich erinnere mich an die Moral von der Geschichte«, sagte sie, »so wie er sie erzählt hat. Schade, daß *er* sich nicht daran erinnert hat.«

Ich erzählte sie ihr noch einmal und hielt dabei Ausschau nach irgendeiner Reaktion. Sie saß ganz ruhig da und ließ mich reden.

Einer von McIlhennys regelmäßigen Fahrgästen, jeden Mittwoch fuhr er mit, war ein Mann aus Malin am äußersten Zipfel der Halbinsel Inishowen. Er hieß Sean. Wenn er in den Bus einstieg, hatte er immer einen kleinen braunen, sehr zerschrammten Aktenkoffer in seiner riesigen Hand. Den behielt er während der ganzen Fahrt, hin und zurück, auf seinen Knien. In dem Koffer befand sich nichts anderes als ein Kindersöckchen. Als er das erzählte, hatte Katie gesagt, hatte McIlhenny auf diese zufriedene Art, die er an sich hatte, vor sich hin genickt und eine Strähne von seinem schwarzen Haar, die ihm immer ins Gesicht fiel, wenn er nickte, zwischen zwei Finger genommen und sorgfältig wieder an ihren Platz gelegt. Oh, er hatte einen ganzen Helm von richtig schwarzem Haar, sagte Katie.

Was Sean angeht, war's das. Sonst nichts. Ein Kindersöckchen. Als man McIlhenny gefragt hatte, woher er das wisse, hatte er gesagt, Sean habe einmal den Aktenkoffer geöffnet und ihm das Söckchen gezeigt und gesagt: »Schauen Sie sich das an. An dem Tag, wo ich das zweite dazu finde, hör ich mit diesem ganzen Rumreisen auf.«

Also, anscheinend hatte Sean vor Jahren seine kleine Tochter verloren. Sie war im Fieberhospital in Derry gestorben. War eines Nachmittags eingeliefert worden, und zur Teestunde war sie tot gewesen. Sean hatte noch an demselben Abend alle ihre Sachen mitgenommen, aber ein Söckchen hatte gefehlt. Er versuchte noch immer, es wiederzufinden. Er ging jeden Mittwoch ins Krankenhaus und setzte sich ins Wartezimmer, und dann kamen die Schwestern zu ihm und sagten, es tue ihnen leid, sie hätten gesucht, könnten es aber nicht finden. Sie ließen ihn machen. Es hätte keinen Sinn gehabt, so zu tun, als hätten sie das fehlende Söckchen gefunden, denn erstens hatten sie das eine im Aktenkoffer noch nie gesehen, und zweitens hätte Sean sowieso nein gesagt, zu jedem Söckchen, daß es nicht das richtige war. Und es gab eine Menge Leute wie ihn, hatte McIlhenny gesagt. Wenn du sähst, was die in diesem Bus zum Teil an Gepäck mitschleppen, würdest du dich fragen, in was für einer Welt du eigentlich lebst. Die Leute vom Land sind komisch, hatte er gesagt. Sie nehmen alles persönlich, selbst Unfälle. Wenn irgend etwas Schlimmes passiert, finden sie immer etwas oder jemand, dem sie die Schuld geben können – oft genug sich selbst. Sean aus Malin war davon überzeugt, sein Kind könnte nicht ins Paradies, solange er, Sean, nicht alles zusammengetragen hatte, was ihm gehörte. Auf diese Weise gab er sich selbst die Schuld am Tod des Kindes. McIlhenny wurde gefragt, welche Farbe das Söckchen gehabt habe. Gelb, mit einem roten Streifen oben am Rand. Er hatte gesagt, die schlimmste Strafe, die man sich überhaupt vorstellen könnte, sei das, was Sean aus Malin seinem Kind antat – es nicht richtig sterben zu lassen, es dazu zu verdammen, zwischen dieser und der anderen Welt eingesperrt zu bleiben. Die Luft von Donegal, von ganz Irland, sei voll von solchen Leuten, hatte er behauptet, weil wir eine so schlimme Geschichte hätten. Nimm zum Beispiel Lord Leitrim, drüben im Tal von Glenveagh. Ein bösartiger Schuft, der das Tal restlos entvölkert hatte und dafür erschossen worden war. Du kannst sicher sein, der fand keine Ruhe. Er ritt noch immer diese Straße entlang, jeden Abend, bei Einbruch der Dunkelheit, bis hin zu der Hecke, von wo aus sie auf ihn geschossen hatten, eine Gestalt auf einem Pferd, wie ein Schattenriß, mit einem breitkrempigen Hut und einem Umhang. Das Pferd machte nicht das geringste Geräusch. Es galoppierte dahin, bis es in die Nähe der bestimmten Stelle in der Hecke kam, und dann konnte man ein, zwei Sekunden lang das Getrommel seiner Hufe hören. Sobald man es hörte, verschwand die Gestalt auf dem Pferd für einen Augenblick; wenn man dann die Straße hinaufsah, war sie wieder da und entfernte sich vollkommen lautlos in der Dunkelheit. Und Lord Leitrim und seinesgleichen würden bis zum Jüngsten Tag das bleiben, was sie waren: weder lebendig noch tot, bloße Schatten in der Luft.

Ich stellte mir McIlhenny vor, wie er an der Tür stand, gegenüber vom Fahrer, während der Bus hinter Moville die Landstraße entlangholperte und der Meeresarm unterhalb von Greencastle, Redcastle, Quigley's Point immer breiter wurde, und weiter bis zum stillen Ufer von Culmore, wo mein Vater Liam und mich über den Fluß gerudert hatte. Meine Mutter sagte, sie erinnerte sich daran, wie er einmal ein Auswandererlied gesungen hatte, das von Creeslough handelte, einem Städtchen, in dem ich noch nie gewesen war, hinter der Küste von Nord-Donegal versteckt, an der Straße, die in die irischsprachigen Distrikte Ranafast und Loughanure führte, wo ich gern hingefahren wäre, um die Sprache, die ich vor meiner Mutter und meinem Vater verstümmelt hatte, richtig sprechen zu lernen.

Was war also die Moral von der Geschichte? fragte ich sie.

Oh, antwortete sie, die war, daß Leute in kleinen Orten große Fehler machen. Nicht größer als die Fehler anderer Leute.

Aber in kleinen Orten ist weniger Platz für große Fehler. Sie lächelte ironisch.

»Wie er inzwischen weiß«, sagte sie. »Wie wir alle wissen.«

Crazy Joe und Mutter

Oktober 1958

Nach seiner Entlassung aus der Irrenanstalt begann Joe, meine Mutter regelmäßig zu besuchen. Mein Vater fluchte leise vor sich hin, wenn er von der Arbeit nach Haus kam und Joe war da und quasselte daher, äußerlich noch immer unverändert, gleichzeitig grotesk und frisch anzusehen. Sie war mittlerweile der einzige Mensch, mit dem Joe mehr als nur zwei Worte wechselte. Worüber unterhält sie sich bloß mit ihm? fragte sich mein Vater laut in unserer Gegenwart. Wie kann sie sich nur dieses Gewäsch anhören, diesen ganzen Quatsch, den er so redet? War mein Vater erst aufgetaucht, blieb Joe nicht mehr lang. Er erhob sich, setzte sich den Hut auf, lüftete ihn wieder mit einer schwungvollen Bewegung vor meiner Mutter und erklärte: »Das Tempus fugitiert, meine Liebe. Ich muß weg.«

Aber wenn ich nachmittags von der Schule kam, war er ziemlich häufig da, saß auf dem Sofa, redete ins Blaue hinein, stand ab und zu auf, um zu gestikulieren oder irgendeine Pose einzunehmen, während meine Mutter zurückgelehnt im Sessel saß und aufmerksam dem vielstimmigen Drama zu folgen schien, das Joe vor ihr aufführte, voller Erinnerungen oder Erfindungen aus seiner Zeit im Irrenhaus. Zwei oder drei von uns blieben immer da, warfen ihre Ranzen unter den Tisch und sahen und hörten zu, wie Joe herumhüpfte und sich produzierte.

Seine bleibende Erinnerung an die Zeit in der Irrenanstalt waren Schläge und Mißhandlungen, eiskalte Bäder, in die er gesteckt worden war, wann immer er die Pfleger auf irgendeine Weise gereizt hatte. Mit diesem Zustand zu leben war, wie er sagte, das große Konnubium seiner Unglückseligkeit – der Zustand, geistig gesund zu sein, kopuliert mit dem Zustand, verrückt zu sein; das Bewußtsein, verrückt zu sein, kopuliert mit dem Bewußtsein, gesund zu sein; zu wissen, daß er harmlos war, aber daß sein Zustand andere gemeingefährlich machte.

Und dabei glaubten die Leute, er sei gar nicht verheiratet! Er war so unglücklich verheiratet wie sonstwer. Man tat jedem Paar einen Gefallen, wenn man einem solchen Zustand ein Ende setzte. War's nicht so? Als er diesen Tip gegeben hatte, sagte er zu meiner Mutter, Sie-wissen-schon-wem den Tip über Sie-wissen-schon-wen gegeben hatte, überlegen Sie sich nur, in was für einen Schlamassel er sich dadurch gebracht hatte, aber bedenken Sie andererseits, aus was für einem Schlamassel er ihn und sie geholt hatte, oder etwa nicht? Hatte er nicht recht? War's nicht so, Missis? Er war nicht verrückt.

Dann weinte er immer, und meine Mutter raffte sich auf und sagte ihm, jetzt sei alles gut, er sei da raus, er würde da nicht wieder hinmüssen; es sei alles vorbei. Aber Joe schüttelte den Kopf und sagte, das sei's nicht, seine Verwandten würden ihn wieder einsperren, niemand könnte seine Anwesenheit ertragen, es sei zu anstrengend, mit ihm zusammenzuleben, aber warum war das so, was hatte er denn getan?

Schon bald aber lächelte er wieder und nickte uns zu, während wir hin und her gingen. Mir tat er auch leid, aber ihr Mitgefühl mit ihm machte mich wütend. Warum konnte sie nicht genausoviel Interesse für uns zeigen? Für meinen Vater?

Eines Tages, als mein Vater gerade nach Haus gekommen war und sich an der Spüle die Hände wusch, stand Joe auf, stülpte sich den Hut auf und zog ihn wieder auf die übliche schwungvolle Weise, und dann sagte er vor uns allen: »Aber trotz alledem, Missis, trotz alledem hab ich denen nie Ihre Geschichte erzählt. Familiengeheimnisse sind Familiengeheimnisse. Die hätten schließlich herkommen und es ihm selber sagen können.« Das Geräusch vom laufenden Wasser nebenan verstummte. Meine Mutter legte sich einen Finger an die Lippen.

»Jetzt aber, Joe«, sagte sie.

»So wahr mir Gott helfe, Missis. Die Kronjuwelen sind bei mir sicher aufgehoben. Hat doch gar keinen Sinn, ein Geheimnis auszuplaudern, oder? Was nützt ein Geheimnis, wenn zu viele es wissen?«

Mein Vater kam herein; er rieb sich Hände und Arme mit einem Handtuch trocken und hatte einen fragenden Ausdruck im Gesicht. Joe trat die Flucht an und machte fast einen Bückling, während er rückwärts im Flur verschwand.

»Wovon hat er eigentlich geredet?« fragte mein Vater.

Meine Mutter winkte ab. Joe hatte mal wieder phantasiert. Jedesmal, wenn er aus der Irrenanstalt herauskam, war er im Kopf noch ein bißchen verwirrter. Vielleicht war es die Art, wie sie den Kopf senkte, als sie meinem Vater antwortete, vielleicht war es nur die Summierung dessen, was Joe alles gesagt hatte – aber mit einemmal wußte ich es.

O Gott. Jetzt wußte ich's. Die wehmütige Krönung des Ganzen. Dein letztes Geheimnis lag bei Joe, Mutter. Befand sich in Crazy Joes unsicherem Gewahrsam, ein- und ausgeschlossen im Irrenhaus von Gransha.

Mutter

November 1958

Als wüßte sie, was ich durch Crazy Joe begriffen hatte, legte meine Mutter mit einemmal ein feindseliges Verhalten an den Tag. Sie hielt einen halb unterschwelligen Dauerkriegszustand aufrecht. Nein, Gerard würde die Kohlen aus dem Schuppen holen. Nein, Eamon würde zum Schlachter gehen. Nein, Deirdre würde ihr eine Tasse Tee machen. Nein, sie war nicht der Meinung, daß ich ins Kino sollte, und überhaupt hätte sie die drei Pence nicht, die ich brauchte. Vor allen Dingen, nein, ich sollte nicht zu Katie rüber, um ihr etwas auszurichten; das würde einer der anderen tun. Katie habe ihr sowieso gesagt, Liam würde so etwas immer viel schneller erledigen. Ich sollte lieber was für die Schule tun, in letzter Zeit hätte ich ziemlich gebummelt. Dieses Jahr hatte ich die Prüfung fürs Junior Certificate, und sie erwartete Auszeichnungen in jedem Fach. *Zehn* Auszeichnungen? Irisch, Englisch, Geschichte, Französisch, Griechisch, Latein, Geographie, Geometrie, Mathematik, Kunst. Sie zählte sie an den Fingern ab. Und danach kam dann die Gesamtirische Religionskundeprüfung. Liturgie, Doktrin, Bibelkunde. Auch da mußte ich gut abschneiden. Sie sah sehr streng drein, während sie die ganzen Punkte abhakte.

»Okay«, sagte ich, »zehn Auszeichnungen.«

Als ich neun bekam – mit einem »Bestanden« in Kunst –, fragte sie, was aus meinem Versprechen geworden sei. Ich sagte ihr, ich hätte es gebrochen. Ich scherzte. Sie nicht.

»Das hast du«, erwiderte sie. »Das hast du.«

In der Religionskundeprüfung erreichte ich eine hohe Punktzahl, aber das war ihr auch nicht gut genug.

»Du hättest als Bester in ganz Irland abschneiden können, wenn du dich etwas mehr angestrengt hättest«, warf sie mir vor.

Sie machte so weiter, bis in den Winter hinein. Am Abend von Allerseelen gingen wir in der Kathedrale ein und aus und sprachen Fürbittgebete für eine arme Seele nach der anderen. Früher, als wir kleiner waren, hatten wir geglaubt, eine Sternschnuppe am Winterhimmel sei eine Seele, die aus dem Feuer ins Paradies entlassen wurde, ein Blitz in die Ewigkeit. Dieses Jahr sollten wir, wie immer, ganz besonders für Una beten und anschließend für alle verstorbenen Verwandten – Großeltern, Eddie, Ena –, dann für alle Seelen im Fegfeuer, die kurz vor der endgültigen Erlösung standen. Nach jeder Gebetsfolge gingen wir hinaus und dann zur nächsten wieder hinein. Sie sah, wie Brendan Moran und ich uns draußen mit zwei Mädchen unterhielten. Zu Hause sagte sie mir noch an demselben Abend, sie habe gesehen, wie ich mich auf dem Kirchengelände schändlich verhalten hätte, sie sei bei dem Gedanken errötet, das sei ihr Sohn, dieser Rüpel, der in einer so heiligen Nacht auf diese Art mit jungen Mädchen herumpoussierte. Ich könnte lange warten, bis sie mir wieder erlaubte, abends draußen zu bleiben.

Verdammte Scheiße, dachte ich. Was will sie eigentlich? Sich mit mir anlegen? Ich sagte nichts.

Mein Vater war sichtlich ärgerlich und verdutzt, aber vor uns würde er ihr nichts sagen. Er war fünfzig. Er sah älter aus. Wenn er mir zeigte, wie man richtig boxte, wie ich die Füße bewegen und mit dem Körper ausweichen sollte, und meine Faust in die Hand nahm, um meinen Daumen so zurechtzubiegen, daß er in der Mitte der Handfläche lag, fühlte sich seine Hand kleiner an als noch zu Beginn des Jahres, als er uns als Neujahrsgabe jedem einen Shilling geschenkt und uns der Reihe nach die Hand geschüttelt hatte, während draußen in der Eiseskälte die Glocken der Kathedrale läuteten.

Meine Mutter zog sich mehr und mehr von jedem zurück; entglitt uns langsam, schlüpfrig vor Feindseligkeit. Wenn sie redete, las man ihr den Zorn an den Augen ab, aber sobald sie schwieg, trat an dessen Stelle ein leeres Entsetzen. Ich stahl für sie eine goldgelbe Schwertlilie von einem Blumenstand auf der Chamberlain Street und kam in die Küche, reichte sie ihr und sagte: »Mach dir keine Sorgen mehr. Ich werde nie ein Wort sagen. Mach dir darum keine Sorgen. Es ist alles vorbei.«

Sie nahm die Blume mit ihren drei Blüten zu je drei Blütenblättern. »Schau«, sagte sie und rupfte die Blütenblätter eins nach dem andern ab und ließ sie auf den Boden fallen.

»Wenn du willst, sag's freiheraus«,

Ein Blütenblatt fiel herab.

»Willst du nicht, mir macht's nix aus.«

Ein weiteres flatterte aufs Linoleum.

»Bring's nur hinter dich – mach schon!
Vater, Liebster, Eh'mann, Sohn.«

Sie stieß ein kaltes Lachen aus und warf, was übrig war, auf den Fußboden, verschränkte die Arme vor der Brust und schaukelte vor und zurück, unmelodisch vor sich hin summend. Ihr Haar wurde an der Seite, über dem Ohr, langsam grau.

Ich sammelte Stengel und Blütenblätter auf und warf sie draußen im Hof in die Mülltonne. Sie hatte sich fast völlig von mir entfernt. Ich erinnerte mich, wie sie sich an dem Tag, als ich die Rosen zerstört hatte, die Hand aufs Herz gelegt hatte, und mir wurde bewußt, wie jung ihr Gesicht damals gewesen war. Durchs Fenster konnte ich sie sehen, wie sie sich noch immer vor und zurück wiegte, und ich empfand großes Mitleid mit ihr, während ich mir im gleichen Augenblick wünschte, ich könnte sie wieder so lieben wie früher. Aber ich konnte nur über meine Unfähigkeit dazu trauern; und um so mehr darüber trauern, daß sie ebensowenig imstande war, mich wieder auf diese Art zu lieben. Die Luft tat weh vor Regen.

»Hast du irgendwas zu ihr gesagt? Ist irgendwas passiert?« fragte mich mein Vater.

»Nein. Ich hab nichts gesagt«, antwortete ich im Bewußtsein, wirklich die Wahrheit zu sagen, die Wahrheit, die wirklich zählte, auch wenn er es nicht wissen konnte.

Er seufzte. »Ich weiß nicht, warum sie so zu dir ist. Nimm's dir nicht zu sehr zu Herzen. Sie kann nichts dafür, Gott steh ihr bei.«

Sie fing wieder mit dem Treppenfenster an. Aber sie konnte es nicht haben, wenn sich jemand zu ihr hinstellte und redete, am allerwenigsten ich. Da war sie mit ihren Gespenstern zusammen. Jetzt bedeutete der Spuk etwas Neues für mich – jetzt war *ich* der Schatten. Alles lastete auf ihr, drückte sie nieder. Sie wurde kleiner, wirkte angespannter, ihr Gesicht nahm nur noch zwei oder drei verschiedene Ausdrücke an. Außerdem verstummte sie völlig. Mein Vater überredete sie, den Arzt kommen und sich von ihm untersuchen zu lassen. »Die Nerven machen ihr zu schaffen«, erklärte der und verschrieb ihr Sedativa, die sie sich weigerte zu nehmen. »Laß diesen Schwachkopf nie wieder an mich ran«, sagte sie zu meinem Vater.

Tanz

Dezember 1958

Eine Firma namens Birmingham Sound Reproducers eröffnete eine Fabrik auf der Bligh's Lane, nur ein paar hundert Meter von uns entfernt. Sie stellten eine Menge Männer ein. Es war ungewohnt, Männer um dieselbe Uhrzeit von der Arbeit nach Haus kommen zu sehen wie die Frauen aus den wenigen Hemdenfabriken, die noch übriggeblieben waren. Es veränderte das gesamte Bewegungsmuster des Viertels. Außerdem kamen viele Leute jetzt billig an Schallplattenspieler, direkt vom Werk; die Straße wurde lauter, besonders im Sommer, wenn die Türen und Fenster offengelassen wurden und die Musik überall herausplärrte. Wir kauften uns auch einen, und mein Vater spielte jeden Abend, wenn er von der Arbeit zurück war, immer wieder dieselben drei Schallplatten – Zusammenschnitte von Arien, größtenteils aus italienischen Opern. Sobald die Arien aus dem grün-grauen Kasten herausströmten, schloß er die Augen, lehnte sich zurück und schwelgte in den Tönen, vor allem denen Giglis. Meine Mutter saß völlig unbewegt da, vielleicht sogar taub gegen die Musik, obwohl ich mir ab und zu einbildete, daß sie ihn wehmütig ansah, als wäre er ein kleiner Junge, der noch nichts von den Sorgen ahnte, die ihn erwarteten. Mein Lieblingsstück war eine Arie, die Björling sang; Orpheus, der sich zu früh umgedreht und Eurydike verloren hatte – *Che farò senza Euridice?* Sie entspann sich aus der schwarzen Scheibe in langen zauberischen Klanggaukeleien. Manchmal saß ich, ihr zugewandt, neben dem Gerät, und es war dann so, als spulte sich die Musik aus mir heraus, eine Wehklage um den Verlust ihrer Liebe.

Jetzt, seit die neuen Plattenspieler zur Verfügung standen, kam jemand auf die Idee, in unserem Viertel, in der Ashfield Hall, am unteren Ende der Tyrconnell Street, gesellige Abende mit Musik und Tanz zu veranstalten. Es kamen Leute aller Altersstufen, jeden zweiten Dienstag. Während getanzt und gesungen wurde, saß ich gewöhnlich – für den Fall, daß ein Mädchen, vielleicht sogar meine Schwester Eilis, mich zum Tanzen aufforderte – unbehaglich herum und warf scheue Blicke um mich. Aber die Sorge war völlig überflüssig. Es war Crazy Joe, der statt dessen antanzte, noch immer mit seinem Spazierstock bewaffnet, und sich neben mich auf die Bank setzte, in der dunkelsten Ecke des Saals. Joe wurde nirgendwo eingeladen und kam überallhin – zu Hochzeiten, Totenwachen, Geburtstagsfesten, Jahrestagen, Tanzveranstaltungen. Er starrte die Paare auf der Tanzfläche an, die man dadurch gewonnen hatte, daß man die Bänke an beiden Enden des Saals aufeinandergestapelt hatte. Seine falschen Zähne flutschten rein und raus, ein Lächeln in der Luft, ein Lächeln in seinem Gesicht, immer abwechselnd. Das Sauggeräusch seines Mundes war trotz des Lärms der Tanzmusik – und der Leute – gut zu hören. Ein Mädchen aus der Cable Street kam näher und lächelte in meine Richtung. Ich entblößte die Zähne vor ihr und dachte, ich sah bestimmt aus wie Joe, ein lächelndes Nichtlächeln, das im Halbdunkel des schummrig beleuchteten Saals Signale sendete. Aber sie entfernte sich wieder. Ich wünschte mir, ich könnte tanzen, aber Tanzen war nicht das einzige Problem. Es ging auch noch darum, die Mädchen anzufassen und mit ihnen zu reden und dabei von den älteren Leuten beobachtet zu werden.

»Laß die Finger von den Frauen, Junge. Laß dich nicht von ihrem Lächeln einwickeln.«

Gleich sagt er: »Halt dich an Fußball«, dachte ich angewidert.

»Halt dich an deine Bücher«, empfahl er und klopfte mir auf das nackte Knie und drückte es ein bißchen. Ich zog meinen Körper innerlich zusammen, von ihm weg.

»Dreckspack!«

»Was meinen Sie damit?«

»Pack ist das, was dir das Schicksal aufpackt. Sobald dir das klargeworden ist, ist dir alles klar. Warum sind nur alle so dumm? Du hast einen ganzen Packen Bücher, an die du dich halten kannst, soviel ist klar, falls dir meiner Rede Doppelsinn klar sein sollte, was ich aber stark bezweifle. Da kommt schon wieder so ein Frauenzimmer. Sag ihr, sie soll verschwinden. Ich will mit dir reden.«

Aber wer sie auch sein mochte, sie war nicht interessiert. Sie ging ohne einen Blick an uns vorbei. Liam tanzte. Er schwenkte die Arme und schnippte mit den Fingern. Neid schnappte wie eine Falle in mir zu. Joe berührte mich wieder, ganz leicht, am Knie. Zähne rein, Zähne raus. Sauggeräusche. Seine rechte Hand glitt an der Krücke seines Stocks, den er lotrecht auf den Boden aufgestützt hielt, vor und zurück. Seine andere Hand blieb an seiner Seite.

»Sexuelle Erregung. Zu nichts anderem sind Trommeln gedacht. Kann einem übel werden von dieser Musik. Gehörte verboten.«

Hinter dem Podest, auf dem die Musik spielte, konnte ich meine Mutter und Katie sehen, die zusammen mit anderen Frauen im Kreis um einen Tisch saßen. Katie wischte sich gerade die Augen, und meine Mutter hatte sich zu ihr hinübergebeugt und redete auf sie ein und tätschelte ihr den nackten Arm. Ich fragte mich, was Katie haben mochte. Mein Vater saß weiter hinten im Saal auf einer Bank, aufrecht, allein, obwohl er leicht zu lächeln schien. Die meisten anderen Männer seines Alters saßen in einer Ecke um einen Tisch und tranken. Fetzen ihres Gesprächs kamen und gingen in Wellen: »Na hör mal, sag ich, sag ich, jetzt hör mal zu ...« »Und da dreh ich mich rum und sag zu ihm, weder du noch sonstwer aus deiner Familie hat's geschafft ...« Joe hörte mit seinem Gesauge auf und wandte sich zu mir, sein Gesicht eine ruhige Maske des Wahnsinns.

»Ich hab ein Rätsel für dich. Es gibt einen Ort, wo ein Mann starb, aber als Geist weiterlebte und wo ein anderer Mann als Geist lebte, aber wie ein Mann starb und wo ein anderer Mann wie ein Mann gestorben wäre, aber weggelaufen ist und als Geist weiterlebt. Wo mag dieser Ort wohl sein?«

Er legte wieder seine Hand auf mein Knie. Ich ignorierte sie. Er rieb mein Knie, als wäre es die Krücke seines Spazierstocks.

Ich sah seine Hand an, die sich auf mir bewegte. Der Lärm im Saal war entsetzlich. Er starrte mir ins Gesicht, und seine Zähne glitschten heraus.

»Wo? Wo?«

»Ich weiß nicht. Sagen Sie's mir.«

»Weißt es nicht? Ich soll's dir sagen? Ich könnt dir sonstwo sagen. Ägypten? Brasilien? Der Atlantische Ozean? Der Arsch der Welt? In der Bibel? Komm schon. Rat mal, Stöpsel. Du weißt es verdammt gut.«

Er rieb energisch an meinem Knie herum, und in dem Augenblick wurde ich einfach so vom Stuhl gehoben und mit einem Ruck auf den Boden gestellt. Mein Vater hielt mich hinten am Hemdkragen fest und starrte Joe wütend an.

»Faß ihn ja nie wieder an, kapiert?«

Joe hielt sich zitternd eine Hand vors Gesicht und sagte nichts. Er saß so da, die andere Hand noch immer um seinen Stock gekrampft. Leute sahen zu uns herüber. Mein Vater schob mich vor sich her.

»Bleib von Joe weg; der ist krank im Kopf. Was hattest du denn überhaupt bei dem zu suchen? Geh und tanz oder red mit Leuten deines Alters. Geh schon.«

Er schubste mich vorwärts, und ich schlurfte vor ihm her und sah, wie meine Mutter und Katie sich umdrehten und auf die Tanzfläche schauten, und hörte, wie mein Vater sich hinter mir wieder auf seinen Platz setzte, und sah Joe noch immer so vor mir, wie wir ihn verlassen hatten, Arm vorm Gesicht, die verstörten Augen aufgerissen. Ein Mädchen berührte mich am Arm.

»Möchtst du tanzen?«

Dankbar ging ich mit ihr zur Tanzfläche vor und verspürte das Bedürfnis, sie fest in den Armen zu halten.

Am nächsten Tag sagte mir auch meine Mutter, ich sollte mich von Crazy Joe fernhalten. Ich verbrachte zuviel Zeit mit ihm, behauptete sie, und er sei nicht normal. Ich dürfte mich nie von ihm anfassen lassen. Er sei sonderbar. Du meinst, er ist andersrum? fragte ich. Sie schüttelte den Kopf, fast so, als traute sie ihren Ohren nicht. Dann schüttelte sie den Kopf noch einmal.

»Gott verzeih mir, Gott verzeih, was ich getan hab«, rief sie klagend.

Geburtstagsgeschenk

Mai 1959

Es war nicht einfach nur so, daß sie in dem gefangen war, was passiert war. Daß ich davon wußte, hielt sie gefangen. Ich gelangte zu dem Schluß, daß es Scham sein mußte. Sie war wie gelähmt vor Scham. Sie schämte sich wegen dem, was sie meinem Vater angetan hatte. Sie schämte sich, das wußte ich. Jedesmal, wenn sie mich sah, fühlte sie sich bloßgestellt, obwohl ich keinen Zweifel daran gelassen hatte, daß ich nie etwas sagen würde, und obwohl ich sogar versuchte, ihr begreiflich zu machen, daß ich verstand, warum sie sich so verhalten hatte. Aber ganz konnte ich es nicht verstehen, jedenfalls nicht, ohne mehr zu wissen. Ich hätte sie gern gefragt, ob sie McIlhenny irgendwann geliebt hatte, wirklich geliebt hatte. Aber ich hatte Angst, sie könnte sagen, daß sie ihn noch immer liebte, oder auch nur, daß sie ihn in den Jahren dazwischen geliebt hatte, als sie angefangen hatte, mit ihm zu gehen, dann immer noch, als er sie verlassen und Katie geheiratet hatte, als sie ihn, mit Joes Hilfe, als den Denunzianten identifiziert hatte, als sie ihm den Wink gegeben hatte und er nach Chicago verschwunden war, und auch noch danach, während Katie gelitten hatte, bis sie schließlich, vier Jahre später, meinen Vater kennengelernt und begriffen hatte, was Eddie für ihn und seine Familie bedeutet hatte. Ich wollte nicht erfahren, daß sie ihn die ganze Zeit über geliebt hatte, oder auch nur für einen Teil dieser Zeit, auch wenn mir klar war, daß es, mehr oder weniger, wirklich so gewesen sein mußte. Und was hatte sie eigentlich nicht gewußt, als sie zusammen mit meinem Vater vor dem Traualtar stand? Daß ihr Vater den Befehl zu Eddies Exekution gegeben hatte? War das alles, was sie nicht wußte? Und was wußte mein Vater? Lediglich, daß sein Bruder ein Denunziant gewesen und erschossen worden war? Aber dann waren noch all die Jahre seit ihrer Hochzeit im Jahr 1935. All diese Geschichten, Andeutungen, Vertuschungen, die Märchen über Eddie, er sei entkommen und verschwunden. War ihm nicht aufgefallen, wie sehr sich Eddies Geschichte und McIlhennys Geschichte ähnelten? Wie konnte er die Verbindung übersehen haben, wie konnte er nicht erkannt haben, daß die eine der Abklatsch der anderen war? Oder wußte er es und unterdrückte seinen Schmerz, seinen Argwohn, weil es auszusprechen alles zerstört, ihre Ehe unmöglich gemacht hätte?

Sergeant Burke starb, und seine Söhne, die Priester, lasen für ihn gemeinsam die Totenmesse in der Kathedrale. Der Bischof nahm an dem Begräbnis teil.

»Wie kann er nur so was tun!« zischte meine Mutter.

Sie wollte nichts davon hören, daß Polizei und Priesterschaft sowieso ständig miteinander klüngelten. Derlei Theorien waren nichts für sie. Es war persönlich. Alles war persönlich. Ich verstand das. Das mußte es sein, wo doch alles, was ihr etwas bedeutete, so sehr mit Verrat verknüpft war.

Einmal fragte ich sie, was sie sich zum Geburtstag wünschte.

»Nur für diesen einen Tag«, antwortete sie, »nur für diesen einen Tag, den siebzehnten Mai, alles zu vergessen. Oder wenigstens nicht daran erinnert zu werden. Kannst du mir das schenken?«

Ich antwortete nicht.

»Warum gehst du nicht weg?« fragte sie mich. »Dann könnte ich mich vielleicht endlich einmal richtig um deinen Vater kümmern, ohne daß du mich ständig beobachtest.«

Ich sagte ihr, daß ich das tun würde. Ich würde weggehen nach dem Studium. Das würde ihr Geburtstagsgeschenk sein, dieses Versprechen. Sie nickte. Ich wandte mich ab, gerade als sie die Hand nach mir ausstreckte.

Mein Vater

Juni 1961

Meiner Mutter die Treue zu halten hatte zur Folge, daß ich meinem Vater gegenüber untreu wurde. Um ja nie in die Versuchung zu geraten, ihm alles zu erzählen, was ich wußte, hielt ich Abstand zu ihm und merkte, daß es ihm auffiel, konnte aber nichts zur Erklärung sagen. Ich ging nach Belfast an die Universität, froh, der unmittelbaren Belastung, dort zu leben, zu entkommen, traurig, alles so ungeschickt angepackt zu haben, daß ich eine Kluft zwischen meinen Eltern und mir aufgerissen hatte, die mittlerweile der einzig mir verbleibende Weg war, sie zu lieben. Also feierte ich alle Jahrestage: die aller Tode, aller Verrate – für sie beide – Jahr für Jahr im Kopf, bis sie zu meiner Freude und Überraschung anfingen, sich zu verwirren und zu verwischen, und ich mich manchmal fragte, ob ich das alles nur geträumt hatte.

Jeder Spuk ist auf seine Art sehr konkret. Alles muß exakt sein, selbst das Verschwommene. Mit der Geschichte meiner Familie war es auch nicht anders. Ich erfuhr sie stückchenweise, durch Leute, denen selten alles bewußt war, was sie gesagt hatten. An manche Dinge, an die ich mich erinnere, erinnere ich mich nicht wirklich. Man hat mir nur von ihnen erzählt, und deswegen habe ich jetzt das Gefühl, ich würde mich an sie erinnern, und möchte es um so mehr, als es für andere so wichtig ist, sie zu vergessen. Wie mir jemand einmal erzählte, fand man meinen Vater in der Nacht nach dem Begräbnis seiner Eltern im Schuppen hinter dem Haus in der High Street, wo sie gewohnt hatten; er lag zwischen den Kohlensäcken und dem Brennholz und weinte verzweifelt. Ich stellte es mir vor und glaubte es, aber als ich ihn wieder ansah, fragte ich mich: War das wirklich mein Vater gewesen?

Mein Vater. Er hätte so gern eine bessere Schulbildung gehabt. Als ich in der Nacht nach meinem Abschlußexamen von Belfast zurückkam, fand ich die Küche gerammelt voll mit schwatzenden Leuten vor. Ich hatte ein bißchen was getrunken und war leicht angeheitert, und als ich hereinkam und sie alle erwartungsvoll herübersahen, war ich deshalb drauf und dran, eine todbetrübte Miene aufzusetzen und zu behaupten, ich sei durchgefallen. Dann sah ich meinen Vater, grau im Gesicht und mit bleiernen Beinen, hinter der Tür von seinem Stuhl aufstehen. Die Dachsparren kamen wieder im Sturzflug herab, die Wolke über dem Atlantik zerfaserte das Licht zu Strahlen, und ich sah zu ihm auf, während er sich zu voller Höhe aufrichtete. Da sagte ich sofort: »Geschafft. Eine Eins.« Seine riesige Hand hielt für eine Sekunde meine Schulter fest, und er lächelte.

»Eine Eins«, sagte er und setzte sich. »Eine Eins«, flüsterte er mit gesenktem Kopf vor sich hin, während alle anderen wieder anfingen zu reden und meine Mutter ihm zunickte und sagte: »Er ist – wir haben seit sechs auf diese Nachricht gewartet. Wo bist du geblieben? Es ist ein Uhr nachts.«

»Ich hab in Belfast ein, zwei Gläschen getrunken.«

»Ein, zwei Gläschen!« wiederholten alle lachend.

»Ich würde selbst ein Gläschen trinken, wenn ich nicht morgen früh arbeiten müßte.« Er kam hinter der Tür hervor. »Aber ich werde heut nacht gut schlafen.«

Er ging nach oben. Er hatte in seinem ganzen Leben keinen Tropfen getrunken. Ich habe seine Nachtwache hinter der Tür in diesem lauten Zimmer seither hundertmal wieder rekonstruiert, genauso wie ich sein Leben aus den Überresten der Geschichten über seine Eltern und seinen verschwundenen älteren Bruder, aus seiner Ahnungslosigkeit und seinem – für mich – geliebten Schweigen rekonstruiert habe. Ach, Vater.

Der Mann hinter der Tür, der Junge, der im Kohlenschuppen weinte, der Spaziergang auf dieser staubigen Straße, das ruinierte Rosenbeet, die Beichte in der Kirche, sein toter, verratener Bruder – war das alles? In einem ganzen Leben? Wie verbittert war er, oder hatte sich seine Traurigkeit zu Stille vertieft? Wieviel wußte er oder wußte er nicht?

Ich erinnere mich, wie wir uns vor langer Zeit, als ich noch überhaupt nichts ahnte, eines Abends alle zusammen im BBC einen Boxkampf zwischen dem britischen Schwergewichtsmeister Bruce Woodcock und einem tschechoslowakischen Bergmann namens Josef Baksi anhörten. Mein Vater wußte natürlich einiges über Boxen und interessierte sich noch immer dafür, auch wenn er immer sagte, dieser Sport widerte ihn an. Es war ein grauenvoller Kampf. Woodcock bezog fürchterliche Dresche, aber stand die ganzen zwölf Runden durch, ohne ein einziges Mal auf die Bretter zu gehen. Der Berichterstatter kreischte, als wenn ihm jemand die Gurgel zudrückte; das Getöse der Menge schien die Stoffabdeckung des Radiolautsprechers wie ein Segel zu blähen. Mein Vater hörte zu, als ob ihm jemand eine Pistole ins Kreuz drückte.

»Brich den Kampf ab«, sagte er von Zeit zu Zeit zum Radio. »Brich den Kampf ab.«

Irgendwann stand er auf und schaltete das Gerät aus und zündete sich in der folgenden Stille eine John Player's Navy Cut an und rauchte sie, bis die nicht abgestreifte Asche über seinen Fingerknöcheln abbrach. Dann schaltete er wieder ein. Es war die letzte Runde. Woodcock wurde durch den ganzen Ring gescheucht. Dann war's vorbei.

»Mutig, aber dumm«, sagte er und ging zuerst raus auf den Hof und fegte ihn, dann in den Kohlenschuppen und schlug die großen Ölschieferstücke in schwarze Rauten und funkelnde Querschläger und zerrte drei Blöcke heraus und schlug sie zu knorrigen Stiften, während der ganze Schuppen von den Schlägen erbebte. Ich ging hinaus, um nach ihm zu sehen, aber er jagte mich weg, ohne sich umzudrehen. Meine Mutter scheuchte uns alle rauf ins Bett. Als sie sich den Finger an die Lippen legte, wußte ich, daß ich mir seinen Kummer nicht bloß einbildete, aber den Grund dafür verstand ich nicht. Ich lag die ganze Nacht wach und hörte, wie er um sechs aus dem Haus ging. Ich schlich zum Treppenfenster und sah ihm nach, wie er die Gasse überquerte und mit seinem Brotbeutel in der Hand die New Road hinunterging. Aber es nützte nichts. Ich konnte nichts entziffern, und an dem Tag war ich in der Schule so müde, daß ich zweimal einschlief.

»Psst«, sagte Bruder Collins, »wir dürfen nicht zu laut reden. Wir könnten ihn aufwecken. Vielleicht sollten wir ein Schlafliedchen säuseln: Drei, vier.«

Als ich die Augen öffnete, war sein Gesicht nur einen Millimeter entfernt, aber ich sah nur meinen Vater. Und die Schläge, die dann kamen, erschütterten den Schuppen vom vorigen Abend und waren kaum zu spüren.

Danach

Juli 1971

Ich erzählte niemandem, nicht einmal Liam, was ich wußte, und hoffte, meine Mutter würde merken, daß ich ein Abkommen mit ihr hielt. Aber sie schien nicht darauf zu achten. Was wir beide wußten, trennte uns voneinander. Ich grämte mich um sie und um ihn. Ich grämte mich um mich selbst. Ich verlor sie mehr und mehr. Sie hielt die Lippen zusammengepreßt und sah im Laufe der Jahre zunehmend strenger aus, zunehmend wie ihr Vater mit seinem steinernen Römergesicht. Wie ich es für meinen Vater tat, achtete ich auf die Daten der verschiedenen Tage, an die sie sich, wie ich meinte, im Verlauf eines Jahres trauernd oder freudig erinnern mußte. Der Anfang und das Ende ihrer Beziehung zu McIlhenny, der Tod von Eddie, die Geburt von Maeve, McIlhennys Verschwinden, die Hochzeit mit meinem Vater, Unas Tod, der Tod ihrer Mutter, ihres Vaters, unsere Geburt, Maeves Heirat. Mein Vater, der nichts von McIlhenny ahnte, hatte auch ein paar dieser Gedenktage und vielleicht noch den Beginn der Fehde, den Tod seiner Eltern, Enas Tod – sie waren enger miteinander verknüpft, als ihm bewußt war, enger, als sie je gewollt hatte. Vielleicht feierten sie sie nicht; vielleicht blieb ihnen – blieb vor allem *ihr* – kein anderer Weg offen, als zu vergessen, zu vergessen. Katie hörte einfach auf, wie in der Zeit erstarrt; sie strebte nach nichts mehr, hielt lediglich mit dem haus, was sie hatte, und hieß Maeves Kinder, als sie kamen, vier an der Zahl, willkommen und erlebte es noch, daß die ganze Verwandtschaft ihnen und Marcus gegenüber milder wurde, bis es bei ihren seltenen Besuchen schließlich so aussah, als wären sie schon immer ein Teil der Großfamilie gewesen, noch immer ein bißchen exotisch, aber nicht mehr inakzeptabel.

Kam nichts je zur Sprache, in all diesen Jahren danach, während wir heranwuchsen, während ihre Ehe langsam um die Geheimnisse herum mutierte, die sie wie einen Kern in sich bewahrte und die er spürte, auch wenn er gleichzeitig glaubte, er selbst wäre des einzigen Geheimnisses, von dem er wußte, seit dem Augenblick entbunden, als er es uns erzählt hatte – so falsch es auch war? Ich sah ihnen beiden beim Älterwerden zu. Sie schien weniger von ihren Geistern heimgesucht zu werden als früher; er war weiterhin besorgt, mit der Miene eines Menschen, dessen Sorge sich niemals zur Bestimmtheit verdichtet. Er wußte, daß hinter ihm irgend etwas lag, aber es drängte ihn nicht direkt, danach zu greifen.

Vielleicht war es das Beste für ihn, denn die ganze Ehe hatte überhaupt nur dadurch überdauert, daß er dem Gift, das in all diesen Jahren wie aus einer Retardkapsel freigesetzt worden war, nicht gestattet hatte, je in tödlicher Dosis in ihn einzudringen. Ich wäre eher gestorben, als daß ich ihm etwas gesagt – oder vor ihr etwas angedeutet – hätte, was den letzten großen Irrtum betraf, der den kleinen Raum, in dem sie lebten, so restlos ausfüllte. Natürlich war Joe mit seiner Information über McIlhenny nicht zur IRA gegangen. Er hätte gar nicht gewußt, an wen er sich hätte wenden können. Er war zu meiner Mutter gegangen. Dessen war ich mir absolut sicher. Es war so, als hätte sie es mir selbst klipp und klar gesagt. Sie war es, die Joe zu meinem Großvater gebracht hatte, damit er alles erzählte, was er in dieser Nacht des achten Juli 1926 gesehen hatte – als McIlhenny in den frühen Morgenstunden aus Burkes Polizeiauto ausgestiegen war. In diesem Augenblick hatte Großvater begriffen, welch schrecklicher Irrtum ihm bei Eddie unterlaufen war. Aber selbst da erfuhr meine Mutter nicht die ganze Geschichte über Eddies Tod – nur gerade soviel, daß er irrtümlich hingerichtet worden war. Aber nicht auf Befehl ihres Vaters. Das konnte sie nicht gewußt haben, andernfalls wäre sie an dem Abend nicht so entsetzt gewesen, damals, als ich bei ihrem sterbenden Vater wohnte und sie so aufgelöst heruntergekommen war und Eddies Namen gesagt hatte. *Was* sie wußte, war schon schlimm genug. McIlhenny, der Mann ihrer eigenen Schwester, der Mann, den sie einst geliebt hatte – vielleicht noch immer liebte – und der sie sitzengelassen hatte, war ein

Denunziant. Und jetzt denunzierte sie ihn. Aber anstatt ihn zum Tode zu verurteilen, war sie es vielleicht gewesen, die dann zu ihm gegangen war und ihm erzählt hatte, daß seine Deckung aufgeflogen war, daß er besser verschwinden sollte. Und dann hatte sie meinen Vater geheiratet und sich für immer verschlossen, für immer mit ihren Geistern eingesperrt.

Ihre kleine Gestalt an der Biegung der Treppe; so hatte ich sie in Erinnerung behalten, als ich von zu Hause ausgezogen war. Gehetzt, von den Geistern heimgesucht. Jetzt, da alles konkret geworden war, war es um so ungreifbarer. Wie sehr hatte ich mir gewünscht zu erfahren, was es war, was sie so plagte – nur, um dann selbst zu ihrer Plage zu werden. Es hatte eine Zeit gegeben, als sie, einmal im Jahr, beim Aintree Grand National, eine Wette riskierte. 'n bißchen mein Glück versuchen, nannte sie das. Jedes Jahr wettete sie auf das Pferd, das als die Nummer dreizehn gezogen worden war. Einmal setzte ich die zwei Shilling für sie, und sie gewann. Ich flitzte sofort zum Buchmacher und brachte ihr ihren Gewinn nach Haus. Sie nahm das Geld entgegen und lächelte und umarmte mich.

»Du bist mein Glücksbringer«, hatte sie gesagt.

Das war vor langer Zeit.

Ich empfand es fast als einen Segen, als meine Mutter einen Schlaganfall erlitt und das Sprachvermögen verlor – gerade als die Unruhen ausbrachen, Oktober 1968. Ich sah sie an, versiegelt in ihrem Schweigen, und jetzt, jetzt schenkte sie mir ab und zu den Anflug eines Lächelns und nickte, ganz leicht, fast unmerklich. Auch ich sollte alles wegschließen, versiegeln. Jetzt, stellte ich mir vor, konnten wir uns endlich lieben. Jetzt konnten wir jedes des anderen Glücksbringer sein.

Wir erstickten im Tränengas, das die Armee einsetzte, sahen oder hörten die Explosionen, die Schüsse, während die Unruhen mit ihrem Mischmasch von Geräuschen näher kamen – zersplitterndes Glas, auffauchende Benzinbomben, vereinzelte

Schreie, die in ein langgezogenes Gebell übergingen, und das rhythmische Dreschen von Schlagstöcken auf Schutzschilde. Jetzt war der Fernseher ununterbrochen an, aber sie sah ihn an, ohne zuzusehen. Wir flehten sie an, sich nicht ans Fenster zu stellen, von wo aus sie zusah, wenn das Militär feuerte oder die IRA aus dem Hinterhalt schoß. Nichts davon hielt sie im mindesten von ihren Rundgängen ab, die Treppe hinauf und hinunter, in den Flur, zum Kamin, wo eine gekachelte Umrandung den alten Gitterrost ersetzt hatte und die Schwelle des Feuers jetzt nackt und banal aussehen ließ.

Mein Vater saß manchmal bei ihr, hielt ihr die Hand, verfolgte die Berichte im Fernsehen, und beide lauschten auf den Lärm, der von draußen hereinkam – Schreie, vereinzelte Gewehrschüsse, hin und wieder das Dröhnen einer Bombe, die unten in der Stadt hochging. Mittlerweile waren sie im Haus ganz auf sich gestellt. Alle waren ausgezogen, weggezogen, verheiratet; aber wir besuchten sie häufig. Ich fragte mich damals oft, was für eine Auswirkung es auf sie haben mochte, sich den Krieg, der draußen wütete, anzusehen und anzuhören. Zweimal wurde das Haus von britischen Soldaten durchsucht und übel zugerichtet; Eamon wurde verhaftet und wieder freigelassen; Gerard wurde bei einem Krawall von der Polizei mit Schlagstöcken verprügelt. All das nahm mein Vater ebenso wortlos hin wie meine Mutter. Ich stellte mir vor, sie hätte ihm – durch ihr Schweigen, durch die Art, wie sie seine Hand streichelte, ihn schief anlächelte, sich von ihm das Haar bürsten ließ, dazu den Kopf gehorsam neigte – alles gesagt und Verständnis bei ihm gefunden. Jetzt konnte ich endlich glauben – was ich als Kind nie gekonnt hatte –, daß sie ein Liebespaar waren.

Und dann, ganz plötzlich, kurz vor der Pensionierung, bekam er einen Herzinfarkt. Er verlor seine Rente, weil er ein Jahr zu früh schlappgemacht hatte. Jetzt, während der Krieg auf den Straßen an Heftigkeit zunahm, saßen sie beide in ihrer Schwäche da, gefangen im Lärm, der von draußen hereinkam, und im Propagandageplärr, das der Fernseher drinnen von sich gab.

Ich kam eines Freitagabends zu einem Wochenendbesuch. Es war eine schlimme Woche gewesen. Zwei Tage vorher war ein britischer Soldat, der sich mit seinem geschwärzten Gesicht während einer Straßenpatrouille auf der Treppe vor dem Haus hingekauert hatte, von einem Heckenschützen der IRA erschossen worden. Als er den Aufschlag gehört hatte, war mein Vater mühsam aus seinem Sessel aufgestanden und hatte die Tür einen Spaltbreit aufgemacht. Er hatte den Mann daliegen sehen, das Gesicht nach oben, mit offenem Mund. Er hatte die Tür schnell wieder zugemacht, und beide hatten sie das Gebrüll der anderen Soldaten gehört, die Tritte gegen die Tür, Gewehrgeknatter. Als ich ankam, saß ihm der Schreck noch immer in den Knochen; dann, ein paar Stunden später, klopfte es an der Tür. Ich öffnete, und da stand ein Mann, der zögernd seinen Hut abnahm und fragte, ob er mit jemandem aus dem Haus über den Soldaten reden könnte, der am Mittwoch hier getötet worden sei. Bevor ich irgend etwas sagen konnte, fügte er hastig hinzu, er sei weder vom Militärischen Nachrichtendienst noch von der Polizei. Er sei der Vater des Soldaten. Ich bat ihn herein. Er stellte sich meinen Eltern vor, sagte ihnen, er komme aus Yorkshire, sei Bergmann und man habe ihm gesagt, sein Sohn, George, sei vor unserer Haustür erschossen worden. Ob jemand wohl gesehen hatte, wie es passiert war? Keiner sagte ein Wort. Meine Eltern sahen ihn an. Er wisse, sagte der Mann aus Yorkshire, was die Menschen hier von den britischen Soldaten hielten. Aber das war sein Sohn gewesen. Mein Vater, der in diesen Tagen kaum Luft bekam, fragte ihn, ob er eine Tasse Tee haben wollte. Ich brachte sie ihm. Meine Mutter starrte ihn mit der Ausdruckslosigkeit an, die Menschen, die nicht sprechen können, manchmal aufbringen können.

Nun, sagte mein Vater zu dem Engländer, sein Sohn war sofort tot gewesen. Er hatte nur den Aufschlag gehört, den Schuß nicht. Er hatte die Tür aufgemacht. Der Junge hatte dagelegen und völlig friedlich ausgesehen. Aber er war tot gewesen, ganz eindeutig tot.

»Er hat also nicht gelitten, nichts gesagt?« fragte der Bergmann.

Nein. Sie wechselten noch ein paar Worte, aber es gab nicht mehr viel zu sagen. Der Engländer schüttelte uns reihum die Hand, wir sagten ihm, es tue uns leid wegen seines Verlusts, er nickte und ging.

»Der arme Mann«, sagte mein Vater. »Er tut mir leid. Auch wenn sein Sohn einer von denen war. Es ist eine merkwürdige Welt.«

Nicht lange danach tötete ein zweiter Herzinfarkt meinen Vater im Schlaf. Meine Mutter saß tränenlos neben dem Sarg, eine Hand auf seinen gefalteten Händen oder auf seiner Stirn; von Zeit zu Zeit erschauerte sie, wie von der Kälte des Leichnams. An dem Tag, als er starb, verhängte die Armee eine Ausgangssperre. Zwischen neun Uhr abends und neun Uhr früh war das ganze Viertel wie ausgestorben, während die Barrikaden abgerissen wurden. In dieser Nacht hörte ich die Panzerfahrzeuge kommen, bevor ich sie vom Fenster im ersten Stock aus sah. Zuerst kamen die Schaufelbagger und räumten mit ihren geifernden Mäulern, die sich im Licht der Laternen hoben und senkten, die Barrikaden beiseite. Hinter ihnen kamen die gepanzerten Mannschaftswagen, stöberten und blieben stehen, kurvten argwöhnisch um die Trümmer und tasteten Seitengäßchen und Querstraßen mit ihren Suchscheinwerfern ab. Weitere Panzerwagen, mit Maschinengewehren auf dem Dach, mit gelb-weißen Vorderscheinwerfern und harten Hochdruckreifen, ließen in den Kurven ihre rotgerahmten Seitenfenster aufleuchten und zeigten im Vorbeifahren die avocadofarbenen Kampfanzüge der Soldaten, die darinnen in einander zugewandten Reihen saßen.

Ich lag wach bis zum Morgengrauen, als mich das Geräusch von Pferdehufen wieder ans Fenster holte. Wie im Traum sah ich einen kleinen Zigeunerjungen auf einem Apfelschimmel gemächlich die trümmerübersäte Straße entlangtraben. Er ritt ohne Sattel und hielt sich lässig an der Mähne des Pferdes fest und bog um die Ecke in die Richtung, die das Militär Stunden vorher eingeschlagen hatte, obwohl noch immer Ausgangssperre war. Nachdem er verschwunden war, hallte das Getrappel der Hufe durch die stillen Straßen.

Ich ging nach unten, um Tee zu kochen. In der Diele hörte ich ein Seufzen und sah mich nach dem Treppenfenster um. Es war kein Schatten da. Es war wohl meine Mutter gewesen, die im Schlaf geseufzt hatte, vielleicht um meinen Vater. Es war ihr letzter Schlaf in der alten Welt. Um neun würde die Ausgangssperre aufgehoben werden. An diesem Abend würden wir meinen Vater zur Kathedrale bringen, die im Treppenfenster hing, und sie würde schweigend nach oben in ihr Schlafzimmer gehen und auf dem Treppenabsatz innehalten, um zum Turm hinauszustarren, unter dem er, vor dem verdunkelten Altar, für diese eine Nacht so unschuldig lag.

ENGLISCHE LITERATUR IM CARL HANSER VERLAG

Pat Barker

Niemandsland
Aus dem Englischen von Matthias Fienbork
1997. 324 Seiten

John Berger

Das Sichtbare und das Verborgene
Essays
Aus dem Englischen von Kyra Stromberg
1990. 304 Seiten

Begegnungen und Abschiede
Über Bilder und Menschen
Essays
Aus dem Englischen von Jörg Trobitius
1993. 232 Seiten

Von ihrer Hände Arbeit
Eine Trilogie (1979–1990)
Sau-Erde
Spiel mir ein Lied
Flieder und Flagge
Aus dem Englischen von Jörg Trobitius
1995. 624 Seiten

Mann und Frau,
unter einem Pflaumenbaum stehend
Aus dem Englischen von Jörg Trobitius
1995. 128 Seiten

Auf dem Weg zur Hochzeit
Roman
Aus dem Englischen von Jörg Trobitius
1996. 216 Seiten

Bruce Chatwin

Traumpfade
Roman
Aus dem Englischen von Anna Kamp
1990. 400 Seiten

Was mache ich hier
Aus dem Englischen von Anna Kamp
1991. 392 Seiten

Der Traum des Ruhelosen
Aus dem Englischen von Anna Kamp
1996. 256 Seiten

Bruce Chatwin/Paul Theroux

Wiedersehen mit Patagonien
Aus dem Englischen von Anna Kamp
1992. 96 Seiten

Seamus Heaney

Die Hagebuttenlaterne
Gedichte
Zweisprachige Ausgabe
Aus dem Englischen von Giovanni Bandini und Ditte König
1990. 112 Seiten

Die Herrschaft der Sprache
Essays und Vorlesungen
Aus dem Englischen und mit einem Nachwort
von Alexander Schmitz
1992. 244 Seiten

Ausgewählte Gedichte
Aus dem Englischen von Giovanni Bandini und Ditte König
1995. 160 Seiten

Norden
Gedichte
Zweisprachige Ausgabe
Aus dem Englischen von Richard Pietraß
1996. 128 Seiten

Verteidigung der Poesie
Oxford Lectures
Aus dem Englischen von Giovanni Bandini und Ditte König
1996. 296 Seiten

Caryl Phillips

Jenseits des Flusses
Aus dem Englischen von Matthias Fienbork
1995. 260 Seiten

Graham Swift

Letzte Runde
Roman
Aus dem Englischen von Barbara Rojahn-Deyk
1997. 320 Seiten

»Eine wunderschöne Mischung aus Realismus und Humor.«
Die Zeit

»... am Ende überzeugt Graham Swift immer wieder vor allem durch jenen sentimentalen Sog, der aus der Nähe zu seinen Figuren rührt.«
Der Spiegel

»... ein ebenso ausgeklügelter wie lesbarer Roman ..., der die Balance zwischen Pathos und Komik souverän zu halten weiß.«
Falter, Wien

»... dieses Buch ist eine Perle der Saison, es hat alles, was ein ausgezeichneter Roman braucht, und noch ein bißchen mehr. Er ist kurzweilig und tiefsinnig, grausam und tröstlich.«
Die Weltwoche